UN BEAU JEUDI POUR TUER KENNEDY

Né en 1948, Daniel Picouly a écrit plusieurs romans, parmi lesquels *Le Champ de personne* (Grand prix des lectrices de *Elle* en 1995), *L'Enfant léopard* (Prix Renaudot 1999) et *Paulette et Roger* (prix Populiste en 2001). Il est également l'auteur de livres pour la jeunesse.

*Paru dans Le Livre de Poche :*

LE CŒUR À LA CRAIE

L'ENFANT LÉOPARD

PAULETTE ET ROGER

LA TREIZIÈME MORT DU CHEVALIER

DANIEL PICOULY

# *Un beau jeudi pour tuer Kennedy*

ROMAN

GRASSET

ISBN : 978-2-253-11975-3 – 1re publication LGF

*à la cité Million, rasée en l'an 2000.*

*à Claude...*

*Un jour, les filles de 15 ans*
*regardent les garçons de 17...*

# 1
# A cavallo della tigre

*Orly, jeudi 4 juin 1964*

— Moi aussi, je peux tuer Kennedy. Regarde.

Saint-Mexan me laisse sa place derrière la lunette de son fusil. Un Mannlicher-Carcanno 9 mm à culasse mobile. Le modèle utilisé par Lee Harvey Oswald pour assassiner John Fitzgerald Kennedy.

Nous sommes allongés sur le toit de mon bâtiment, dans la position du tireur couché. Je retournerais bien au lit. Il est six heures du matin, j'ai froid, faim, sommeil et je me demande ce que je fais à plat ventre sur ce toit, avec ce cinglé de Saint-Mexan, au lieu de réviser mon devoir de sciences naturelles de demain.

— T'inquiète pas pour ça, on va tuer le président des Etats-Unis, c'est quand même plus important.

Pas pour moi. Si je rate ce devoir, ma vie est fichue. L'école, c'est fini.

— L'école ! Arrête avec ce truc... T'y crois encore, toi ?

Saint-Mexan ne peut pas comprendre. Il a quitté le collège l'année dernière sur un coup de tête. Un coup de tête donné au directeur. Son orientation avait été vite réglée. La mienne reste en suspens.

— Alors, tu regardes ?

Ne pas contrarier Saint-Mexan. C'est un sanguin. Un cogneur. On l'appelle le maboul, le barjot, le fondu, le louf. Tout le monde le craint. Quand il me demande de regarder dans la lunette de son fusil, je regarde. Et même, je grogne pour dire que... Lui aussi... Bien sûr... Il aurait flingué Kennedy... Et comment !... Mais je ne vois rien dans cette lunette. Tout est flou. C'est mon mauvais œil, le droit. Les parents m'ont un peu sagouiné du côté des yeux. Ce n'est pas ce que j'ai de meilleur. A cause d'eux, je raterais un président dans un couloir.

Même de Gaulle, je l'aurais raté au Petit-Clamart.

— Tu te rends compte, trois fusils-mitrailleurs et ils loupent le grand Charles !

Cet attentat manqué avait mis Saint-Mexan en rage. Il n'aime pas de Gaulle, mais il aime encore moins que des soldats ne soient pas *à la hauteur* comme il dit.

Dans le temps, je lui aurais expliqué comment mon père avait équipé la DS du Général d'un dispositif spécial de son invention pour échapper à un tir croisé.

C'était l'époque où le p'pa sauvait de Gaulle à plein temps. Il était Chaudrake. Un héros.

Aujourd'hui, je sais que ce n'est pas vrai.

Mon père ne sauve de Gaulle qu'à temps partiel.

Saint-Mexan rouspète.

— Les gars n'auraient pas dû tirer sur lui, ce jour-là. Il était avec sa femme. Yvonne, c'est sacré.

— Kennedy aussi était avec son Yvonne. Ça n'avait pas gêné Oswald.

— Tu ne vas pas comparer la femme du grand Charles avec cette espèce de...

Je le laisse dévider sa tirade d'insultes sur Jackie Kennedy. On ne contredit pas un type qui tient un fusil à lunette.

Saint-Mexan finit par se calmer. D'un geste de seigneur, il me montre la cité à nos pieds, comme si c'était sa tournée.

— Tu vois, ici, c'est l'endroit idéal.

D'après les calculs de Saint-Mexan, sur le toit de mon bâtiment, on est *balistiquement* postés au même endroit que Lee Harvey Oswald, le 22 novembre 1963 à Dallas quand il a tiré sur Kennedy.

Il est 12 h 30 ce jour-là : 3 balles en moins de 6 secondes. Distance jusqu'au fusil 54 m, angle par rapport au fusil 21°34. Vent nul. Température au sol 31°.

Ce matin, à Orly, il fait plus frisquet pour ce deuxième assassinat.

En regardant la cité, je me rends compte que je n'étais jamais monté sur ce toit, depuis que j'habite ici.

Quatre ans, déjà.

Vue de là-haut, ma cité ressemble à une maquette électorale exposée à la mairie d'Orly. Avec de l'herbe façon green de golf et des petits bonshommes en plastique à l'échelle qui jouent la famille idéale. Papa porte une chemise blanche, maman une jupe plissée et l'enfant bien coiffé un cornet de glace. Ils sourient. C'est beau comme une publicité pour les transistors Philips.

Côté plan, une réglette avait suffi à l'architecte DPLG pour dessiner la cité autour de son axe principal : la rue du Docteur-Calmette. Ma rue, mise au carré par un alignement de bâtiments HLM de quatre étages, style boîte à chaussures André.

— Reconnais qu'elle est vilaine, ta cité.

C'est vrai qu'au Monopoly elle serait plutôt la case grise juste avant la rue Lecourbe. Mais je suis rassuré, l'architecte habite sûrement avenue Matignon ou Faubourg-Saint-Honoré. Chacun sa case.

Je frissonne.

Ça pince, sur le toit. Ce sac de sport noir m'inquiète. Saint-Mexan l'a pris avec lui ce matin quand on est montés s'installer sur le toit pour assassiner Kennedy.

Je l'avais trouvé louche, ce sac, mais je n'avais pas posé de questions à Saint-Mexan. On s'était hissés par la trappe de service au quatrième étage de mon escalier. Par sécurité, la veille, j'avais changé le cadenas. J'étais nerveux. Pas trop pour Kennedy, mais à cause de mon copain Mich'. Il habite au quatrième et je n'aurais pas aimé qu'il me voie monter sur le toit avec Saint-Mexan.

Je n'aurais pas su quoi lui dire.

Il ne comprend pas ce que je fricote avec un type de ce genre. Moi non plus, si ça peut le rassurer.

Grimper sur le toit, ce n'était pas ce qui avait été le plus difficile. Mais sortir de chez moi, à une heure pareille, sans me faire alpaguer par mes parents, c'était du sport.

D'abord, il avait fallu que j'évite mon père. A cette heure, il boit son bol de café brûlant en silence, debout devant la fenêtre de la cuisine. Le regard au-dehors.

Il se prépare à partir à l'usine, concentré comme un sauteur en hauteur. Mon père a le front soucieux. Il fixe l'obstacle à franchir.

J'ai l'impression qu'on lui a placé la barre un peu haut, ce matin.

— Ce n'est pas son travail qui le tracasse, c'est le tien.

Quand ma mère prend le temps de faire des formules, c'est mauvais signe.

— Il a bien fallu que je lui montre tes notes.

Ce n'était pas obligatoire. Pourquoi l'inquiéter ? Dimanche, contre Thiais, je lui marquerai un but de la tête. Il sera fier. Tout s'effacera.

— Tu sors si tôt, toi ?

J'avais laissé mon père dans la cuisine, le regard au loin, et oublié ma mère qui avançait un bout de lessive dans le lavabo de la salle de bains.

— Qu'est-ce que tu vas faire ?

J'avais pris le prétexte d'aller au kiosque à journaux chercher le dernier numéro de *Tout l'Univers*... Le marchand avait promis de m'en garder un, mais je n'avais pas confiance en lui. Je préférais me lever tôt.

— Pendant que tu y es, rapporte-moi *Le Parisien* et une livre de tomates du Famiprix.

— C'est fermé à cette heure.

— Alors passe au marché.

J'avais oublié. Le jeudi, c'est celui des Hautes-Bornes, près du collège. D'habitude, je fais le déballage du Tout-à-1-franc, pour me payer mes maquettes. Mais ce matin, j'ai à faire.

— Tu les choisis pas trop mûres, surtout.

Ma mère a le chic : des tomates pour l'assassinat de Kennedy !

J'ai l'air malin avec mon sachet. Si la police me prend, je serai « L'assassin aux tomates » dans le journal de demain. La risée de l'école. Il n'y aura plus que la chaise électrique pour me sauver de la honte.

Marie-France viendra à mon exécution. En tant que fiancée officielle du condamné, elle aura une place au premier rang. Elle serrera mes lettres contre sa poitrine. Il y en a beaucoup. On se regardera. On fera les amoureux tragiques de 15 ans pour *Détective*... Elle sera courageuse. Moi aussi.

Enfin, je l'espère.

10 000 volts, c'est quand même 10 000 volts.

Je pense à Marie-France.

Je suis tenté de regarder par-dessus le parapet du toit, pour apercevoir ses fenêtres. Elle habite au fond du square. Si je n'étais pas sur mon mauvais œil, je pourrais l'observer dans la lunette du fusil. La guetter derrière les rideaux de sa chambre comme avec des jumelles.

Marie-France apparaîtrait dans un ovale de carte postale ancienne, à la manière de ces femmes avec des accroche-cœurs sur le front.

Dans la lunette du fusil, je risque surtout de surprendre les gars qui tournent autour d'elle, en ce moment. Des grands. Des loulous genre Blousons noirs qui ne sont même pas de la cité.

J'aimerais être aussi costaud que Saint-Mexan pour faire le ménage.

Trois balles en moins de six secondes, ça en abat de la besogne.

Marie-France ouvrirait sa fenêtre, un type serait affalé dans les troènes... Non, je ne vois pas qui ça peut être... Elle me sourirait et me ferait entrer dans sa chambre.

Je n'y suis jamais allé. Mais je sais que son lit est un cosy en bois ciré. Que c'est là qu'elle garde mes lettres. Dans un tiroir. Elle m'a dit qu'un jour, quand sa mère serait partie au travail, elle me montrerait son « chez-elle »... Bientôt, mais pas encore...

Sa chambre est au fond du couloir. Une chambre pour elle toute seule. Marie-France peut même la fermer à clef si elle veut. Je l'imagine endormie dans son lit. Sa poitrine se soulève. Je sais qu'elle garde sur elle sa chaîne et sa médaille en or... Bientôt, mais pas encore...

— Qu'est-ce que tu fais ? T'es fou.

Saint-Mexan me rattrape par le bras.

— Tu veux t'écrabouiller en bas ?

Je me suis penché au-dessus du parapet. Je le sais pourtant que j'ai le vertige. Un jour, je volerai, c'est sûr. Mais pour l'instant, je dois arrêter de penser à Marie-France, au-dessus du vide.

— Tu m'as filé les chocottes. Qu'est-ce qui t'as pris ?

Filer les chocottes à Saint-Mexan ! Je bombe le torse. D'habitude c'est plutôt lui qui fait peur, avec ses 1,80 m, ses épaules de chalutier breton, sa coupe d'incorporation et son goût pour la châtaigne.

Mais ce qui inquiète le plus, chez lui, ce sont ses idées. De drôles d'idées. Des idées de dingue qui lui viennent comme un coup de lune.

Avant l'assassinat de Kennedy, dans ma cité, j'avais

eu droit au « Casse du siècle » à la gare de Villeneuve-Triage.

Un remake de l'attaque du train postal Glasgow-Londres, de l'été dernier... Nous, on peut faire aussi bien que les rosbifs... Le vrai coup avait rapporté près de 5 milliards. Le nôtre, une caisse de boîtes d'anchois et une fracture du poignet pour Saint-Mexan, en sautant du train en marche.

Un train de marchandises.

Ma part sur le « Casse du siècle » avait fini dans des salades de riz géantes. La famille s'était lassée. On avait partagé le reste entre les voisins et le vide-ordures.

Depuis notre Glasgow-Londres, je pensais que Saint-Mexan m'avait oublié. Il est comme ça, il disparaît des mois entiers, personne ne sait ce qu'il devient, et il réapparaît avec une nouvelle idée.

Une pire.

— Cette fois, c'est sérieux, j'ai bien réfléchi, on va tuer Kennedy une deuxième fois.

C'était il y a quelques jours. A l'époque, je voulais bien l'aider. Saint-Mexan est fou, mais c'est une mine d'histoires tout écrites. Il n'y a plus qu'à recopier ce type, pour épater Marie-France. Une fois, j'ai même réussi à glisser Saint-Mexan dans une rédaction.

Mais aujourd'hui, j'ai un devoir de sciences naturelles suspendu au-dessus de la tête. Ça change tout.

Pas pour lui, qui continue à m'expliquer son plan.

— J'ai étudié l'affaire à fond. J'ai repensé au film. Tu sais, avec Frank Sinatra ?

Saint-Mexan voit beaucoup de films et en raconte encore plus. Celui dont il me parle c'est *Je dois tuer*, une histoire dans laquelle Sinatra joue un type qui se prépare à assassiner le président américain, avec un fusil à lunette.

Ce film aurait inspiré Oswald, paraît-il.

Et Saint-Mexan, sûrement.

— J'ai encore vérifié mes calculs. Du toit de ton bâtiment, c'est pareil que le sixième étage du dépôt de livres où était planqué Oswald, à Dallas. D'ici, on peut prendre la rue en enfilade de la même manière. Regarde.

J'avais regardé pour lui faire plaisir, mais je n'écoutais pas vraiment. Je ne savais jamais si Saint-Mexan me racontait une histoire, un film ou un rêve.

Sinon j'aurais dû me dire que ce type était vraiment aussi fou qu'on le disait. Et me sauver.

— Tu vois, le cortège débouchera de la rue des Hautes-Bornes, du côté de la loge du gardien. Il passe devant le kiosque à journaux et le Famiprix. Là, il entre dans la rue du Docteur-Calmette. Il y a la voiture du président, celle des services secrets et celle de Johnson, le vice-président. Imagine les motards en éventail sur leurs Harley-Davidson, les chromes, le soleil, des gens partout qui agitent des petits drapeaux, braillent, prennent des photos. Tout à coup... la Lincoln apparaît. Tu la vois ? Noire. Crâneuse. C'est une Lincoln Continental 1961 convertible, immatriculée GG 300, moteur V8, 350 CV, avec la roue de secours apparente à l'arrière.

Saint-Mexan peut parler des heures d'une voiture. Il en vole de temps en temps, pour le seul plaisir de les raconter.

— Comme quoi, ça tient à rien l'Histoire. C'est Kennedy qui a voulu qu'on retire le toit en plastique de la décapotable. Tout ça pour que la foule le voie mieux. Quel prétentieux ! Faut jamais se croire trop aimé.

Ça me fait penser à Marie-France. Peut-être que j'ai eu tort d'ôter le toit transparent au-dessus de nous.

— Maintenant, observe bien Kennedy dans la Lincoln. Il est à côté de sa Jackie. Il fait des signes de la main. Sourit. Il joue au président acclamé. Plus que 30 secondes à vivre, mon gars. La Lincoln ralentit dans le tournant. Et c'est là que tout se joue.

J'écoute Saint-Mexan raconter. Il croit m'épater, mais je connais la scène par cœur. Image par image. J'ai tout vu, tout lu sur l'assassinat de Kennedy.

Je suis imbattable.

J'en sais plus qu'Oswald lui-même.

Saint-Mexan me montre un plan sur lequel il a entièrement reconstitué l'assassinat de Kennedy dans la cité Million. Ça ressemble à un historama de *Tout l'Univers*. Avec les lieux, des flèches et les horaires.

12 h 30, Kennedy est abattu rue du Docteur-Calmette sur le parking en face de chez moi. Pas loin de l'endroit où mon père gare notre Simca. 12 h 51, il meurt à l'école maternelle Marie-Curie. 13 h 09, Lee Harvey Oswald abat le policier J. D. Tippit devant la loge du gardien. 14 h 12, Oswald est arrêté dans le gymnase du collège Joliot-Curie. Et enfin, 59 heures plus tard, Jack Ruby exécute Oswald dans une cave à hauteur du 27 de ma rue.

— Tu vois, c'était pas la peine de monter tout ce cirque à Dallas. On pouvait le faire chez nous.

Je veux bien admettre que la petite brique des bâtiments de la cité peut rappeler celle du Texas School

Book Depository de Dallas. Mais pour confondre Elm Street avec ma rue du Docteur-Calmette, il faut être miro.

Saint-Mexan ne l'est pas. Au contraire. Il a une vue de tireur d'élite. Des yeux bleu javellisé. Presque blancs... J'ai 21/20 à chaque œil !...

Une note qui m'arrangerait bien, demain.

— Maintenant, admire le travail. Je le tiens dans le viseur, ce salopard. Je pourrais même me faire sa grognasse.

Je n'arrive pas à savoir qui Saint-Mexan déteste le plus chez les Kennedy : John ou Jackie ?... C'est pareil. Lui, il a fait assassiner Marilyn Monroe et sa pouffiasse l'a laissé faire tellement elle était jalouse.

La nuit où Marilyn est morte, j'étais en Algérie, à Fort-de-l'Eau. Je regardais la mer. Il faisait doux. C'était la fête. L'Indépendance. La mort de Marilyn a une odeur de brochettes, un bruit de ressac. On entend des youyous au loin.

Je ne pensais pas retrouver ces images sur le toit de mon bâtiment.

— Regarde bien, ça va être le meilleur moment...

Le fusil épaulé, le doigt sur la gâchette, Saint-Mexan mime le tir... Toûm !... Toûm !... Toûm !... Avec, entre chaque coup de feu, ce cliquetis hargneux de la culasse à vide.

Sans vouloir le contrarier, ça fait nettement plus de 6 secondes. Quant au bruitage, depuis que Saint-Mexan a vu *Les Tontons flingueurs*, il met des silencieux partout.

— Là, c'est pour rire, j'ai seulement buté le gardien qui rentre les poubelles.

Ce n'est pas très grave, on est sûrement en retard pour le loyer.

— Le plus coton dans ce tir, c'est la reprise après la première balle. Celle de face. Celle qui le touche au cou. Là, il faut faire un 120° sans le quitter de la lunette. Pas trembler et... Toûm !... Pleine tempe !

Je vois la tête de Kennedy projetée en arrière, le sang qui gicle. Sa raie impeccable dans les cheveux.

— Avec cette balle, il perd la moitié de son cerveau et le sourire en prime. Ça pèse rien, un sourire... Toûm !... Ça y est. Cette fois, Kennedy est mort.

Moi, c'est pour demain.

Je vais être abattu en pleine dissection, pendant le devoir de sciences naturelles. Le prof retrouvera des morceaux partout. Kennedy et moi, on aura eu la même mort. Sauf qu'on n'est pas à Dallas, ici, mais à Chicago.

Chicago, c'est comme ça qu'on appelle ma cité quand on n'y habite pas. Quand on a trop regardé « Les Incorruptibles » à la télévision et qu'on pense qu'elle est pleine d'Al Capone et de distilleries clandestines, parce que la police aime y venir, les soirs d'été, pour faire un peu d'animation de surface, en panier à salade.

En fait, ma cité s'appelle la cité Million : la cité des millionnaires. C'est pour rire. On sait bien qu'ici, il n'y a pas plus de millionnaires que d'Al Capone.

Il n'y a que nous. Et ça nous va comme ça.

Un jour, monsieur Boileau, le professeur d'histoire-géographie, nous avait expliqué que notre cité avait été bâtie à partir de 1955 sur des terrains réquisitionnés par l'office des HLM. Elle portait le nom de cité Million parce que chaque appartement devait être construit pour 1 million de francs. Le prix d'une DS 19. Sans les options.

Aujourd'hui, avec les nouveaux francs, ma cité s'appellerait la cité des 10 000.

Ce serait moins joli. Et pas plus solide.

Saint-Mexan passe une peau de chamois sur le canon de son fusil.

— Tu as regardé Kennedy pour moi à la télévision ?

J'espérais que Saint-Mexan avait oublié. Ça fait déjà trois semaines, au moins, qu'il m'a demandé ça. Je me souviens, c'était le jour de Saint-Etienne-Benfica en Coupe d'Europe. Je devais regarder « Lecture pour tous ». D'habitude, ça n'intéressait pas Saint-Mexan. Mais ce soir-là, Pierre Desgraupes présentait le livre de John Broman, *Les Assassins de Kennedy*.

— Je parie qu'ils ont encore parlé de complot et de deuxième tireur. Comme si on ne pouvait pas tuer Kennedy tout seul quand on est un ancien Marine comme Oswald. Je vais leur montrer, moi !

Saint-Mexan aurait voulu être commando de Marine. Marsouin, je crois... Mais avec mon casier, ils me prendront jamais... Dommage. Il tient plus de trois minutes sous l'eau. Faut le voir plonger sous les péniches. C'est dangereux. Un jour, il se fera attraper par une hélice.

— Et la balle magique, ils en ont parlé ?

J'élude. La balle magique est un sujet trop dangereux.

— Je parie que tu n'y crois pas, toi. C'est bien ton genre.

Pour que cette balle touche Kennedy comme on le raconte, il aurait fallu qu'elle ait une trajectoire de dessins animés.

Et si c'était Walt Disney qui avait tué Kennedy ?

— Ne rigole pas avec ça. Toutes ces histoires de complot, c'est des trucs de communistes. Il n'y a que ça, ici.

C'est vrai qu'on est une cité rouge, dans une ville rouge de la banlieue rouge.

Pour mon père, je ne suis plus certain de sa couleur. Il est au Parti et au Syndicat, mais ça chauffait l'autre dimanche, quand les vendeurs de *L'Huma* sont venus boire le Ricard, à la maison.

Ils parlaient de Thorez, de Waldeck-Rochet, et de Khrouchtchev, pour qui ça chauffait aussi, paraît-il. Ça s'était arrangé dès qu'ils en étaient venus au tiercé.

— Je me sentirai mieux quand il sera crevé, ce Kennedy.

Inutile de rappeler à Saint-Mexan que ça fait déjà presque six mois que Kennedy est mort au Houston Memorial Hospital et non pas dans la cour de la maternelle Marie-Curie à Orly. Et qu'il est enterré au cimetière d'Arlington, avec coups de canon, prolonge d'artillerie, bottes retournées dans les étriers et salut militaire de son fils John-John, 3 ans.

J'en avais pleuré. Mes glandes lacrymales se font trop facilement prendre. Pas moi. Mais pour une fois, j'étais d'accord avec mes larmes.

— Et la photo ?

— Quelle photo, Saint-Mexan ?

— La photo d'Oswald avec son fusil. Je parie que ces abrutis, à ton émission, ont dit que ce n'était pas lui, dessus. Je vais leur montrer !

Saint-Mexan se dresse sur le toit dans la même pose

qu'Oswald sur ce cliché où on le voit armé, brandissant un journal communiste.

C'est quand Saint-Mexan est debout que je remarque qu'il porte à la taille un Smith et Wesson calibre 38. Comme Oswald.

Ce pistolet me fait plus peur que le fusil. On va finir par se faire repérer d'en bas.

— Vas-y, prends-moi, comme ça.

— Qu'est-ce que tu racontes ?

— Prends-moi en photo. Dans mon sac, il y a un appareil. Passe-moi *Le Parisien*.

— C'est celui de ma mère. Qu'est-ce que tu veux en faire ?

— Tu verras...

Je n'aime pas ce sourire à énigme.

— Allez, grouille pour la photo !

Saint-Mexan prend la pose. Déplie le journal devant lui. J'ai un coup au cœur. Mes doigts tremblent. Heureusement qu'il ne peut pas lire les titres, sinon, c'est le carnage.

J'expédie trois ou quatre clic-clac et je récupère mon *Parisien*.

— Là, ils ne pourront pas dire que ce n'est pas moi, sur la photo, comme ils l'ont fait pour Oswald. Un montage, qu'ils ont prétendu.

Un « montage grossier » même. Celui de la tête d'Oswald sur le corps de quelqu'un d'autre. Le mauvais détourage, l'ombre du nez, la tête trop grosse... Tous ces détails m'avaient intéressé.

Moi aussi, je fais ce genre de « montages grossiers ».

Des montages photographiques où je colle ma tête à la place de celle d'un personnage historique.

J'ai 27 têtes de moi, d'avance.

27 ! Depuis le jour où je suis tombé sur une enveloppe... *3e B Photos de classe 1963-1964*... Elle traînait sur le bureau du surveillant général. Je l'ai mise de côté.

On avait évoqué un mauvais geste. Mais comme avait dit le directeur du collège... Que voulez-vous que quelqu'un fasse de 27 photos de classe ?

27 montages.

C'est facile. Il me suffit de découper mon visage sur une des photos de classe. Je disparais du 2e rang, le 5e en partant de la droite. Un point de colle Scotch, un marouflage soigneux et je réapparais sur le corps d'un autre.

Magique.

Ensuite, je n'ai plus qu'à ajouter une légende.

22 janvier 1963. Moi, serrant la main à de Gaulle, à la place de Konrad Adenauer. 13 avril 1964. Moi, recevant l'oscar du meilleur acteur, à la place de Sidney Poitier. 12 avril 1961. Moi, en premier homme de l'espace, à la place de Youri Gagarine. 25 février 1964. Moi, à la place de Cassius Clay, champion du monde des poids lourds. 28 août 1963. Moi, à la place de Martin Luther King à Washington devant 250 000 personnes... *I Have a Dream*...

Parfois, quand je feuillette mes montages, je ne me souviens plus qui il y avait *à la place*, sur la photographie.

Mes montages deviennent des souvenirs.

Je revois Jacqueline Kennedy quand je l'ai secourue ce 22 novembre, à Dallas. Elle est en rose. Se penche vers moi. Me tend la main pour m'aider à la rejoindre dans la Lincoln. C'est toujours à ce moment-là que je me dis qu'elle est française. Je ne sais pas pourquoi. Elle me parle... Vite ! Aidez-moi. Le président est blessé... Je saute sur le pare-chocs. Je sens sa main qui saisit la mienne. Son parfum !...

— Tu parles ! Tu sais pourquoi elle est allée sur le coffre de la voiture ?... Pour récupérer un morceau de cervelle de son bonhomme.

Saint-Mexan rigole. Je m'en moque. Ce bref instant reste mon souvenir préféré.

A « Lecture pour tous », ils n'avaient pas parlé de ce morceau de cervelle, ni de moi d'ailleurs. Ça ne fait rien. J'aime bien cette émission quand même.

« Lecture pour tous », c'est comme le général de Gaulle, on ne comprend pas tout, mais on sent que c'est pour notre bien. Les écrivains sont vieux, il y a beaucoup de mains, de cigarettes, de pipes. Parfois, « Lecture pour tous » donne plus envie de tousser que de lire.

Pourtant, je ne la manque jamais.

Même si cette fois-là, j'avais fait l'essuie-glace entre la télévision du salon et le transistor de ma chambre, pour savoir si Saint-Etienne allait remonter ce but idiot pris à cause de Djorkaeff.

Le match hésitait, comme Pierre Desgraupes à propos du deuxième tireur. Il laissait entendre... Qu'il-y-aurait-des-éléments-qui-pouvaient-donner-à-penser-qu'il-se-pourrait-qu'il-y-ait-peut-être-eu – (mais-les-experts-se-perdent-en-conjectures) – un-ou-plus-probablement... plusieurs tireurs.

J'ai eu beau godiller du conditionnel et tartiner de

la précaution, Saint-Mexan explose. Il me montre le fusil.

— Tu vois celui-là ? C'est le même que celui d'Oswald. Je l'ai eu pour 240 F. Et ça ?

Il tient une balle en cuivre entre le pouce et l'index.

— Elle, je la touche à 18 F la boîte de 100. Il m'en faut trois. Fais le calcul. Ton Kennedy, tout président des Etats-Unis d'Amérique qu'il est, ça vaut 256,65 F. Même pas le prix d'un Solex.

Je me demande si ça vaut la peine de continuer à étudier, quand on voit comment on finit après avoir fait Yale et West Point.

43 ans, plus jeune président élu.

46 ans, plus jeune président assassiné.

Mieux qu'Abraham Lincoln et même pas le prix d'un Solex.

— C'est pour quoi ces photos, Saint-Mexan ?

— T'occupe, je t'ai dit. Il faut vivre avec son époque. Tu verras.

— C'est quoi, « son époque » ?

— Regarde, en Amérique, c'est toujours le Far West. Faut tuer le chef, si tu veux devenir le chef.

Je me verrais plutôt sous-chef. Le genre Poulidor à OK Corral.

— Et toi, pendant ce temps-là, tu te cailles le sang pour un devoir. Ça fait pitié. Tu crois que c'est ça qui va y changer quelque chose à ta vie ? Viens voir.

Saint-Mexan m'entraîne vers l'autre côté du bâtiment. On court accroupis, de cheminée en cheminée. On se jette à plat ventre. De là, on domine tout mon collège et la cour de récréation.

Rien que pour la vue, ça valait la peine d'assassiner Kennedy.

Dans ma tête, j'entends la musique, un machin de Schubert... Tin Tintin-tin Tintin-tin tintin-tère reu !... L'air que le directeur du collège avait choisi, cette année, pour le mouvement d'ensemble du 1er Mai.

Pendant les répétitions, la cour de récréation avait été transformée en une gigantesque grille de mots croisés tracée à la craie. Zanin, le professeur de gymnastique, était monté au quatrième étage de mon bâtiment s'installer à une fenêtre. De là, pendant que la musique jouait, il désignait les éliminés avec un porte-voix... A-11 !... H-8 !... Dehors !...

Moi, j'étais G-5.

Zanin m'avait gardé. J'étais fier. Il ne me restait plus qu'à teindre mes tennis en blanc.

Saint-Mexan me sort de ma case.

— Tu vois là-bas, les labos de sciences. Moins de 100 mètres. Ton prof, le Desmoulin, celui qui te fait des misères avec son devoir : je le flingue. Je le flingue sur l'estrade quand tu veux. Qu'est-ce que t'en dis ?

Flinguer monsieur Desmoulin ! Saint-Mexan est cinglé. Si on commence à flinguer les professeurs à la moindre interrogation écrite, on va dépeupler le collège.

— Moi, je dis ça, c'est pour te rendre service. Réfléchis. Tu préfères quelqu'un d'autre ? Le dirlo ? Lui, je suis revenu lui éclater le nez dans son bureau. T'aurais vu ça.

On avait vu. Monsieur Joseph avait dû porter un bandage qui le faisait ressembler à Humphrey Bogart dans *Les Passagers de la nuit*.

— Alors, à qui le tour ?

Saint-Mexan fait pivoter le canon de son fusil, comme on fait tourner une cuiller à la cantine pour savoir qui débarrasse.

— Autant y aller au hasard, il n'y a que des nuls dans cette ville.

Il est injuste. A Orly on a quand même l'aéroport pour les avions et Jean-Pierre Beltoise, pour les voitures de course.

— Comment tu peux rester dans une ville aussi pourrie ? Moi, je vais partir, je peux te le dire. Et loin.

Ce n'était pas la première fois que Saint-Mexan me parlait de voyages. Les Amériques, la Chine, l'Alaska... Ça dépendait de ce qu'il avait lu dans *Aventures Film*, *Ouragan*, *L'Intrépide* ou *Téméraire.*

— Avant que je parte, qui tu veux que je bute dans ta cité ? La Marie-couche-toi-là des Hautes-Bornes ?

— Pourquoi elle ?

— Ah ! Ah ! T'es allé chez elle, toi ? T'as vu les dents du cheval ?

Ça ne le regarde pas.

— Tu veux pas me le dire ?

C'est privé.

— T'es encore puceau ?

Saint-Mexan rigole avec ses chicots pointus de requin édenté. Je n'aime pas ça. Je lui arrache son Smith et Wesson... Toûm !... Toûm !... Du calibre 38 à bout portant. Il en manque maintenant, de la cervelle et du sourire. Et personne ne viendra les récupérer.

— Ça va, ça va. Je plaisantais.

Un jour, j'appuierai vraiment sur la gâchette. Je

respire. Ces moments de rage soudaine qui me submergent me font encore plus peur que Saint-Mexan.

— Qui je flingue, alors ? Les yé-yé de ta classe ? Ceux qui se prennent pour des Beatles. Ces prétentieux qui se voient déjà dans *Salut les Copains* et qui croient qu'Eddie Barclay va se déplacer dans ce trou, pour venir les écouter.

Pourtant, on dit que c'est vrai. Que leur groupe intéresse une maison de disques et qu'ils vont bientôt enregistrer leur premier 45-tours.

— Tu gobes ça, toi ?

Pourquoi pas ? Il faut bien qu'ils viennent de quelque part les gars qu'on voit dans *Salut les Copains* ou qui passent à « Age tendre et tête de bois ».

— Saint-Mexan, tu veux toujours pas me dire ce que tu vas faire des photos que j'ai prises de toi ?

— Je te le dirai peut-être, mais avant il faut que je trouve une décapotable.

Une décapotable ! J'ai du mal à suivre Saint-Mexan. J'avoue que j'ai décroché. Je pense à ma mère. Elle va commencer à se demander pourquoi je ne suis pas encore rentré avec son journal et ses tomates.

— Bien sûr, une décapotable. Réfléchis. Si je veux tuer Kennedy, il me faut une décapotable dans la cité, sinon ça ne ressemblera pas... Et ça n'intéressera personne...

Saint-Mexan retourne tranquillement à la place où on était tout à l'heure. Je le regarde en position derrière son fusil, l'œil collé à la lunette.

Quelque chose m'intrigue.

— Ça veut dire quoi « ça n'intéressera personne » ?

— Réfléchis. Si j'ai une décapotable qui passe dans

la cité, et que je flingue le Kennedy qui est dedans, là, ça aura de la gueule. Je pourrai envoyer tes photos.

— Mes photos ? Les envoyer où ?

— Aux journaux, pardi.

Mon estomac se retourne. Saint-Mexan veut envoyer aux journaux les photos que je viens de prendre de lui, en Oswald. Aux journaux ! Comme...

— Ben, oui, comme l'Etrangleur. T'as vu, ce type ? Tout le monde en parle.

Je revois la une du *Parisien* que brandissait Saint-Mexan. Les gros titres, les photos. Ça fait une semaine qu'ils se ressemblent. Depuis qu'on a retrouvé le corps de ce gamin étranglé dans le bois de Verrières.

Luc Taron. 11 ans ! Plus jeune que mes deux petites sœurs...

La mère nous avait convoqués dans la cuisine. Elle avait fermé la porte comme si l'Etrangleur pouvait nous écouter... Ne rien accepter d'un inconnu... Ne jamais le suivre... Dire qu'on attend quelqu'un... Faire un signe vers une dame ou un monsieur en criant Maman !... Papa !... On savait déjà tout ça. Pourquoi avait-elle peur ? Il pouvait venir, l'Etrangleur.

— Toi, tu saurais écrire comme lui ?

— Comme qui ? L'Etrangleur ?

Saint-Mexan est malade. Dans le journal, j'avais lu les lettres où ce type expliquait comment il avait *procédé* pour le petit garçon... *avec les pouces sur le larynx c'est plus sûr... mais je l'ai fait par-derrière avec seulement quatre doigts, c'est plus long...*

Comment Saint-Mexan peut-il me demander un truc pareil ? Moi, j'écris des histoires. Parfois, on y tue un peu, d'accord, mais ce ne sont que des histoires. Les lettres c'est autre chose. C'est vivant, une lettre.

— Tu peux au moins essayer, pour la lettre.

Je comprends pourquoi Saint-Mexan voulait que je l'accompagne sur le toit. Pour prendre les photos, et écrire aux journaux.

C'est seulement maintenant que je réalise que Saint-Mexan ne joue pas.

Il va le faire !

Saint-Mexan va *vraiment* assassiner Kennedy, pour qu'on parle de lui dans le journal.

Ça se passera ici. Dans la cité. Le premier quidam, de la première voiture décapotable qui s'engagera dans la rue du Docteur-Calmette... Toûm ! Toûm ! Toûm !

Mes jambes flageolent. Tout s'accélère. C'est trop dangereux. Je veux descendre de cette histoire de fous. Mais comment faire ?

*A cavallo della tigre !*

Tout à coup je comprends ce que nous a raconté notre professeur d'italien, un jour de chahut. Un homme se promène à cheval sur un tigre. On lui dit qu'il est fou, qu'il faut descendre. Il répond que si chevaucher un tigre est dangereux, en descendre est mortel.

On avait rigolé comme des idiots et aujourd'hui, je suis à cheval sur Saint-Mexan.

Je rigole moins.

— Alors, pour ces lettres, qu'est-ce que tu décides ?

— Je saurais pas faire, Saint-Mexan.

Il va sûrement me précipiter du haut de mon bâtiment.

— C'est comme tu voudras. Si tu te dégonfles, tu peux y aller, moi je reste ici.

Il me fait le coup du dépit. Je résiste.

— T'es sûr, Saint-Mexan ?

— Mais oui. Si je m'ennuie, dans mon sac, j'ai le bouquin de voyage que tu m'as prêté.

Je ne me souviens plus de quel livre il s'agit. De toute façon, il ne les lit jamais.

— Tu sais, Saint-Mexan, des décapotables dans la cité, c'est rare.

— T'inquiète pas, il finira bien par en passer une. Je peux garder les tomates ?

Il peut. Je dégringole jusque chez moi.

Dégringoler c'est vite dit. Je viens de réaliser que mon père n'est peut-être pas encore parti au travail. Je risque de le croiser. Il va me causer du pays. C'est-à-dire de mes notes. Vilaines contrées. Ça m'arrête net dans l'escalier. Je remonte à la fenêtre du palier pour vérifier si notre Simca Etoile 6 est encore au parking. J'ai une poussée de chaud.

Elle y est. Blanche et innocente.

L'Etoile 6 attend comme un dimanche matin, pour partir au football. Le prochain match est contre Thiais. Le derby de l'année, et je risque de ne pas être dans l'équipe ! Ça me coupe le souffle. Il faut que je pense à autre chose.

Je guette les bruits dans la cage d'escalier. Voix, portes, transistors, chasse d'eau, rasoir électrique, tout me fait transpirer. Si quelqu'un me trouve là, je suis fichu. Ça y est ! On tourne une clef au quatrième. Je n'ai plus qu'à descendre l'escalier comme un condamné à mort. Dernière chance. Je me penche par la fenêtre. Mon père apparaît sur le trottoir ! Il traverse la rue vers le parking, son sac à l'épaule et les jambes qui arpentent sous lui. Ça alors ! Je n'avais jamais remarqué qu'il perdait autant ses cheveux. Une langue lui lèche le crâne.

Mon père devient décapotable.

Eh ! Saint-Mexan, les pères ça ne compte pas.

Je me cache en retrait. Je sais que juste avant de monter dans sa voiture, mon père va se retourner vers ma mère accoudée à la fenêtre. Un petit signe discret. Même si maintenant, il fait attention. C'est comme ça qu'il s'est fait renverser.

L'Etoile 6 démarre. Il n'y aura même pas à la pousser. Je peux redescendre chez moi. La porte s'ouvre. C'est ma mère. Les carreaux de sa blouse et le sourcil ombrageux.

— Qu'est-ce que tu faisais tout ce temps ? Et mes tomates ? En plus, t'as oublié mes tomates !

Comment expliquer à ma mère qu'elles sont restées sur le toit avec l'assassin de Kennedy ?

## 2
## Moi, en Sidney Poitier

Ma mère me laisse planté dans l'entrée et s'en retourne à la cuisine avant que j'aie pu me faire pardonner... Eh, m'am, j'ai le journal, quand même... Je n'aime pas quand elle est fâchée contre moi. J'ai l'impression de ne plus être son fils. Pour quelques tomates. J'irais bien lui en chercher d'autres au marché, mais je suis démangé.

Démangé par un cahier noir.

Il est tout près. Dans la chambre des parents. La porte est entrouverte. Les doubles rideaux encore tirés.

Le cahier noir est dans le tiroir de la table de nuit de mon père. Dedans, il a écrit la composition de l'équipe qui jouera dimanche contre Thiais. Est-ce que j'en fais partie ?

Il suffirait que j'entre, que je fouille et que je lise. Mais si ma mère me surprend, j'aurai beau lui rapporter un camion de tomates pas trop mûres, je ne serai plus son fils. Et pour longtemps.

La chambre des parents, c'est sacré.

Je renonce. Je préfère rejoindre ma mère dans la

cuisine. Quoi qu'on fasse dans cette famille, on se retrouve dans la cuisine. C'est la pièce la plus petite de l'appartement. On a eu du mal à y faire entrer un réfrigérateur, une cuisinière, une table et deux chaises, modèle maison de poupée. Mais on a l'impression que toute la famille y tiendrait à l'aise.

Aux heures de pointe, c'est comme dans le métro, on cherche la barre pour s'accrocher. « Excusez-moi, je descends à la prochaine. »

Ma mère est debout devant l'évier. Pas d'humeur à se laisser bousculer. Elle ferraille sur une fermeture Eclair de pantalon. C'est coincé. Ça ne veut pas venir. Elle peste, les lunettes de plus en plus de travers sur le nez.

Je compte sur *Le Parisien* pour l'amadouer. Rien de tel qu'un bon fait divers sur cinq colonnes pour oublier ses soucis.

— Tu veux que je te lise les titres, m'am ?

— Je croyais que tu avais une leçon à réviser, toi.

Je croyais avoir bien caché mon cahier de textes, moi.

— Juste les titres, m'am.

— Ton frère est dans la salle de bains, il débouche la machine à laver.

Je traduis : Serge est encore plus énervé que ma mère. Il est en train d'extirper de la pompe multi-rafistolée de notre engin à massacrer le linge, un magma spongieux de cheveux, boutons, trombones, épingles et pièces de monnaie. Tout ça juste avant de partir au travail et après s'être sculpté au Pento son cran à la James Dean et aspergé de Mennen.

Le matin, Serge est de mauvaise humeur. C'est

comme ça. Personne ne doit lui adresser la parole. « Jacky était pareil. » Ma mère trouve toujours un enfant pour en expliquer un autre.

Côté défauts, on se sent en famille.

Au petit déjeuner, Serge lit la page des sports dans *Le Parisien*. Souvent, le lundi, il s'y retrouve. C'est qu'il a marqué un but avec Villemomble. Un jour, Serge passera professionnel dans un grand club... Pas croyable ! Reims descend en deuxième division... Il arrêtera d'être chaudronnier, comme mon père. Pourtant la tôle, c'est son truc. Il faut qu'il la torde, la découpe, la forme. Parfois, en trempant sa tartine beurrée dans son café noir, il crayonne les esquisses de ce qu'il va fabriquer à l'atelier pour la maison.

On surveille en douce par-dessus son épaule pour savoir quelle forme aura la table basse, le lampadaire du salon ou la lanterne de l'entrée. C'est toujours de l'imprévisible, du jamais-vu et de l'ultramoderne.

Ultramoderne c'est le seul terme qu'on ait trouvé pour qualifier le style de notre appartement. Certains disent « Bizarre » « Pas commun » « Surprenant » « Osé » « Zazou », d'autres parlent carrément d'un « Style Zavatta ».

C'est surtout à cause du salon. Il faut reconnaître qu'avec un mur vert, et un autre rouge, à la peinture Bonalo, il surprend au début. Mais le recoin du pick-up rassure un peu, avec ses étagères asymétriques en contreplaqué naturel, sur tubes métalliques, et son papier peint imitation briques.

Une banquette et des fauteuils en Skaï rouge et noir complètent le tableau autour de notre poste de télévision, toujours Pyrus Télémonde, et toujours en noir et blanc.

A force d'avoir été le premier poste de télévision de l'escalier, il est le plus vieux, maintenant. Un jour, quelqu'un aura la couleur avant nous.

Le peu de place restant dans le salon est occupé par Brigitte, un palmier de Fête des Mères envahissant qui va nous mettre dehors, un jour, d'après mon père.

... Pas plus que ta Martinique...

Ma mère fait allusion à une lubie du p'pa qui lui avait fait peindre la plage du Carbet sur un mur de la salle à manger et la caravelle de Christophe Colomb sur l'autre.

Nous avons un salon Zavatta et une salle à manger tropicale. Les deux pièces sont ouvertes l'une sur l'autre, mais séparées par une fausse poutre rustique en bois, teintée au brou de noix.

Cette lubie-là est de ma mère.

Autant dire que même par temps de brouillard, on ne peut pas se tromper d'appartement.

Dans la cité, chacun a aménagé le sien à sa manière. La transformation, c'est un véritable sport local. Une compétition... Paraît qu'au 31 ils ont mis une baignoire où on peut s'allonger... Qu'est-ce que tu dirais d'un aquarium mural comme le papy qui a une Ami 6 verte ?... En prenant sur la chambre, on pourrait se faire un couloir... Une cuisine américaine ? Ça va être coton si c'est un mur porteur... Mais rien ne portait dans ces appartements. Alors on taillait, on coupait, on comblait. Aucun logement n'était jamais fini. On déménageait pour plus grand, dans une autre cité. Une mieux. On demandait une reprise au nouveau locataire qui de toute façon allait tout mettre par terre.

Dans la famille, côté lubies de décoration, on s'était calmés.

Pour l'instant, notre appartement, on le garde comme il est. Ma mère n'est pas peu fière de le faire visiter... Tout ça, c'est mon fils Serge qui l'a fait. Il est comme son père, il a de l'or dans les mains...

J'évite de regarder les miennes.

En ce moment le fils aux mains d'or est encore plus renfrogné que d'habitude. Ce matin, Serge a la tête dans les cartes routières. Il prépare ses vacances d'été au cap Nord...

Serge me l'a promis : ses vacances seront aussi mes vacances, *si* je réussis mon BEPC.

Autant dire que c'est encore loin le cap Nord.

Ma mère inspecte au mur notre almanach des PTT 1964 année bissextile. Il est bariolé de rouge, vert, bleu, correspondant aux anniversaires, fêtes et autres, de la famille.

— Tu te souviens que ton frère, c'est le 6 juin. Dans deux jours. Faudra pas oublier... Chut !

Serge apparaît dans la cuisine. Côté allure, c'est Steve McQueen et le capitaine Troy réunis en un seul épisode TV. Côté amabilité, c'est plutôt « Interlude »... Veuillez nous excuser pour cette interruption momentanée du sourire...

— La machine est débouchée, m'am. Tiens, j'ai retrouvé ton dé à coudre.

Il embrasse ma mère et disparaît avec ce chaloupé d'ailier droit rocker qui ravage les défenses adverses et les filles. J'ai le temps de croiser son regard bleu chasseur de primes qui me dit clairement : tu fais la chambre, tu bosses pour l'école, tu vas t'entraîner ce soir, et tu touches pas à ma boîte de compas.

C'est noté.

— M'am, je peux te lire le journal, maintenant ?

— Attends.

Ma mère débarrasse la table de la cuisine dans le vide-ordures et donne un coup de torchon sur le Formica.

C'est comme ça : pour les nouvelles du jour, la table doit être propre.

Puis elle se sert du café dans un verre en Pyrex. Un reste du café noir du p'pa. Pas de sucre, mais une petite cuiller qu'elle retient avec l'index quand elle boit.

— Tu peux y aller, mais seulement les titres ; tes sœurs vont pas tarder à se lever.

Je déplie *Le Parisien* de façon que ma mère ne puisse pas regarder la dernière page. Sa manie de lire le journal à l'envers m'agace. On dirait qu'elle veut tout savoir avant que ça arrive. Comme pour s'y préparer.

C'est depuis la mort d'Edith Piaf en octobre dernier. Elle l'avait apprise comme ça. Pleine page. En dépliant le journal dans la cuisine. Ma mère s'était assise. Elle avait seulement dit... Pauvre gosse...

Pour Jean Cocteau, le même jour, elle n'avait rien dit.

Pour Jean XXIII, il y a un an, juste, elle s'était signée. Très vite, au milieu des gestes de la cuisine.

— Ils parlent de la prostate du Général, aujourd'hui ? Pour « Janique Aimée », ils disent si le feuilleton va continuer ?... Et Johnny Hallyday, ils le montrent en soldat ?...

— M'am, tu veux que je te lise ou pas ?

— Je veux bien, mais pas où on parle de l'Etrangleur... Ce gars-là, il a intérêt que ce soit la police qui l'attrape...

Quand ma mère a ces yeux-là, je me demande si ce n'est pas d'elle que je tiens mes bouffées de rage.

— Allez, vas-y, lis !

Impossible, l'Etrangleur est à la une en gros titre... *« Je vais encore tuer cinq fois », a annoncé dans six pneumatiques le meurtrier présumé du petit Luc Taron*... Je passe.

— Wadoux bat le record de France du 1 000 mètres à Saint-Maur, m'am... 2 minutes 18 secondes 6 dixièmes.

— C'est bien, continue.

... *Réclusion perpétuelle : les bourreaux de la petite Odile ont été châtiés*... Je passe.

— Il paraît qu'on va plus habiter dans le département de la Seine.

— Qu'est-ce que tu racontes ?

— La Seine sera redécoupée en trois nouveaux départements.

— On habitera où, alors ?

— La Seine-et-Bièvre, d'après la carte.

— Il faudra déménager ?

— Non, c'est juste un redécoupage de la carte.

— Qu'est-ce qu'ils proposent d'autre comme nom ?

— Rien, on nous demande pas notre avis. Il y aura aussi les Hauts-de-Seine, et Villemomble sera dans la Plaine Seine-Saint-Denis.

Je viens de changer de lieu de naissance dans la cuisine. Ma mère repose son verre.

— Alors ça y est ! Ils ont réussi à nous y mettre.

— Où ça, m'am ?

— En banlieue. Tu vois pas qu'ils viennent de nous inventer la banlieue ?

Je regarde le journal. Je me sens loin tout à coup. Mais je ne sais pas de quoi.

— Il vous reste un carré de Bouillon Kub ?

Je sursaute. La voix sort du vide-ordures. Madame Dubosq, la voisine d'en face, a relevé la trappe avec son manche à balai. Je ne vois que ses grosses lunettes de myope.

— Je vais vérifier... Et vous, est-ce que je peux vous prendre votre grosse râpe à légumes ?

Je replie le journal. Inutile d'insister. Quand ma mère et la voisine commencent leurs échanges de vide-ordures, je n'existe plus. Elles sont capables de faire passer la moitié de la cuisine de l'une chez l'autre par cette ouverture de trente centimètres sur vingt-cinq. J'ai mesuré. Pourtant, elles n'auraient qu'à traverser le palier. Mais non. Elles préfèrent prendre le risque de se faire couper les mains par toutes les saletés qui dégringolent dans le conduit. Et il en dégringole.

Je les laisse à leurs échanges et j'emporte le journal dans ma chambre. Notre chambre, à Serge et à moi. La chambre des garçons. Mes petites sœurs, Maryse et Martine, ont la leur en face.

C'est la même, en mieux rangé.

Je suis certain qu'elles sont déjà lavées-habillées-pomponnées, en train de faire leur travail de classe, les yeux bleus, tout neufs.

Tout ça en écoutant un vieux Marie-Josée Neuville,

« la Collégienne de la chanson » qui est devenue « la Grand-mère du yé-yé ».

Mes petites sœurs m'énervent, pas seulement parce qu'elles passent *L'histoire du cow-boy Johnny*, comme si leur disque était rayé, mais surtout parce qu'elles sont toujours premières en classe.

Maryse et Martine, ce sont les sœurs Goitschel des études. Elles remportent les prix d'excellence comme les autres des médailles d'or en ski, aux jeux Olympiques d'Innsbruck.

Moi, je ne suis pas menacé par le podium.

Aujourd'hui, je vais être débarrassé d'elles. Ma sœur Josette vient les chercher pour les emmener à Paris. Au Châtelet, je crois. Pour une opérette avec Luis Mariano ou quelque chose comme ça.

La maison n'aura jamais été aussi vide.

D'habitude, en plus de nous quatre et des parents, il y a au moins quelqu'un qui dort dans le canapé, pour une nuit, ou plus longtemps : Tonton Florent, un petit mineur pendant les grèves de l'an dernier, ou Michel d'Alger, un copain de mon père chef d'escale à Air France. Il avait été « condamné à mort par l'OAS ». En partant, il nous avait laissé sa caméra Beaulieu... Trop de souvenirs douloureux à l'intérieur. Trop d'images...

La maison est vide et ma chambre trop pleine. Il serait difficile de faire entrer plus de désordre. Une véritable avalanche. Pourtant il n'y a qu'une penderie et deux lits-bibliothèques pliants qui encadrent un secrétaire. Le tout en « bois massif et brillant acajou », nous avait vanté le marchand de meubles. Quand, au premier arrachage de charnière, mon père lui avait fait remarquer que ce n'était que de l'aggloméré tenu par le vernis, il avait rétorqué que « bois massif » était une appellation, pas une essence. Le marchand avait regretté de jouer sur les mots quand mon père avait laissé entendre qu'avec un peu d'essence on pouvait faire brûler beaucoup de bois massif. Les mots, c'est comme les charnières, ça peut se refermer sur les doigts.

En contrepartie d'une « réparation gracieuse et d'un rabais amical » on avait gardé les meubles.

Heureusement, je les aime bien. Surtout la partie biliothèque au-dessus de chaque lit. C'est là que je range mes Inéchangeables. Les livres que je n'échangerai jamais. Même au marché. Même cher.

Il y a d'abord les sans-numéro, comme *Le Ballon rouge*, *L'Enfant au fennec*, *Crin-Blanc* ou *Le Dernier des Mohicans* que j'ai même en anglais, *The Last of the Mohicans*, avec son début mystérieux... *It was a feature peculiar...*

Mais il y a surtout mes Livres de Poche. *Le Zéro et l'Infini* (n° 35), *Les Raisins de la colère* (n° 44-45), *Les Grandes Familles* (n° 75-76), *La Jument verte* (n° 108), *La Vingt-Cinquième Heure* (n° 172-173), *A l'ouest rien de nouveau* (n° 197), *Jésus-la-Caille* (n° 310), *Le Vivier* (n° 426), *On achève bien les chevaux* (n° 489)...

Ma collection complète de Proust est à part dans la partie vitrée du secrétaire. Mon trésor. Les plus belles couvertures. La reproduction de pages de manuscrits un peu jaunies, avec ces lignes mystérieuses, emmêlées, indéchiffrables. Je ne pourrai jamais être écrivain, mon écriture est trop facile à lire.

Au début, je croyais qu'il fallait lire les Livres de

Poche dans l'ordre des numéros, comme un feuilleton. J'ai cherché le n° 1 *Koenigsmark*, pour connaître le début de l'histoire, mais je n'ai jamais pu trouver mieux que l'épisode n° 6 : *La Symphonie pastorale*.

Maintenant, je sais que ce n'est pas obligatoire de lire *Koenigsmark* pour comprendre les autres livres. Mais je me souviens souvent mieux du numéro que du nom de l'auteur.

Ce serait pratique de pouvoir ranger ma chambre par ordre de numéros. Quel magma. Même des yeux, je ne sais pas par où commencer. Sur mon lit, le manuel de sciences naturelles me nargue. Lui sait ce qui m'attend. Je jette le journal dessus comme pour attraper un insecte. C'est exactement ce qu'il y a là-dessous : un vilain insecte. Le plus répugnant et le plus dangereux de tous : la sauterelle.

Rien que d'y penser, j'en ai des frissons dans tout le corps.

Je hais la sauterelle.

La sauterelle est un insecte nuisible, complexe et fourbe, uniquement inventé pour gâcher mon jeudi.

Un beau jeudi pour tuer Kennedy.

Mais ça, personne ne le sait encore.

D'après *Le Parisien*, ce jeudi ne sera qu'une journée « particulièrement chaude et ensoleillée. Avec un ciel dégagé et un maxima de 33° sous abri prévu à treize heures ». 33° ! C'est une faute de frappe, j'espère. Sinon, Saint-Mexan va griller sur le toit. Il aurait mieux fait de tuer Kennedy à la fraîche.

Pendant ce temps, je vais devoir rester ici, à étouffer dans ma chambre, au milieu de cet amoncellement de livres, de journaux et de magazines. Je suis découragé d'avance. J'ai l'impression d'être un naufragé volontaire. Une sorte de Bombard en HLM qui préparerait un devoir sur la survie.

La survie, c'est le mot, car mon ciel n'est pas aussi dégagé que dans *Le Parisien*. Mon ciel scolaire, j'entends. Comme dit monsieur Desmoulin : « Vous avez le ciel gaulois, mon jeune ami. Celui qui peut tomber sur la tête sans prévenir. »

Sans prévenir. Pas tout à fait.

Si on regarde dans mon cahier de textes, à la page de demain, en se penchant par-dessus mon épaule, on peut découvrir une formule codée écrite en rouge et encadrée de trois traits.

*Co. Tri. S.N. : la saut...*

Rien qu'à relire cette ligne, j'en ai des ondulations arctiques entre les cuisses.

Déjà le cap Nord.

*Co. Tri. S.N. : la saut...* veut dire en français usuel : Composition trimestrielle de sciences naturelles sur la sauterelle.

La sale bestiole qui va me priver de ce jeudi avec Marie-France.

Des jeudis, j'aurais pu lui en donner d'autres, à la sauterelle. Je n'avais que l'embarras du choix, parmi mes jeudis punis, et mes jeudis consignés de toutes les sortes.

De la vulgaire retenue avec piquet, au récurage de la salle de chimie à la brosse à dents, ou pire... la péno de Rimbaud.

La pire péno.

La péno de Rimbaud est une invention sadique de Doumeng, le professeur de français. Un modèle exclusif et déposé... Vous me ferez cent lignes, jeune homme... Celui qui ne connaît pas se dit, chouette, je m'en suis bien tiré. Il déchante quand ce vicieux ajoute... Bien sûr, en changeant de couleur à chaque lettre et en respectant celles du poème de Rimbaud. Vous connaissez ?...

Qui ne connaît pas « Voyelles » d'Arthur Rimbaud ? Tous les cancres du collège Joliot-Curie d'Orly le savent par cœur. A cause de ce poème, ils haïssent Rimbaud, et surnomment leur stylo à quatre couleurs « Arthur ».

Les jours de colle dans la salle de permanence, on peut entendre ce chant de galériens arc-boutés sur les rames : *A* noir... Clic !... *I* rouge... Clic !... *U* vert... Clic !... *O* bleu... Clic !...

« Et n'oubliez pas, jeunes gens, le *E* est blanc. »

Ça, c'était le coup de grâce.

Mais aujourd'hui, il ne s'agit pas d'un simple jeudi gâché. La sauterelle encadrée en rouge annonce une calamité digne de la septième plaie d'Egypte.

Je préfère ne pas penser à cette interrogation, sinon je vais vomir sur mon livre. Je sens déjà le café au lait du petit déjeuner qui remonte et les tartines beurrées tentées par l'aventure.

J'aurais préféré être interrogé sur le saumon.

Pour me rassurer, je reviens au désordre de ma chambre. Erreur. Il m'étouffe. J'ouvre la fenêtre avec l'impression que je ferais mieux d'éviter de le faire. Quel idiot ! C'est exactement ce qu'attendait Nikita, adossé à la descente de cave du bâtiment d'en face. Il est matinal, Nikita. Je l'avais oublié, celui-là. Depuis qu'il s'est laissé repousser les cheveux, il ne ressemble plus à son surnom. Nikita, ça collait bien quand il avait le crâne rasé à la Khrouchtchev. Maintenant, il ne ressemble plus à rien...

Nikita est toujours habillé en costume bleu pétrole et chemise blanche. Même par 33°... Je suis né au soleil, moi... Il est grimpé sur des bottines qui ont plus de talon que de chaussure. Nikita aime faire son mystérieux. Il me lance un coup de menton d'agent du KGB en mission à Ankara, comme dans *Destination Danger*, avec Patrick McGohan. Je traduis le mouvement par... Alors, c'est toujours convenu ?... Je hoche la tête... Bien sûr !... Sans réfléchir. Comme un imbécile. Tout ça pour ne pas avoir l'air de me dégonfler. Résultat : me voilà embarqué dans un coup foireux à la Nikita... Cette fois, tu verras, c'est du billard...

J'aurais dû lui dire... J'ai du travail. Je ne peux pas... Ça te prendra qu'une demi-heure. Juste le guet... Même une demi-heure, c'est impossible. Je vais lui expliquer.

Trop tard, Nikita a disparu.

A en croire cette vrille à l'entrejambe, je viens de faire une bêtise. Une grosse bêtise.

Je vais en parler à Marie-France, elle saura ce qu'il faut faire.

Non. On ne demande pas ces choses aux filles. Je dois me débrouiller tout seul. D'abord, reprendre mes esprits. Je ferme les yeux et je respire devant la fenêtre grande ouverte. Le printemps en profite pour se faufiler à l'intérieur de ma chambre comme un vulgaire vendeur d'aspirateurs qui mettrait le pied dans la porte pour me placer ses rossignols à crédit.

Le printemps déballe en vrac des odeurs éculées de troènes, de goudron chaud et de poussière sèche. Une vraie boîte à poncifs. Pas comme ça qu'il aura une bonne note en rédaction. Et qu'est-ce qu'il croit ? Que je ne sais pas que je serais mieux dehors ?

Pauvre type.

Nikita m'a énervé. Je shoote dans *Le Parisien* de rage. *Up and under !* comme on dit au rugby. J'avais oublié mon livre de sciences naturelles en dessous. Il est catapulté en l'air et explose l'escadrille de mes maquettes d'avions suspendues au plafond. C'est la RAF contre la Luftwaffe. Mon livre est touché, il tombe en vrille et s'écrase sur le lit, les ailes en croix, le regard sombre. Je n'aime pas sa façon de me faire des reproches. Qu'est-ce que tu veux, toi ? Tu cherches des coups ?

Je me mets en garde.

Moi, en Cassius, Marcelus, Clay.

Franchement, tu crois que c'est sérieux ? Que c'est le moment de faire le pitre ? Continue comme ça et tu sais ce qui va t'arriver.

Ça y est. Revoilà la petite voix raisonnable dans ma tête. Cette prétentieuse qui croit tout savoir mieux que moi.

Souviens-toi de ce que t'a dit ton professeur : pas de bonne note, pas de lycée !

Les tartines de ce matin me remontent beurrées à la bile. Mieux qu'un crochet du gauche au foie.

Respire. C'est toi le champion !... C'est toi le champion ! Le plus beau, le plus fort. Tu voles comme l'abeille, tu piques comme le papillon. C'est l'inverse, imbécile ! J'ai vraiment du mal avec les insectes.

Je souffle par le nez. Je me boxe la mâchoire. Salle Wagram, j'avais vu un boxeur le faire pour se donner du courage. Il était énorme, portait un short vert et une poitrine de pin-up. Il s'était mis K-O tout seul.

Bing ! Endormi comme un gros ours ballot.

Ça me tente, le miel d'acacia et l'hibernation. Je pique du nez dans mon livre de sciences naturelles. Je m'enfouis. L'odeur de colle et d'encre me rassure. Je suis un ours en forme d'autruche caché entre les pages 153 et 154. Personne ne me retrouvera.

Il vaut mieux... L'adversaire qui est dans l'autre coin du ring est vraiment trop fort pour moi. C'est un grand sifflet, anormalement maigre. Un échalas dépendeur d'andouilles. Des bras à la Al Brown qui n'en finissent pas, quatre poumons, deux cœurs et un jeu de jambes de danseur étoile. Le Noureïev des combats préliminaires.

Inutile d'aller au massacre. Je vais jeter l'éponge avec le seau.

Qu'est-ce que ça peut faire, si je ne réussis pas cette interro ?

Saint-Mexan dit vrai. Ça changera quoi si je ne vais pas au lycée ? Je ne serai pas le premier à m'en passer.

Tu te rends compte de ce que tu dis ? Tu oublies qu'il y a des endroits où on se bat pour avoir le droit de faire des études. Souviens-toi, la photo découpée dans *Match*. Ton montage. 30 septembre 1962. Moi, en James Meredith, premier étudiant noir admis à l'Université du Mississippi.

Je croyais que tes montages devenaient des souvenirs.

D'accord ! D'accord !

Je me redresse. Ça craque de partout. Je ne voudrais pas être ma colonne vertébrale, en ce moment. Ni ma nuque, ni mon crâne, ni rien de moi, d'ailleurs. La somme de mes parties vaut moins que mon tout.

Ça suffit ces jérémiades. Allez, du nerf. Il reste une reprise. Cette interro c'est comme le dernier round d'un championnat.

Le round décisif.

Pense à Dauthuille contre La Motta. A quinze secondes de la fin, il était champion du monde. Tu imagines les manchettes dans *France-Soir* ?... Triomphe d'un boxeur français aux Etats-Unis... Remontée des Champs-Elysées. Légion d'honneur. Et maintenant ?... Je sais. Dauthuille a baissé la garde. K-O au dernier round. Sa chance est passée. Il est pompiste aujourd'hui.

Et pourquoi je ne serais pas pompiste ?

J'en ai assez de cette voix dans ma tête qui se croit tout permis. De quoi elle se mêle ? Je fais ce que je veux de ma vie.

Ça y est, on a fini sa crise ?

On se prend pour Marlon Brando dans *L'Equipée sauvage* ? Le rebelle de Prisunic ? Le Blouson noir de sa maman ?

On peut y retourner ?

La petite voix a raison, il ne reste plus qu'un round. Ce serait trop bête. Je respire mon pot de colle. J'enfile un protège-dents. Je mords dedans... C'est moi le champion !... C'est moi !...

Moi, en Marcel Cerdan.

Ma mère brodera mon surnom sur un peignoir mauve : « Le bombardier d'Orly ». Pourtant, j'ai horreur du mauve. Ça fait fille. Je vais avoir l'air d'un bouquet de lilas au milieu du ring.

Je me claque les joues. Le gong sonne. Je me redresse de mon tabouret. Mon père est mon homme de coin. Il me donne les derniers conseils !... Monte ta garde, protège ton foie, allonge ton gauche et... récite-moi la sauterelle.

Pas facile, p'pa, avec un protège-dents, mais j'y vais.

— La sauterelle est un insecte sauteur de couleur jaune ou verte, aux longues pattes postérieures, qui se distingue du criquet par la présence chez la femelle d'une tarière.

Qu'est-ce que c'est une tarière ? Ça, le prof est capable de le demander. Je le connais, Desmoulin. C'est un obsédé de l'alambiqué et du lexique tordu. Il n'aime que les termes qui n'existent que dans les cases noires des mots croisés. C'est lui qui le dit.

Mais cette fois, il ne m'aura pas.

Je piste « Tarière » dans mon Larousse illustré... Targe... Targi... Targum... Tiens, la photo d'un Tatou à neuf bandes... Il ressemble un peu au Tapir... Non ! on ne tourne pas les pages pour vérifier... Tarsier... Taupe... Il y a plein de bestioles, par ici.

Ça me gratte de partout.

Suffit !

Ne commence pas à te promener dans les illustrations.

Trouve Tarière, un point c'est tout. Pas facile dans ce fatras. Serge a raison, il faudrait que je range la chambre, ce serait toujours ça de gagné. Je vais m'y mettre. Non ! pas de faux-fuyant. Trouve Tarière. J'avance dans le dictionnaire... Tartempion... Tartiflette...

J'ai faim !

Il reste peut-être une part de tarte dans le frigo à côté du gruyère frais du p'pa, des asperges du p'pa, du fromage blanc du p'pa, des fraises du p'pa... Je me demande pourquoi nous n'avons pas deux frigos dans cette maison. Un pour nous et un pour mon père.

Une petite sœur frappe à ma porte. Je fais celui qui n'a rien entendu. Encore des choses à me demander. Des histoires de surface, de volume ou d'intervalles. Pas question. Souvent elles trouvent avant moi la réponse à leurs questions.

Je préfère replonger dans le dictionnaire... Hop !... Je saute au passage dans un Taxi-brousse de bas de page. Je me fais Tartir à Tartuffe et deviens le Tarzan des Tatamis. Je vois Mauriac et Cocteau qui font du judo, et le général de Gaulle avec des pingouins. Ça, je me souviens, c'était dans un livre de photomontages que j'avais trouvé, à la cave, dans le local du vide-ordures. C'est ce livre qui m'avait donné l'idée de coller ma tête partout.

Parfois, ça me fait peur : ma tête partout et mon esprit nulle part. Je n'arrive pas à me concentrer, à rester fixé sur quelque chose. C'est dur de lutter contre sa tête. A l'école, il faudrait que je puisse la poser à côté de moi, pour la surveiller et l'empêcher de rêver dans tous les sens.

Tout de même, j'ai bien envie de retrouver ce livre de photomontages.

Voilà une bonne raison de ranger ma chambre.

Serge va être content.

Je m'y mets. Déterminé. Comme quand ma mère

relève ses cheveux et ses manches. Signe de tornade et d'orage.

Top chronomètre ! C'est « Intervilles ». Je suis le Jojo de Saint-Amand-les-Eaux. Je rassemble, je ramasse, je trie, j'empile, j'enfourne, je froisse, je jette, je glisse, je translate, et je déplace.

Je suis le roi du bonneteau... Il est là, le désordre, il est là !... On le suit... On le trouve...

Au final, j'entasse ailleurs.

Il n'empêche que cet « ailleurs » me paraît mieux rangé.

Mission accomplie.

Je n'ai pas retrouvé mon livre avec Mauriac, Cocteau et de Gaulle, mais mon dossier personnel de montages est à sa place, j'ai vérifié.

Lui, personne ne le trouvera jamais. Il est à l'abri du désordre et de mes petites sœurs. Discrètement dissimulé entre le secrétaire et le mur grâce à un système ingénieux de ma conception. Moi aussi, je peux avoir de l'or dans les mains comme Serge.

Disons du plaqué.

Un œil sur la porte de ma chambre, je consulte la liasse des montages photographiques de mon dossier. Ça me calme et me remet la tête en ordre... Moi, en James Bond avec Ursula Andress... Moi, en Nehru. Il faudrait que je m'essaie en Gandhi... Moi, en Yves Saint Laurent, avec des lunettes... Moi, en Ben Bella, Moi, en Bernardo dans *West Side Story*, Moi, en Patrice Lumumba. Encore des lunettes...

Je ne me souvenais pas que j'avais été tout ça.

Tiens ! un deuxième montage de Moi, en Sidney Poitier. C'est étrange, je m'ai en double.

Heureusement, il n'y a pas de Moi, en Lee Harvey Oswald. Je suis rassuré, je ne voudrais pas qu'on m'accuse à la place de Saint-Mexan quand il sera arrêté dans la salle du ciné-club à 13 h 55 après avoir abattu le gardien de la cité à 13 h 18 avec son Smith et Wesson. La dernière balle à bout portant dans la tempe.

Je range mon dossier derrière le secrétaire.

Clinc !

Un gravier vient de frapper le carreau de ma fenêtre.

Je m'y attendais. Je sais ce que c'est. Je fais le mort.

Clinc !

Un deuxième. Plus gros. Plus énervé.

Les vrais ennuis de la journée commencent.

## 3
## L’écorché de la sauterelle

Clanc !

Cette fois ce n’est plus un gravier dans la vitre, mais un vrai caillou. Je vais avoir du mal à y échapper.

— Hé ! tu m’entends ?

Bien sûr que j’entends Mich’. Comment faire autrement ? Il braille sous ma fenêtre, comme un matelassier.

— J’ai un message de Marie-France.

Mon cœur se met à faire la sauterelle dans ma poitrine. Marie-France : ses grandes jambes, ses grands bras, ses grandes antennes... sa tarière... Arrête tes bêtises.

— Marie-France a dit qu’il fallait que tu viennes.

Que je vienne ? Maintenant ? Pas question. Je sais ce qu’elle veut. Moi aussi, mais aujourd’hui, je dois réviser. Elle le sait. Alors pourquoi essayer de me tenter ? Je me bouche les oreilles. C’est Moi, en Ulysse résistant au chant de Marie-France. Il faut que je fasse entrer cette saleté de leçon dans ma tête de héros grec.

Mon préféré, c’est Périclès, à cause de son casque.

— Attention, Mich', t'as tes lacets défaits.

Il relace ses tennis. C'est toujours ça de pris. J'en profite pour jeter un œil sur mon livre. D'après lui, la sauterelle serait : un insecte sauteur muni d'une tarière. Tant mieux pour elle. Qu'est-ce que j'en ai à faire ? A quoi ça me servira dans la vie de savoir ça ? Saint-Mexan a raison. Qu'est-ce qu'on apprend comme choses inutiles à l'école ! Une tarière, franchement. C'est quoi, déjà ? J'empoigne mon dictionnaire. C'est ma bouée quand je travaille, mon radeau de survie. Avec mon dictionnaire, j'ai l'impression que je pourrais écoper la mer... Tarentule... Tarentelle... Taré...

Ça, c'est moi, d'après Chavanel, le prof de maths... Zéro virgule vingt-cinq en algèbre, dix-neuf soixante-quinze en géométrie, faut vraiment être taré ! ou... avoir triché.

Tricher ! Pourquoi tricher en géométrie ? Ailleurs d'accord, mais en géométrie ? C'était gâcher. Surtout en géométrie dans l'espace. Surtout avec le genre d'exercice que Chavanel nous avait proposé pour ce devoir. Il appelait ça : de la représentation mentale dans l'espace.

On était des cosmonautes de la troisième dimension.

« Fermez les yeux. Croisez les bras. Ecoutez bien. Soit un cylindre traversé en son milieu par le tiers de la pointe d'un cône orienté à 45°... Maintenant, ouvrez les yeux et dessinez ! »

Je ne voyais pas où était le problème puisqu'il s'agissait de reproduire ce qu'on voyait dans sa tête. Chavanel, lui, ne trouvait pas ça normal que j'y arrive si bien. Les exercices suivants, il était resté à côté de moi. Les yeux fermés, je sentais son regard broussailleux sur mes mains. Il guettait le truc. Pour le rassurer, j'avais relevé mes manches comme le fait Mac Ronay avant de rater ses tours de magie à la télévision.

Ça l'énervait Chavanel de ne pas me prendre en défaut. Il avait fini par convoquer mes parents... Qu'est-ce que tu as encore fait ? J'ai expliqué... C'est moi qui y vais... Mon père qui se déplace, c'était la première fois. Et un samedi matin, jour de pêche ou de bricolage. Il avait pris son porte-documents noir à fermeture Eclair.

Dans la salle de classe vide, je me suis fait tout petit. Comme quoi, innocence n'est pas assurance. Monsieur Chavanel a exposé son étonnement et ses *forts doutes* au p'pa qui n'avait même pas l'air impressionné... Posez-moi un problème ?... Pardon ?... Chavanel n'avait pas compris la question du p'pa. Moi non plus. Je m'étais tassé d'un cran. Mon père posait une question à mon professeur de mathématiques. Un homme qui extrayait des racines carrées de tête.

« Oui, posez-moi un problème comme ceux que vous donnez à mon gamin. »

Là, j'ai vu sur le visage de Chavanel, ce sourire de coyote coupé en brosse qui lui vient quand on est sec au tableau devant une question.

« Bien, comme vous voudrez, monsieur. Fermez les yeux. »

Et voilà que Chavanel envoie dans l'espace une figure tellement alambiquée qu'on n'aurait même pas pu en faire un vaisseau spatial soviétique.

*Lunik 3,* c'était une orange bleue à côté.

« Dessinez ! »

Mon père reste les yeux fermés. Ça y est ! il s'est

endormi. Comme devant la télévision pendant « L'homme du XX$^{e}$ siècle ». Il en est capable. C'est le moment pour moi de déguerpir. Avant, il faudrait peut-être assassiner Chavanel et le cacher dans le placard de la classe. Sinon, lundi, tout le collège saura que mon père s'endort pendant les problèmes de géométrie.

Tout à coup, mon père ouvre les yeux, prend une craie et sans même faire semblant de réfléchir, il couvre le tableau noir d'une figure prête à filer vers Mars. Chavanel en a la mâchoire inférieure soumise à l'attraction terrestre.

« Regardez, vous allez comprendre. » Mon père avait sorti un fascicule de son porte-documents. Je l'avais reconnu. C'est son carnet de traçages de chaudronnerie. Je l'ai feuilleté des centaines de fois. Il raconte une histoire projetée dans l'espace qui donne l'impression qu'on est en chemin pour quelque part.

« Voilà, monsieur. Mon gamin n'est pas un tricheur, c'est un fils de chaudronnier. »

Après ça, je voulais entrer à Villegenis, l'école d'apprentissage d'Air France, avoir un carnet de traçages, une boîte à compas et une cotte de bleu.

« T'emballe pas. Je t'emmènerai visiter mon atelier, d'abord. »

Je n'avais pas compris ce que mon père voulait dire... T'emballe pas... Le temps que je saisisse, Mich' avait fini de lacer ses tennis.

— Je te préviens, Marie-France a dit que tu viennes tout de suite.

Il me sort de mon rêve d'usine. Mich' va finir par ameuter l'escalier. Je le laisse mariner et je replonge dans mon dictionnaire. J'aime bien retenir ma respiration. Rester au fond. Avoir la tête qui bourdonne et remonter comme une balle de ping-pong.

Qu'est-ce que je cherchais, déjà ?... Tarière... Je l'ai !... Grande vrille... Organe allongé... C'est le sexe de la sauterelle, ce truc ? Et en vrille, en plus. J'en avais vu des sexes, de sacrés, et pas de sauterelle. C'était dans un livre cellophané. Il fallait trancher les pages au coupe-papier. J'ai failli me transpercer la main quand le cahier photos m'a sauté aux yeux sans que je m'y attende. Dans le même mouvement, j'ai aussi manqué transpercer mon Lewis avec ma lampe d'Aladin...

La lampe d'Aladin est un des noms que je donne à mon organe pas forcément en vrille, ni forcément allongé. Ça ne veut pas dire qu'il y a un génie à l'intérieur, mais seulement qu'elle permet de vivre Mille et une nuits et une seule.

*Le noir sied aux blondes...* C'était le livre qui avait tout fait exploser. En lisant le titre, j'avais compris : Le noir *scié* aux blondes. Il m'était venu l'image d'une castration à l'égoïne. Ça m'avait calmé l'émotion.

Dans le dictionnaire, ils devraient mettre moins de mots et plus de conjugaisons.

— Eh, tu m'entends ? Je sais que tu es là...

Bien sûr qu'il sait que je suis à mon bureau, la tête dans la leçon. Que je ne peux pas faire autrement. On est dans la même classe. Il a entendu Desmoulin, le professeur de sciences naturelles, me prévenir. Toute la 3$^{e}$ B a entendu la menace... Si vendredi tu n'as pas au moins 15 à ton interrogation, tu peux faire une croix sur le lycée.

Une croix sur le lycée. On aurait dit qu'il me parlait

des bombardements de 39-45 en forteresses volantes. De ces croix qu'on peignait sur le toit des hôpitaux pour prévenir qu'il y avait des élèves blessés en dessous.

C'est vrai que j'aurais besoin de la Croix-Rouge pour me protéger. En ce moment, sur moi, « ça tombe comme à Gravelotte » comme dirait Boileau, le professeur d'histoire-géographie qui boite.

Lui serait un des rares à me défendre. Dans sa matière, je suis un des meilleurs en tenue de cahier. Le roi de la présentation, de la carte couleur en relief et de l'illustration. Je découpe et je stocke toutes les images qui me passent sous les yeux. Plus les planches que je récupère dans la librairie du haut d'Orly où c'est tellement le fouillis, qu'un peu plus un peu moins... Ni vu ni connu...

J'aime bien les expressions qui disent sans dire qu'on vole la pauvre libraire.

Pour Boileau, les expressions ne m'ont pas sauvé. Au contraire. Pour avoir prétendu à propos de sa boiterie qu'il portait une jambe mécanique, qu'elle fonctionnait avec des pièces de 1 F et offrait des parties gratuites de jambe en l'air, j'avais récolté, en plus des rires de la classe, 1 200 lignes de punition. Mon record. L'équivalent des 13 buts de Just Fontaine à la Coupe du monde de 1958 en Suède. Sauf qu'on ne m'avait pas offert en récompense un fusil de chasse Esqwarna.

Je me demande si Just Fontaine aurait pu assassiner Kennedy.

— Je te préviens, Marie-France a dit que si tu ne venais pas tout de suite, elle n'était plus ta p'tite copine.

Plus ma p'tite copine. Bravo pour la discrétion ! Tout l'immeuble va être au courant de mes histoires. Toute la cité, même. J'entends déjà la pipelette du bâtiment d'en face. « Il paraît que le gamin du 29 et la petite du square Claude-Bernard, c'est plus trop ça. Faut reconnaître qu'on voit pas ce qu'elle lui trouvait. »

— Alors, tu viens ?

Comment Marie-France pouvait-elle me demander d'aller la rejoindre ? Comme ça. Tout de suite. D'abandonner mon travail alors que c'est vital pour moi. Quel égoïsme. Je lui avais expliqué que même Jackie Kennedy n'avait pas le droit d'entrer dans le bureau ovale de son mari à Washington et d'exiger qu'il lâche le téléphone rouge pour un pique-nique sur les pelouses de la Maison-Blanche... Mais tu n'es pas le président des Etats-Unis...

Quelle mauvaise foi !

On voit qu'elle ne sait pas ce que Saint-Mexan prépare sur le toit de mon bâtiment.

— Moi, je m'en vais.

Pas question. Je veux savoir ce que Marie-France a dit.

— Tu n'as qu'à descendre.

Mich' non plus ne se rend pas compte de la situation. Lui est premier en sciences naturelles depuis la sixième. Les insectes, c'est sa passion. Il en a des boîtes et des boîtes parfaitement rangées dans sa chambre. Mieux encore que sa collection de timbres. Mich' a des papillons, des scarabées, des libellules, des hannetons, des abeilles...

Je ne sais pas comment il fait pour les endormir à

l'éther et les piquer sur des bouchons en liège. Moi, je ne pourrais pas. Je veux bien tirer une balle de 38 dans la tête de Saint-Mexan, mais traverser le corps d'un papillon avec une épingle, je ne pourrais jamais.

Mich' ne fait pas que collectionner les insectes. Il en parle bien. Un jour, il m'a raconté l'histoire d'une fourmi qui grimpait sur le corps d'un homme et qui le découvrait comme un territoire inconnu. Une fourmi exploratrice, le genre Savorgnan de Brazza... Ecris-la, Mich' !... Qui veux-tu que ça intéresse, une histoire de fourmis ? Moi, je ne veux pas raconter, je veux être entomologiste...

J'enviais Mich' d'avoir un si joli mot comme avenir.

Mais pour les histoires, il a tort. Depuis que j'ai fait un rêve horrible avec une sauterelle géante qui me dévorait les grains de beauté, une serviette autour du cou, j'ai compris que c'est exactement ce qui est arrivé à Franz Kafka : il avait une interro de sciences naturelles, il en a fait un cauchemar, et il a écrit *La Métamorphose*.

Un roman d'aventures avec une sauterelle, ce sera plus compliqué.

— Je te préviens, je n'attends plus. Je vais dire à Marie-France...

— Ça va, j'arrive.

Je vais à la fenêtre. Mich' est en bas sur le trottoir. Tranquille comme un facteur en fin de tournée. La sacoche légère. Ça lui va plutôt bien, les mauvaises nouvelles. Il est encore plus blond et plus frisé que d'habitude.

— Alors ?

— Alors, rien. Moi, je répète juste ce que Marie-France m'a dit...

— Et qu'est-ce qu'elle dit ?

— Qu'elle ne sera plus ta p'tite copine.

— Plus ma p'tite copine ?

— Parfaitement.

Et quoi encore ? Plus ma p'tite copine ! Qu'est-ce que c'est que cette histoire ? Ce serait trop facile. On ne peut pas décider, comme ça, de ne plus être la p'tite copine de l'autre. Il y a des règles à respecter. Des us, des usages. Des convenances.

Je ne comprends pas Marie-France, encore hier au soir on devait se marier. Surtout elle... Même si on n'a pas encore l'âge, tu crois qu'on nous la donnera la dispense ?...

Je sais que ma mère avait dû en demander une pour son premier mariage. J'espère que Marie-France ne compte pas avoir deux maris et treize enfants comme elle. Je ne m'en sens pas capable.

... Comme ça, avec la dispense on pourrait se marier tout de suite...

Se marier ! Marie-France est folle. Avec ou sans dispense, je dois d'abord me faire une situation. Réussir mon BEPC. Entrer en seconde. L'idée de rater ce passage au lycée me pince le cœur. Encore plus fort que quand Marie-France attache ses cheveux pour jouer à la balle au prisonnier. Les remonte sur sa nuque. Comment ça s'y prend, une fille, pour faire des gestes aussi vifs et gracieux avec un ruban, une barrette ou un simple élastique ?

Ça me pince le cœur, et pourtant, Marie-France est là, avec moi. Je peux regarder sa nuque de tout près, laisser tomber mon regard au-delà de son épaule, vers le bouton de son corsage.

Mais c'est justement tout ça que j'ai peur de perdre.

« Tu l'auras ta seconde, moi, je suis certaine. »

Marie-France me rassure. Pas mon livret.

D'après lui, le passage est : Compromis... Hasardeux... Incertain... Douteux... En péril... Voire... Inenvisageable... On sent que les professeurs ont essayé de ne pas copier les uns sur les autres, comme dans la publicité Ripolin.

Pas facile pour eux de trouver un synonyme à... C'est fichu !...

A la remise des livrets, monsieur Joseph, le directeur du collège, avait conclu... Redoublez d'efforts, mon ami, si vous ne voulez pas redoubler tout court. Pour m'aider à me souvenir de sa formule, il m'avait montré son « 45 fillette ». Une sorte de pense-bête à semelle de crêpe qui tenait tout le monde en respect dans l'école.

Si ça ne suffisait pas pour se souvenir, il ajoutait... Vous passerez dans mon bureau !...

Et, là, ça suffisait.

— Alors, qu'est-ce que je lui dis à Marie-France ?

Je m'accoude à l'appui de la fenêtre, genre bastingage de pont-promenade. Je fais le gars détaché en croisière, embruns au front, costume blanc et cigarette parfumée. Moi, en Valery Larbaud. La mer doit être mauvaise car j'ai les jambes qui flageolent dans mon jean.

— Je lui réponds quoi ?

Qu'elle n'a pas le droit. C'est tout. C'est elle qui a dit qu'il fallait que les deux soient d'accord pour casser. Moi, je n'aime pas cette expression. Ça fait scène de ménage et briseur d'assiettes au marché.

« Larguer » et « jeter », c'est pire. « Rompre », « Se séparer », c'est pour les grands. « En rester là », « Faire une pause », c'est chic et bien coiffé. « Rendre sa liberté », ça fait grand prince. Et « Aller voir ailleurs » ? Comment ça, aller voir ailleurs ! Est-ce que c'est ça que Marie-France a voulu dire à Mich' ? Aller où ? Voir qui ?

— Elle a répété que tu avais promis, pour la Vallée Verte, ce matin.

Marie-France exagère. J'avais évoqué, envisagé, espéré, mais pas promis la Vallée Verte. Elle sait pourtant combien j'aime y aller avec elle.

La Vallée Verte, ce sont des champs, des prés, des fermes, des vergers sur les hauts de Thiais. A peine une demi-heure en vélo. Personne. On trouvait toujours un endroit isolé. Une cabane. Peut-être que là-bas. Nous deux... Un jour, ça avait failli... Une pluie soudaine. Les vêtements collés à la peau. Il avait fallu se sécher... Non, arrête, pas ici... Pas encore...

— Alors, pour la Vallée Verte ?

— Je lui avais expliqué pour mon devoir.

— Elle a dit que tu n'as pas besoin de toute la journée pour réviser une leçon !

On voit bien que ce n'est pas elle qui risque sa peau sur cette interro. Les filles travaillent bien à l'école. C'est comme ça. Ce sont toutes des sœurs Goitschel. Elles n'ont pas de mérite, mais, résultat : les filles ne se rendent pas compte. Heureusement qu'on est dans des écoles séparées, sinon, on serait obligés de faire les imbéciles pour ne pas avoir l'air idiot devant elles.

Je n'aurais pas aimé être dans la même classe que Marie-France. Elle aurait entendu ce que monsieur Desmoulin m'avait dit devant tout le monde. L'histoire de la croix sur la seconde.

« Et alors, si tu ne l'avais pas, qu'est-ce que ça changerait pour nous ? »

Tout.

Fini ce qu'on avait imaginé. Le départ ensemble de la cité, le matin, avec juste deux cahiers, un livre et une araignée en caoutchouc pour les tenir... Non, m'am, ne me fais plus de signe par la fenêtre devant les copains. Je suis en seconde, maintenant.

Fini, aussi, nos discussions, sur le quai de la gare à Choisy-le-Roi. Elle, avec ses copines, moi, avec Mich'. Fini, les signes en douce. Les signes à nous. Monter dans le même wagon. Espérer que ce serait bondé. Etre serrés. Se frôler. Plus même... « Si un contrôleur arrive, je me cacherai sur le marchepied »... « T'es fou ! Tu peux pas prendre une carte hebdomadaire ? » Et avec quoi je paierai le baby-foot et sa glace ? « Un jour, tu te feras écharper par un train. »

J'aime que Marie-France s'inquiète pour moi. Il lui vient des pincées de rouge aux joues et aux lobes des oreilles. Là où un petit clou doré sourit toujours. Mais il n'y a pas de risque pour le marchepied. Je suis un Tarzan-SNCF.

En attendant, même si je voulais me faire écharper, il faudrait d'abord que j'y aille au lycée. Et je n'irai pas si je ne réussis pas cette foutue interrogation écrite sur la sauterelle.

Franchement, on croirait que cette bestiole l'a fait exprès. Qu'elle savait qu'un jour elle serait composition trimestrielle. Sinon, pourquoi se compliquer autant l'anatomie. L'externe, l'interne. Et tous ces systèmes, à quoi ça rime ? Le circulatoire, le respiratoire, le digestif, l'excréteur, le nerveux et le reproducteur. Il faut au moins être ingénieur pour faire des enfants chez les sauterelles !

Mais le pire, pour cette composition, c'est l'écorché. Le schéma technique. Difficile d'imaginer le nombre de pièces qu'il peut y avoir dans cette bestiole. Toutes plus minuscules et inutiles les unes que les autres.

Rien qu'avec les pièces buccales, on a presque autant d'accessoires que l'aspirateur Balex de ma mère, celui qu'elle a acheté à un démarcheur au porte-à-porte. Pour ranger les tuyaux, embouts, rallonges, coudes, brosses, brossettes, suceurs, extracteurs, racleurs et autres, il avait fallu fabriquer un placard spécial, impossible à fermer.

Chez nous, seul le Super-Robot Peugeot Poly-Multifonctions trouvé au Salon des Arts ménagers pouvait rivaliser en inutilité et complexité avec l'aspirateur Balex et l'écorché de la sauterelle.

Pourtant, c'est cet écorché que je dois dessiner et apprendre.

Et Marie-France ? Qu'est-ce qu'il nous restera de ce jeudi beau-et-ensoleillé, quand j'aurai fini de recopier cet écorché à la plume ? Avec le nom de chaque pièce, sans faute, même à hypopharynx, galea, lacinia, ou labium.

Que nous restera-t-il, quand j'aurai souligné à la règle, tracé le titre au normographe et calligraphié le cartouche à l'encre rouge ? Je regarde mon réveil. Autant arrêter tout de suite. Tant pis pour le lycée, l'araignée en caoutchouc, le train, le marchepied, le baby-foot.

Je renonce.

Veuillez trouver, ci-joint, monsieur le Directeur, ma démission de la classe de seconde pour motif personnel. Recevez...

Et Marie-France ? Quelqu'un va me la prendre, si elle va en seconde sans moi. Une fille qui entre au lycée ne peut pas aller avec un garçon qui reste au collège. Un redoublant ? La honte ! Elle partira avec un autre. Un grand. En mobylette, en moto, et même peut-être en voiture.

Qu'est-ce que je peux contre une MGB, une Spitfire, une Austin Healey, une TR-3 ou une Type E ? Même si à Calmette, c'est plutôt Simca 1000 et R-8 trafiquées. Même si les filles se font déposer loin de la cité quand elles sont raccompagnées. Comme si elles avaient honte.

Je pense à Saint-Mexan. Tous ces gars, dans leurs décapotables anglaises de fils à papa, je les ferais bien défiler dans la lunette de son fusil, comme au tir au pigeon.

Sinon, j'aurai l'air malin avec mon vélo du certificat d'études, son porte-bagages dessoudé et le pneu qui frotte sur le garde-boue.

« Pour aller à la Vallée Verte tous les deux, ça suffit. »

Surtout quand Marie-France me demande de l'emmener sur le cadre. En amazone. Que je sens l'odeur de ses cheveux. Son épaule contre ma poitrine. Mes genoux qui frôlent ses cuisses. Ses coudes, les miens. Mes mains sur le guidon près des siennes.

Les cheveux, l'épaule, la poitrine, les genoux, les cuisses, les coudes... On dirait que je récite l'écorché de Marie-France.

A cet instant, je voudrais être fait de mille endroits minuscules qui se touchent, s'évitent, se frôlent aux mille endroits minuscules de Marie-France.

Le moment que je préfère, c'est quand elle plie son chandail, pour le glisser sur le cadre, avant de s'asseoir dessus. Le crissement nacré des boutons sur le métal.

Du calme, ma petite mécanique ! La lampe d'Aladin et la burette d'huile sur la roue libre. Ce n'est pas comme ça que tu vas réviser. Tu n'entends même plus Mich'. En bas sur le trottoir, ses lèvres bougent. On croirait « Histoires sans paroles », à la télévision.

Quand j'emmène Marie-France sur le cadre, je pédale doucement. Sans bruit. J'ai peur de transpirer. Qu'elle sente ma sueur. J'ai pris ça au p'pa, la transpiration. Et l'haleine ? Elle est comment, la mienne ? On dit haleine de cheval ou haleine de phoque ? Je retiens mon souffle sur son cou. A peine sorti de la cité, je suis déjà asphyxié. Je ne vais pas pouvoir rester en apnée toute l'après-midi.

Je devrais pédaler avec un tuba.

Marie-France se laisse aller contre ma poitrine. J'ai l'impression que tout le vélo me pousse dans le corps à l'équerre. La barre, le guidon, les patins de frein, la hernie de la chambre à air...

Stop ! Ne pense pas à ça. Il n'y aura pas de Vallée Verte, de champ de coquelicots, de poires à la maraude près de la ferme de Jaouen... Le poulain noir doit avoir grandi, le blé aussi du côté des Orphelins d'Auteuil... Oh ! s'allonger, se cacher... On tire une paille ?

« Non, pas encore... » « Tu m'avais promis... » « Oui, mais pas maintenant »...

Ne rien dire. Les filles savent quand c'est le moment.

Ça suffit. Oublie Marie-France. Aujourd'hui, tu ne dois plus penser qu'à une seule chose : ton interro.

— Tu veux que je t'aide pour demain ?

J'avais peur que Mich' me le propose. Une autre fois, j'aurais accepté. Je travaille bien, avec lui. Ça m'aiderait. Il est méthodique, ordonné, soigneux. Des sauterelles, il a dû en écorcher des dizaines. Et, avec lui, pas question d'antisèche. Mais cette fois, il ne s'agit pas d'insectes, mais de Marie-France. Je dois y arriver tout seul. C'est comme si Mich' me proposait de m'accompagner dans la cabane avec Marie-France pour me tenir la chandelle.

La première fois que j'avais entendu cette expression, je n'avais pas compris : je m'étais trompé sur le genre de chandelle à tenir.

— Merci, Mich', je vais me débrouiller tout seul.

— Tu veux qu'on révise ?

— Pas la peine, Mich'. La leçon je la sais. J'ai juste à finir de recopier le schéma.

— Alors, tu viens bientôt.

— Pas encore. Je travaille sur une maquette de bateau en allumettes. Je voudrais un peu l'avancer.

— C'est quoi comme bateau ?

Là, il est intéressé, le Mich', plus que pour Marie-France.

— C'est le *Wasa*, le *Titanic* suédois. Il a coulé le jour de son lancement.

Mich' fait celui qui connaît le *Wasa* aussi bien que

le *Victory* de Nelson. Pourtant, avant qu'on renfloue ce bateau, l'année dernière, personne ne s'en souvenait. 335 ans par 40 mètres de fond dans le port de Stockholm.

Comment peut-on être oublié si longtemps, et un jour revivre ?

J'imagine la cité entièrement détruite par la chute d'un Boeing 707 de la Panam. Plusieurs siècles après, des archéologues découvrent les restes d'un étrange cœur à la craie gravé d'initiales... MF = DP...

Ils reconstituent toute l'histoire pour en conclure qu'une certaine Manon Frère a aimé un certain Damien Pascal d'un amour impossible et qu'ils ont été exécutés d'une flèche en plein cœur, probablement par l'une des familles ennemies.

— T'en es où de ta maquette ?

J'improvise. Sur les photos que j'ai récupérées dans les journaux, on ne voit qu'une épave rongée du *Wasa*. 335 ans sous la mer, c'est long. Mais je suis content que les Suédois aient attendu qu'on vienne en vacances chez eux, avec mon frère Serge, pour le renflouer.

— Tu me la montreras, ta maquette ?

J'en doute. Avec Mich' on est un peu comme des jumeaux à Noël. Il leur faut la même chose, mais différente. Son microscope est plus puissant que le mien, mais mon petit chimiste a une boîte en bois. Pas le sien. Pour les maquettes en allumettes, il utilise le support carton, moi une technique exclusive de cintrage à l'eau. Il joue au Télécran, ça m'énerve. Les puzzles et casse-tête c'est encore pire. On achète *Tout l'Univers*, « la première encyclopédie hebdomadaire », mais moi, j'oublie toujours des numéros. Je commence dix collections et j'en arrête douze, comme dit ma mère. Pas lui. Quand on échange nos timbres, il a en double ceux qui me manquent. Pas moi. Son père a été champion d'Europe de boxe, le mien champion de Vauzelles. Il a battu le grand Al Brown, le mien a réparé sa Bugatti emboutie. Il a raté le plus gros tiercé jamais payé pour une histoire de panne de voiture. Mon père manque même les plus petits, sans histoires. Sa mère est sûrement la plus belle femme de la cité, la mienne est la m'am.

Bref, on est des jumeaux qui ne se ressemblent pas du tout.

— Mich', tu dis rien à Marie-France, pour la maquette.

— D'accord, mais, en vrai, qu'est-ce que je lui dis ?

En vrai, est-ce que je sais, moi ? Est-ce que je sais ce qu'il faut répondre à une fille qu'on connaît depuis le premier jour de son arrivée dans la cité ? Je me souviens des meubles dans le camion. Une fille qui vous menace de ne plus être votre p'tite copine, parce que vous ne venez pas tout de suite ? Une fille qu'on a attendue des journées entières... J'ai dû aller aider ma mère à son travail. J'ai pas pu te prévenir...

Que lui dire ?

N'importe quoi. Lui rappeler nos formules secrètes qu'elle est seule à comprendre : MBBA, DU-DA, 1A-2B-3C... ou une plus secrète encore, devant tout le monde... JT-BETY... Là, elle rougira, c'est sûr. Le clou doré de ses boucles d'oreilles va fondre.

— Dis-lui ce que tu veux, Mich'. Tu trouveras bien les mots.

— Les mots, c'est toi. Chacun son boulot.

— Alors, invente !

— Hé, moi, j'invente pas, je suis seulement le facteur.

— Alors, dis-lui... que je me dépêche.

— A mon avis, t'as intérêt, sinon, tu peux te chercher une autre p'tite copine.

# 4
# Les filles du square

Je regarde Mich' traverser la rue du Docteur-Calmette. Il part en direction du square où habite Marie-France. Je me raidis, tout à coup. Une masse hargneuse fonce droit sur lui. Il va se faire renverser. Pas lui. Pas comme mon père. Je n'ai pas le temps de le prévenir. Mich' évite la chose avec un cambré de matador.

L'engin qui l'a manqué de peu, c'est Gros Lulu, un copain d'école couché sur sa Gilera Sport. Je ne sais pas ce qu'il a mis dans sa mobylette, mais elle trace la route avec un parfum d'huile de ricin et un panache style Henri IV.

Il ne faut pas compter plus de trois pour voir surgir le frangin de Gros Lulu sur sa Spécial Rekord jaune. Dans la position de l'œuf parfaite, il course son frère pour le record du tour de la cité. Eux habitent dans la cité d'urgence, juste à côté. Deux frangins comme chien et chat qui se tirent la bourre en tout, bouffe, castagne, filles, mais surtout mécanique et pilotage. C'est à qui rabotera le plus gros et frottera le plus bas.

On est dans les mêmes âges, mais côté gabarit, leurs parents ont dû trafiquer la culasse et les pistons pour lâcher sur la piste ces deux engins de course qu'il ne fait pas bon réconcilier contre soi.

L'esprit de famille leur revient aussi sec qu'un retour de manivelle.

Et ça cogne.

J'envoie un salut admiratif à Mich' pour son cambré. Il en rajoute dans la posture à la El Cordobès. Depuis peu, la tauromachie commence à supplanter les insectes, chez lui. Je ne sais pas d'où ça lui vient. Alors qu'on fait italien deuxième langue, Mich' est capable d'aller jusqu'à Paris, dans une librairie minuscule du quartier de l'Odéon, pour acheter *El Ruedo*, un magazine taurin espagnol auquel il ne comprend rien.

Comme moi quand je lis un magazine de football brésilien.

C'est étrange, la passion, comme ça fait parler les langues étrangères.

Cette virée à Paris pour trouver *El Ruedo* m'avait fait découvrir le Luxembourg. Une sorte de privilège en forme de jardin. Je n'arrivais pas à croire que des gens pouvaient venir ici chaque jour, rester tard et rentrer chez eux à pied.

Moi, j'étais retourné en train dans ma cité. Pour la première fois, elle me donnait l'impression d'être dans un autre monde.

Mich' entre dans le square.

La traînée de pétarades en bleu et jaune retombe. La rue redevient calme et pimpante... Après dissipation matinale des brumes passagères de mobylettes...

J'adore la langue de la météo. Elle console du mauvais temps.

Mais aujourd'hui, le soleil est là. La cité aime le soleil et le jeudi. Ça lui va bien. Les fenêtres commencent à déballer la literie. On bat. On aère. Larbi, le marchand de tapis, en profite pour tenter sa chance... Tâââpis !... Beaux tâââpis !... Personne jamais n'achète... Ça fi rien... Il continue d'arpenter la cité dans sa blouse grise, un immense rouleau en équilibre sur l'épaule. Parfois quelqu'un l'appelle de sa fenêtre... Montre, Larbi ! Montre !... Tout le monde l'appelle Larbi. On ne connaît pas son nom... Montre !... Larbi déballe sur le trottoir. On discute. On marchande... Trop cher !... Ça fi rien... Larbi sourit, remballe et repart... Tâââpis !... Beaux tâââpis !...

On devrait recouvrir la cité des tapis de Larbi. Le soir on servirait le thé à la menthe par le bec allumé des réverbères.

J'en ai perdu de vue Mich'. Il est déjà au milieu du square. Garnier, un copain de 3e B, tourne autour sur un vélo déglingué trop petit pour lui. Il dessine des cercles d'ours de cirque. Je sais ce que Garnier demande à Mich' en ce moment. Ça me concerne. Mich' n'a pas la réponse. Pas de chance, mon gars, il va falloir passer par moi. Garnier abandonne Mich'. Je sais qu'il va venir me voir. Lui et sa question.

Je l'attends.

Mich' est arrivé à la hauteur du bâtiment de Marie-France. De ma fenêtre, je pourrais voir celle de sa chambre au rez-de-chaussée. Son rideau ajouré avec une biche et un chasseur. Je pourrais. Mais il y a ce tilleul qui fait le malin exactement dans l'axe. Toujours le premier à fleurir, à s'étaler. On dirait qu'il prend un plaisir jaloux à me cacher Marie-France.

Une nuit, j'irai le scier avec l'égoïne du p'pa. La lame bien savonnée. En douceur. La main légère. Le va-et-vient bien en ligne. Je pense au Noir *scié* aux blondes... Messieurs, c'est l'outil qui doit travailler, pas vous... Pour ses conseils, le professeur de l'atelier bois ne lève même pas les yeux du puzzle qu'il fabrique en classe. Une sphère de plusieurs essences sur laquelle il s'acharne depuis bientôt deux ans.

Pendant ce temps-là, on s'échine sur la énième patère de Fête des Mères. Le professeur n'avait remarqué qu'au dernier moment que Mario l'avait faite en forme de phallus en érection... Je ne crois pas que votre maman appréciera... Mario avait pris une de ces paires de baffes chez lui... Tu te rends compte, c'est mon père qui me l'a donnée. Ma mère a rigolé... Ça me changera de l'ordinaire, qu'elle a dit.

Je pense au tilleul de Marie-France. Au bruit qu'il fera en tombant quand je l'aurai scié.

« Si tu fais ça... »

Je préfère quand Marie-France termine ses phrases. Sinon, c'est signe de colère. Ça lui vient comme ça... C'est rien, je suis soupe au lait, c'est tout... Je ne sais pas quoi faire avec sa soupe, quand ça lui arrive. Tout s'efface sur son visage. Je reste là, l'air bête, avec des bras de singe qui me tombent du corps. J'ai l'impression de sentir le chien mouillé. De la dégoûter. J'ai envie de disparaître.

Et tout à coup Marie-France sourit comme une embellie. Je fais semblant d'être rassuré, mais je n'arrive pas à oublier comment son nez se pince à ce moment-là.

Cette fraction de seconde où je ne suis plus son amoureux dans ses yeux.

Du square, Mich' me balance des signaux de sémaphore pour me dire que Marie-France est là. S'il est si guilleret et sautillant, c'est que Louise est avec elle.

Marie-France et Louise c'est un lot. Alors, Mich' a dû prendre Louise comme p'tite copine. Ça tombe bien, elle est à sa taille.

Chez Mich', on n'est pas grand, mais comme si ça ne suffisait pas, on raccourcit les prénoms. Ses deux frères et sa sœur s'appellent : Cric', Jeanl' et Mur'. J'imagine la même chose chez nous. Ce serait la famille onomatopées.

Les « filles du square » ne sont pas une appellation contrôlée. Il y en a plein. Mais, pour moi, les filles du square *qui comptent* sont trois, si on ajoute Martine, une grande, plus plate, plus osseuse, avec des épaules et une fossette au menton qui rit tout le temps.

Les filles du square devraient être quatre. Mais j'ai éliminé Gabrielle. La plus âgée de toutes. Grande sœur de Louise. Une perche bagarreuse, qui joue au basket à Orly. Toujours habillée façon Marilyn Monroe dans les *Misfits*. Sauf qu'elle est taillée dans un bâton de sucette.

Gabrielle est fâchée à mort contre moi depuis que je l'ai battue à la course devant tout le monde et que je lui ai tiré dans les jambes à la pomme de terre avec une carabine à air comprimé.

Légitime défense.

Je m'en débarrasserais bien définitivement de Gabrielle. Je l'enverrais dans l'espace comme Valentina Terechkova, la première cosmonaute. Mais je ne la ferais pas redescendre.

Enfin seul avec les filles du square et cette énigme, cette aberration statistique comme dirait le professeur de maths : pourquoi tant de jolies filles habitent-elles au même endroit ? On croirait qu'on les a regroupées, pour faciliter le travail des garçons. Même si ça reste compliqué.

Souvent, il faut passer par le dragon pour accéder à la princesse. Le dragon, c'est le laideron, la pas-belle, la vilaine. Elle sert de messager. Une entremetteuse qui ne connaîtrait pas le mot.

Le dragon n'est pas intéressé par les garçons, à l'inverse du boulet qui accompagne le canon dans l'espoir de ramasser les miettes de sa copine.

Le boudin, lui, travaille pour lui-même, mais personne n'en veut.

Le pot-de-colle aime coller, c'est tout.

Il y a encore d'autres catégories, mais avec celles-là, on peut déjà commencer à se repérer. Sinon, il y a les conversations des filles du square sur les garçons. Ça se passe autour du banc près du saule pleureur.

Là, ça cause tactique, comme avant un match de football. Attaque au centre, contournement par les ailes, jeu de tête, une-deux, contrôle de la poitrine, marquage à la culotte, petit pont et main dans la surface de réparation.

Ecouter les filles parler des garçons, ça aide à mieux comprendre le football.

Mais ce que je préfère, ce sont les dialogues à une

voix : les Y'm-dit-juy-dit, de la fille qui raconte à ses copines... V'là le gars, il s'amène l'air de rien, en roulant sa caisse. Y'm-dit : J'te ferais bien ton affaire, toi... Juy-dit : Tu ferais bien ! Tu ferais bien ! Tu te vantes... Y'm-dit : T'as qu'à voir... Je veux pas perdre la vue que juy-dit... Tu perdras pas que ça qu'y'm-dit... Si tu crois que je t'ai attendu pour aller aux objets trouvés que juy-dit... Et toutes les filles du banc rigolent... Ça, c'est envoyé !... Les objets trouvés, j'le ressortirai...

Il y a de véritables championnes à ce jeu-là. Je dois reconnaître que Gabrielle est la meilleure.

Je me demande si Marie-France a déjà fait un Y'm-dit-juy-dit avec une de nos conversations.

Les filles du square sont féroces, mais les garçons reviennent chaque soir, après l'école, faire leur marché avec la mine chichiteuse du gars qui a trouvé moins cher à côté... Bas les pattes ! Ici, on touche pas à la marchandise...

Pour se faire une place parmi les filles du square, ça ne suffit pas, la draguouillette du genre... Tu vas à quelle école ?... Ah, tu lis *Mademoiselle Age tendre*, ma sœur aussi... T'as vu mon jean ? Un vrai Levi Strauss. Tu veux voir l'étiquette ?... J'ai le dernier Françoise Hardy. On peut l'écouter chez moi, sur mon Teppaz. Mes parents sont pas là. J'ai les clefs...

Aucune chance.

Avec les filles du square, pour avoir droit au soir, il faut d'abord faire ses preuves dans la journée, au foot, au vélo-ball, à la balle au prisonnier ou à la corde à sauter. C'est sportif, les filles du square. Même si certains entêtés continuent de se contenter du coup de

peigne, de la chemise à carreaux et des chaussures en daim.

Venir le jeudi, habillé en dimanche, ça ne marche pas avec les filles du square.

Il y a des formes à respecter.

Quand on ne veut pas mouiller la chemise, il reste le banc sous les acacias, près du bac à sable.

C'est là, que ça cause.

Que ça cause des filles.

Je n'aime pas la façon de parler autour de ce banc. Mais j'y vais quand même. Comme ça. Pour écouter. Ne pas avoir l'air de celui qui fait sa chochotte. Apprendre des trucs... Je te jure, les deux étaient dans la fille, un devant, un derrière, et ils essayaient de se rejoindre... Même si les innovations anatomiques sont rares et que c'est toujours un peu les mêmes questions existentielles : Qui ils se sont fait. Qui ils vont se faire. Ce qu'ils leur font bien. Ce qu'elles leur font mal. Ce qu'ils leur feront. Ce qu'elles veulent pas leur faire.

C'est le festival du « faire » et « se faire » dans toutes les positions et synonymes : se taper, foutre, baiser, niquer, calcer, tringler, limer, usiner, bourriner...

Alors que San-Antonio se décarcasse à trouver : la brouette nippone, le pousse-pousse de Bangkok...

Mais sur le banc, personne n'a lu San-Antonio et il n'y a que les Pieds Nickelés qui la ramènent. Un trio de rockers à bananes : Riboule, La Filoche et Croquignolet. C'est moi qui les appelle comme ça. Je préfère qu'ils ne se reconnaissent pas. On ne sait jamais avec eux. C'est vice et compagnie, cran d'arrêt dans la poche, et peigne en acier limé dans les chaussettes.

Trois sosies en Skaï de Vince Taylor.

Un soir que *j'émettais une réserve mesurée* sur la façon dont ils parlaient d'une fille du square... Qu'ils allaient se la coincer dans l'escalier et la descendre à la cave, si elle continuait à faire sa mijaurée, alors qu'elle attendait que ça... Je me suis fait clouer sur place devant tout le monde par La Filoche.

« Qu'est-ce que t'y connais, toi, puceau, à ce qu'elles veulent les filles ? On t'appuie sur le nez, y sort encore du lait. On t'appuie entre les jambes, il en sort pas ! »

J'avais eu des rires plein les cheveux. Ça secouait les branches d'acacia. Heureusement qu'il faisait sombre, sinon on m'aurait vu prendre deux teintes de brique aux joues. Je me sentais couturé de partout, flagellé, le flanc percé.

Moi, en Jésus du square.

Heureusement que Marie-France n'était pas là. Elle n'a pas le droit de sortir à cette heure. Sinon, j'étais obligé de répliquer. C'était l'empoignade et la chaîne à vélo. La bagarre générale pour moi tout seul. Même si j'obtiens de meilleurs résultats en me sauvant.

Le pire, c'est que Gabrielle était là. Cette punaise n'allait pas se priver de tout raconter à Marie-France, en y ajoutant son fiel personnel

« T'aurais quand même pu lui répondre quelque chose. Tu sais parler, toi. Tu trouves les mots, d'habitude. »

Pas ceux-là, Marie-France.

Sinon, c'était facile. Des réponses, j'en ai tourné mille dans ma tête.

D'accord, l'histoire du lait dans le nez et pas ail-

leurs, c'était bien trouvé. Même si ce n'est pas vrai. A force de tirer sur ma lampe d'Aladin, d'aller au bout du monde, j'ai fait mon premier lait. J'ai de la jute, maintenant. Pas beaucoup, mais assez pour faire des taches.

Ma mère m'a regardé avec un drôle d'air, l'autre matin, quand elle a ramassé les draps pour la lessive. Je n'ai pas su si elle était fâchée, intriguée ou fière.

Il n'empêche que la vieille blague du lait dans le nez est encore efficace chez les bœufs du square. Mais, en *filant la métaphore lactée*, comme dirait notre professeur de français, on pouvait dire mille choses en somme.

Rejouons la scène du banc.

La Filoche : Monsieur, quand on appuie sur votre nez, il n'en sort encore que du lait. Qu'on appuie entre vos cuisses, et il ne vient que de la pisse !

Moi, en Cyrano : Vous, monsieur, c'est justement l'inverse. Si c'est en bas qu'on presse, c'est du lait qu'il drache. Ne seriez-vous qu'une petite vache ?

... Ça veut dire quoi « drache » ?... Dracher, c'est pleuvoir... Pas mal trouvé ! Alors, pourquoi tu ne lui as pas répondu ça ?

Marie-France ne se rend pas compte. Elle croit que ça me vient comme ça ? Il faut que je trouve les rimes, que je vérifie le nombre de pieds. Elle me voit devant les Pieds Nickelés du square, compter sur mes doigts ?

A la télévision, j'étais resté la bouche ouverte devant Daniel Sorano, dans *Cyrano de Bergerac*. Lui, c'était le vrai Cyrano. J'aurais voulu être lui. Mais c'était impossible d'être le vrai Sorano.

Ce doit être troublant d'avoir son nom si proche de son rôle.

A la télévision, il était passé un feuilleton, « La caravane Pacouli », une couillonnade avec l'accent de Rellys. Là, ce n'était pas troublant, c'était ridicule. En classe, tous les copains s'étaient moqués de moi.

Pour me défendre, le professeur de français nous avait parlé de Théophile Gautier. De la roulotte au théâtre. On sentait qu'il avait rêvé de se faire enlever dans celle du Capitaine Fracasse.

Moi aussi.

Même si, à part Othello, je ne vois pas ce que je pourrais jouer avec ma couleur.

... Tout le rôle est dans les didascalies, jeunes gens. Ce n'est pas parce que c'est entre parenthèses que ce n'est pas important. Au contraire.

Depuis, j'aime mettre entre parenthèses.

Depuis, j'aime le mot « didascalie ». A lui seul il suffit pour vouloir être comédien.

(Didascalie : indication donnée à l'acteur par l'auteur.)

Moi, je veux juste qu'on m'indique ce que je dois faire.

Tu vois, Marie-France, comment expliquer tout ça aux Pieds Nickelés ? Et en vers, en plus. Quand leur vocabulaire est limité à : c... b... c..., p... s...

Que des rimes en pointillés.

Ensuite, dame Marie-France, même si j'avais répliqué et rivé leur clou aux Pieds Nickelés, il eût fallu que j'en assumasse les conséquences !

Sur le banc du square, la rhétorique est dure et s'arrête au coup de poing... dans la figure.

« T'as rien dit à ces types ? Franchement, tu ne la mérites pas, Marie-France. »

Je suis d'accord avec Mich'. Je ferais peut-être mieux de la laisser à un autre. Déjà comme fils, je ne mérite pas ma mère. Je le sais. Mais est-ce que je la laisserais ? Ça me ferait un drôle d'effet d'en voir un autre porter son sac à commissions en revenant du marché. Quoique. Il est sacrément lourd son sac ! Il m'arrache l'épaule. Je ne sais pas comment fait ma mère. De tout le chemin, elle ne change même pas de main.

Quand je pense à mon épaule, ça ne me gênerait pas un autre fils, pour ma mère. Juste pour les commissions.

— Tu veux que je t'aide ?

C'est ma mère, je ne l'ai pas entendue entrer dans ma chambre.

— M'aider à quoi faire, m'am ?

— Réviser ta leçon.

Il faut que ma mère soit sacrément inquiète pour me proposer ça. Je ne me souviens même plus de la dernière fois où elle m'a fait réciter une leçon. Elle a d'autres choses à faire.

— Je vois bien que tu n'arrives pas à t'y mettre.

Difficile de dire le contraire. Je suis debout devant la fenêtre de ma chambre que j'ai ouverte en grand comme si je voulais mieux voir Mich' en train d'expliquer à Marie-France pourquoi je ne pouvais pas venir tout de suite.

Elle va lui dire que... quand même... Il lui répondra que... d'accord, mais... et ainsi de suite. Mich' est bon à ce ping-pong. Quand on joue tous les deux, on peut se renvoyer la balle des heures pour rien, sur n'importe quel sujet, en se demandant à la fin : elle est à qui cette balle ?

Discuter, c'est comme se faire des abdominaux dans la tête.

Si Mich' est en forme, les palabres avec Marie-France peuvent durer presque autant qu'avec Larbi.

Je pense au marchand de tapis infatigable. Je m'imagine à la fenêtre. Marie-France passe sur le trottoir dans sa robe en vichy bleue à jupons. Je lui fais un signe de la main... Montre !... Alors, elle fait tourner sa robe pour moi tout seul. Longtemps.

Je serais infatigable.

— C'est comme tu veux. Mais si tu as besoin de moi, je suis à la cuisine.

Merci, m'am. Je la regarde sortir de ma chambre... Chut ! Laissez votre frère travailler... Je n'aime pas la sentir soucieuse à cause de moi. Mais ça me plaît qu'elle me protège de mes petites sœurs, comme elle fait pour mon père quand il se repose dans son fauteuil.

Un fauteuil bleu « vraiment moche » qui jure avec le reste du salon. Mais mon père y est bien. Pour la Fête des Pères, on lui avait pourtant offert en cérémonie un rocking-chair moderne blanc laqué. On s'était cotisés. On était fiers. Il en jetait.

Mon père avait regardé la chose avec méfiance. S'était assis, balancé une fois, s'était relevé. Et plus rien. Désappointement général... C'est à cause de son dos. Ça lui fait mal à sa cicatrice...

On aurait pu y penser. On voit bien que la douleur le tiraille, le soir, abaisse son épaule. Celle qui protégeait la pointe du menton quand il boxait.

A 43 ans, personne ne voulait que mon père fasse le combat de trop avec un rocking-chair.

L'engin de torture avait été remisé. On avait fini par dégoter ce fauteuil à la couleur et au velours incertains. Il était « vraiment moche » mais la cicatrice du p'pa aimait s'y retrouver le soir.

Nous, les enfants, sans se le dire, on s'était trouvés pas mal égoïstes dans cette affaire de rocking-chair.

Dans ces moments-là, quand mon cœur se serre, j'ai envie que mon père se dresse de son fauteuil, tout sourire, claque un ou deux pas de danse, chante une phrase de tous les jours, comme dans *Les Parapluies de Cherbourg*, se rassoie dans le mouvement, sans un mot, et reprenne la lecture de son journal, comme si de rien n'était.

Cela voudrait dire : on efface tout, et on reprend juste avant le rocking-chair.

Il y a tant de petits instants à effacer.

C'est ce que j'aime dans les comédies musicales.

Ça efface bien.

J'en fabrique souvent dans ma tête. Elles surgissent tout à coup.

Moi, en Fred Astaire.

Je glisse dans le square avec Marie-France en Cyd Charisse. Ils sont tous aux fenêtres. Ils nous envient. Elle a de longues jambes. On s'échappe.

Arrête ! Ça te perdra ces virées en souliers vernis. Coupe le son. Mets-toi au travail.

Message reçu.

Je ne suis pas Fred Astaire.

Sans même un pas de transition, je sors mon matériel de dessin et j'attaque l'écorché à la plume. Encre de Chine et Canson supérieur. Monsieur Desmoulin ne pourra pas dire que je me moque de lui. Se moquer ? Personne n'y songe. Quand on voit la taille de ses chaussures. Plus impressionnantes encore que celles du directeur. Dans ce collège ils doivent les recruter à la pointure.

Pour monsieur Desmoulin, on a parié en classe sur du 47 et même du 54. De vraies péniches de débarquement, ses chaussures. Toujours impeccables. « Cirées à quatre épingles » selon son expression.

— Grands pieds, grand zizi !

— Ben dis donc, il doit lui faire tourner les ailes à madame Desmoulin.

A partir de cette blague à la cantine, on avait beaucoup débattu pointure et sexe, à la récréation. Pointure et plaisir... Tu entendrais ça, au-dessus de chez moi. On croirait le passage d'une Caravelle... Pointure et mètre de couturière... Non, mon pote, ça ne se mesure pas à partir du nombril... Pointure et généralités... Il vaut mieux faire envie que pitié... Une petite travailleuse... et ainsi de suite jusqu'à la sonnerie.

On en avait conclu que, sauf à mater Desmoulin par le vasistas des WC des professeurs, on ne saurait jamais si... Grands pieds, grand zizi !...

Bien sûr, il n'y avait pas eu de volontaire pour le vasistas. Tout le monde craint monsieur Desmoulin. Pourtant il n'a jamais corrigé personne. A peine quelques calottes sur le crâne pour décoller la suie à l'intérieur. « Je décalamine. » Il n'a pas besoin de plus, pour qu'on se tienne tranquille. Il peut même sortir dans le couloir en pleine composition trimestrielle. Rien ne bouge. Pas une parlote, pas une antisèche.

Pourtant, on sait qu'il est allé discuter avec mademoiselle Gilera, le professeur d'italien. On sait aussi que quand il est avec elle on pourrait bien recopier le Bottin qu'il ne s'apercevrait de rien, tant il est comme le lapin devant le cobra.

Un lapin qui chausserait du 47-54.

On comprend monsieur Desmoulin. Mademoiselle Gilera est un assemblage unique. Un prototype. Elle a un nom de mobylette, des formes de Vespa et des yeux de Jaguar Type E.

Avec elle, il faut prendre son ticket. Rien que pour lui dire bonjour, il y a la queue comme à la Sécurité sociale. Depuis qu'elle est au collège, les professeurs discutent opéra, *calcio*, *pasta*, Alfa Romeo et Paul VI.

Avant, « la langue de Dante » ne les intéressait pas, c'était Macaronis, Ritals et compagnie. Aujourd'hui, ils disent que mademoiselle Gilera est « *al dente* » en s'embrassant le bout des doigts comme dans un film avec don Camillo. En fait, mademoiselle Gilera est belle, c'est tout. Ils feraient mieux d'en rester là, ça leur éviterait d'avoir un mauvais accent.

Pareil pour nous. A force de la regarder on ne l'entend plus. On roule les « r » en pensant à autre chose à rouler. On parle couramment le *gelati*, l'équivalent italien du yogourt anglais, en suçant la cuiller.

On n'a pas cours d'italien, on a rendez-vous.

Un jour, elle va se retrouver avec 36 bouquets de fin de marché. On aura l'air malin. Ce sera bagarre générale à la marguerite et au coquelicot.

Avant de rejoindre mademoiselle Gilera dans le couloir, monsieur Desmoulin met toujours un coup de peau de chamois satisfait sur son 47-54.

« Je vous laisse avec Martin. »

La formule habituelle de monsieur Desmoulin pour nous confier à la surveillance du squelette de sciences naturelles.

Il s'appelle Martin, depuis qu'on a vu *Les Disparus de Saint-Agil* au ciné-club. Monsieur Desmoulin le plante au milieu de l'estrade, face à nous, les yeux bien ouverts, la côte rigolarde et un grand vide entre les jambes.

Côté lampe d'Aladin, Martin chausse du zéro.

Ce qui pouvait s'utiliser en insulte du genre : Toi, tu chausses comme Martin. Après, c'était la bagarre réglementaire.

« Attention, je vous préviens, Martin voit tout. »

Monsieur Desmoulin exagère. Il ne faut pas nous la faire. On sait bien que Martin ne peut pas voir la minuscule antisèche enroulée à la place de la gomme du crayon, mais on ne s'y risque pas.

Un jour, c'est sûr, on le peindra en rose, Martin. Mais pour l'instant, il veille. Il me regarde. Je baisse la tête. Je le sens dans mes cheveux. Sur le cou. Je me redresse. Je sursaute. C'est ma mère. Elle n'est pas rose.

— Tu veux quoi, pour ton pique-nique ?

— Quel pique-nique ?

— Tu vas pas avec tes copains à la Vallée Verte ?

Ah oui, la Vallée Verte. Le pique-nique. Je l'avais oublié. Celui que j'avais promis à Marie-France. Notre premier pique-nique. Tous les deux. Sans le reste de la bande. Seuls, dans notre cabane.

J'en ai des picotements que Martin ne pourrait avoir.

Tu ne vas pas attendre de lui ressembler pour demander à Marie-France si elle veut bien.

Et si c'était aujourd'hui ?

Attention, avec les filles, si on laisse passer sa chance...

Je repousse mon livre.

Qu'est-ce que j'en ai à faire de cette interro ? Et du lycée ? Tant pis, si je n'y vais pas, ce n'est pas la mort. Est-ce que mon père y est allé, au lycée ? Non. En apprentissage à 12 ans. Vauzelles, la forge, les locomotives. Et mes frères ? Les garçons, on est tous chaudronniers dans la famille. Pourquoi pas moi ? C'est un bon métier. Comme dit ma mère : « Faut pas être feignant, c'est tout. » Avec un CAP on gagne bien sa vie. Encore mieux, si on fait des chantiers ou des déplacements, comme mon frère Serge.

22 ans, pile dans deux jours, et il va acheter sa première voiture. Sa première voiture neuve ! Avec l'Etoile 6, mon père avait dû attendre d'avoir plus de 40 ans.

Moi, j'aurai la mienne à 18.

La voiture neuve de Serge, ce sera un coupé. Il hésite entre la René Bonnet, l'Alpine 110 et la 24 CT Panhard.

J'aimerais bien, un jour, pouvoir hésiter.

Un soir, Serge a étalé toutes les brochures sur la table basse du salon. Il était allé les chercher aux Champs-Elysées. Ils les donnent gratuit. Incroyable. « Rien qu'à imprimer, ça doit coûter des sous. » On s'en fichait. Chacun s'y voyait déjà. Les petits, les grands, tous faisaient vroum-vroum. Mieux que le Circuit 24 du Noël dernier.

Deux heures de montage, un quart d'heure de sorties de piste.

René Bonnet, Alpine ou Panhard, peu importe. Moi, la seule chose qui m'intéressait sur les brochures, c'était les places arrière.

C'est là que je serai assis pour partir en vacances cet été, au cap Nord, BEPC en poche. C'était dit. C'était promis. Même si je ne passais pas en seconde.

J'en rêvais de ces vacances. Pourtant, au début, le cap Nord, ça fait plutôt punition de Rimbaud : que des E blancs partout. Le rallye Neige et Glace, avec Lapons, rennes, viande séchée et soleil de minuit pour insomniaques.

Il y avait bien Kopaslark, la ville de l'équipe de France de football, pendant la Coupe du monde de 1958. On pourrait aller visiter le stade. Au passage au Danemark, on irait aussi voir la petite sirène de Copenhague. Des étudiants venaient de la décapiter. Elle était dans le journal, le cou découpé net, comme si on avait voulu me faciliter le montage photographique.

Moi, en petite sirène.

C'était la première fois que je me voyais en femme.

Je crois que j'ai jeté ce montage.

Un stade et une sirène, c'est peu pour un si long voyage sur une banquette arrière. Décevant. Mais quand on regarde une carte Michelin de l'Europe, le moral remonte d'un coup. En suivant l'itinéraire, on découvre qu'il faut traverser la Belgique, la Hollande, l'Allemagne, le Danemark... Ça en fait, déjà, des tampons sur le passeport. Car j'aurai mon premier passeport. C'est obligatoire. Je vois déjà la tête des copains.

Le tampon, c'est ce qui m'avait manqué quand j'étais revenu de nos vacances en Algérie. Fort-de-l'Eau, la mer, la plage, les brochettes, d'accord, mais ça ne remplace pas un bon coup de tampon rouge sur un passeport.

Aujourd'hui, si j'y retournais, j'en aurais un : République Populaire Algérienne. Ecrit en français, et en arabe. Mais on n'y retournera pas... Pas tout de suite... D'après mon père.

Alors, ce sera le cap Nord, cet été. Si j'ai le BEPC. C'est mal parti, mais si Serge m'avait montré la carte Michelin plus tôt, j'aurais été tête de classe.

Je me souviens, je suivais avec mon doigt la route tracée par Serge. Pas de doute, pour remonter jusqu'au cap Nord il faut traverser... la Suède !

Ça m'a brûlé comme la neige.

Ma lampe d'Aladin éclairait au soleil de minuit.

La Suède ! Ses coupés Volvo, ses fjords, sa Coupe du monde de football avec Fontaine et Pelé, mais surtout, la Suède, pays... des Suédoises.

*Le noir sied aux blondes*. Je me souviens, c'étaient des Suédoises. Que des Suédoises. Il paraît que chez elles, les bruns sont rares.

Moi, en gars rare.

« Tu vas te chercher une Suédoise, là-bas ? »

Marie-France a tort de s'inquiéter. Il paraît qu'en Suède, ce ne sont pas les garçons qui cherchent, mais les filles qui trouvent. Et moi, pour me trouver ce ne sera pas facile. Je suis un des plus petits de la classe. 1,54 m en troisième. Bravo. Alors que la moindre Suédoise fait 1,80 m.

« Tu sais, une fois allongé... »

Justement, une fois allongé, on fait quoi d'une Suédoise de 1,80 m ? Si j'en crois le cahier photos de mon livre cellophané, je vais avoir un problème de pointure. C'est pas possible des engins pareils, ça doit être un montage !

Moi, en Noir scié aux blondes.

Je pense à Riboule qui se vante que son engin puisse faire décapsuleur, casse-noix, lime, vrille et démonte-pneu : un vrai couteau suisse. Moi ce serait plutôt canif.

« Si tu veux, j'ai des combines pour l'allonger. »

Mario avait des combines pour tout et pour tous. Tellement qu'il ne se souvenait même pas que je les avais déjà essayées, celles-là. Ça m'avait coûté le prêt de mon vélo pendant un mois et des cloques pendant plus longtemps, à cause d'une pommade verdâtre qui m'avait mis le feu à la lampe.

« Tu m'écoutes ?... Je t'ai dit que je te préviens, si tu vas avec une Suédoise, moi je prends un gars de la Pierre-aux-Prêtres. »

Marie-France aurait pu dire... Je me jette dans la Seine... Prendre un gars ! et d'une autre cité, en plus !

D'accord, je jure... Sur ma chaîne en or ?... Oui, sur ta chaîne en or...

Serge avait calculé : Orly-Stockholm, c'était 1 684 km. Autant dire très loin. Même pour un serment.

« Tu pars un mois entier là-bas ? Tu pourras pas leur résister. »

Je ne vois pas pourquoi Marie-France me parle des Suédoises, puisque pour avoir les Suédoises, il faut d'abord que j'aie le BEPC.

Tout à coup, j'ai une suée, je me demande si on peut entrer en seconde en ratant le BEPC.

Avoir Marie-France, mais pas les Suédoises. Ou l'inverse. Qu'est-ce que je préfère ?

« Toi, je suis sûre que tu as vu les dents du cheval. »

Chez Marie-France, les dents du cheval reviennent à chaque fois qu'on parle de filles.

Les dents du cheval, tout le monde les connaît, dans la cité. Ce sont celles d'un cheval cabré, peint sur le mur de la chambre de Nanette, juste au-dessus de son lit.

A ce qu'il paraît.

Nanette, c'est la fille de l'Italien, la Marie-couche-toi-là de la rue des Hautes-Bornes. Elle a d'autres surnoms, mais celui-là suffit pour comprendre.

C'est elle qui est chargée de déniaiser les garçons de la cité. On dit « déniaiser » au lieu de « dépuceler » pour donner l'impression d'en ressortir moins bête.

Ce qui n'est pas évident quand on voit le résultat sur certains.

« Vous, les garçons, vous profitez de Nanette parce qu'elle est attardée. »

Je n'aime pas quand Marie-France me range avec les autres. Nanette n'est pas attardée. Dans la cité, on raconte des tas d'histoires sur elle et « les dents du cheval ». On dit que Nanette hennit en italien, qu'elle joue de la cravache, que son père écoute derrière la porte, que le lit ricane quand il grince, que le cheval cabré est monté comme un âne, qu'il grimpe une jument blanche, que ce cheval n'est pas une peinture, mais un puzzle et que Nanette y rajoute une pièce à chaque garçon déniaisé.

Bref ! On brode sur les dents du cheval. Mais on ne sait rien.

Mich' tente d'arrêter ma cavalcade.

— Marie-France pleure, je te dis.

Mais puisque je lui ai juré pour les Suédoises et les dents du cheval.

— T'es bouché, ou quoi ? Je te dis qu'elle pleure vraiment.

Qu'est-ce que je peux y faire, si elle ne me croit pas.

— Il faut que tu viennes.

Que je vienne, mais où ? Pourquoi ?

— Hé ! tu m'entends ou pas ?

Mich' ! C'est Mich' qui me parle. Il est en bas, sur le trottoir. Il me parle en vrai. Il me parle de Marie-France. De Marie-France qui pleure.

Mich' se trompe sûrement. Marie-France ne pleure jamais.

Jamais dans mes histoires.

## 5
## Marie-France pleure

Je descends rejoindre Mich', devant l'escalier de la cave... Promis, m'am, je remonte tout de suite. Bien sûr que je révise... Mich' me raconte. Il a parlé à Marie-France. Elle était à sa fenêtre. Encore en chemise de nuit. Pas coiffée. Très énervée... Contre moi ?... C'était difficile de comprendre ce qu'elle disait. Comme si elle avait bu. Non, elle ne sentait pas. On aurait dit qu'elle avait peur. Sa mère devait revenir. Elle était allée à la pharmacie pour des cachets ou quelque chose comme ça. Des calmants. Il ne savait pas si c'était pour Marie-France. Sa mère devait retourner au travail. Elle était déjà en retard. Elle lui avait écrit un numéro de téléphone sur un morceau de papier. Marie-France n'en voulait pas. Sa mère lui a mis de force dans la main. Marie-France a dit qu'elle n'en avait rien à faire de ce numéro. Mich' ne voit pas pourquoi Marie-France lui a raconté tout ça.

— Tout ce que je sais, c'est qu'elle veut que tu viennes.

Ce que me raconte Mich' me fait un trou dans le

ventre. Ça ne ressemble pas à Marie-France. Pas coiffée. La chemise de nuit. L'air d'avoir bu...

— Elle pleure, je te dis. Elle pleure vraiment. C'est pas du chiqué.

— Je viens.

— Pour de bon, ce coup-ci.

Oui, pour de bon. Mais d'abord, il faut que je remonte chez moi, sinon ma mère va venir me chercher. Je réfléchis. Comment repartir sans qu'elle s'en aperçoive ?... Oui ! je suis là, m'am... Je vois surtout que tu te balades. Si tu crois que c'est comme ça que tu vas y arriver... Ma mère est dans sa chambre assise sur le lit. Elle rafistole l'ourlet du double rideau avec des épingles à nourrice... T'inquiète, m'am... Impossible de ressortir par la porte. Me reste plus que la fenêtre de la salle à manger. J'écoute à la porte de mes petites sœurs. Leur crin-crin joue en sourdine... L'école est finie, chante Sheila. Elle le répète tellement de fois qu'on a l'impression d'être gardé en retenue.

L'école est finie, mais, moi, je vais faire la bleue.

J'enjambe la fenêtre et je me laisse glisser par la descente de gouttière. Ce n'est pas un exploit. On habite au premier. Je l'ai fait des dizaines de fois pour le plaisir.

— Tu joues au singe.

C'est madame Taïeb, la voisine du dessous. Elle me sourit au passage, avec un mélange de dents à elle et de dents en or. Elle a une petite moue malicieuse.

— Aujourd'hui, je fais le couscous.

Je reste accroché au tuyau. Ça me fait cet effet, le couscous de madame Taïeb. C'est la reine de la graine. Et la graine, c'est le principal. Pour moi, le couscous c'est de la graine, de la graine et de la graine. Le reste, c'est le reste. Et on ne mélange pas.

D'ordinaire, je vais humer sous la fenêtre de sa cuisine en douce. Côté fumet, on est servis chez nous. Le 29 est un escalier gastronomique. Un tour du monde. La Babel de la gamelle. Certains jours, c'est couscous au rez-de-chaussée, paella au deuxième, carpe farcie au troisième gauche, pasta en face, pot-au-feu partout ailleurs et quelque chose de brûlé chez nous.

— Grouille ! Marie-France t'attend... Euh... Bonjour, madame Taïeb, je ne vous avais pas vue.

J'avais dit à Mich' de partir devant. Je voulais vérifier que, d'en bas, on ne voyait pas Saint-Mexan sur le toit. On ne le voit pas.

Avec Mich' on se met en petites foulées vers le square. La cité est déjà bien installée dans le flux et reflux vers le marché des Hautes-Bornes, avec mouvement croisé de paniers vides et paniers pleins, ponctué de haltes-causeries... Y a les casseurs d'assiettes aujourd'hui !...

Dommage, je vais rater ça.

J'adore cette fausse scène de ménage où l'homme et la femme cassent de la faïence à tour de bras en criant... Ah ! tu n'en veux pas ! Tu vas voir... Bing !... Les gens achètent juste pour qu'ils cessent de se disputer. A peine encaissé, ils recommencent.

A l'entrée du square, on croise des copains de la classe. Deux Hornets. Benaziza, le batteur, et Dadi qui porte sa guitare dans le dos. Ils vont répéter chez Dézu.

Ils seront peut-être les nouveaux Beatles, mais côté coiffure, il faudra attendre. Monsieur Joseph a prévenu... Pas de coupes yé-yé au collège. Je veux voir les oreilles...

Dadi a l'air sombre.

— Si vous voyez mon petit frère, vous lui dites qu'il m'attende en bas de chez Dézu. Je ne veux pas qu'il monte.

Il paraît que le frère de Dadi est un génie de la guitare pour son âge. C'est Jean-Pierre, mon voisin de palier, qui le dit. Lui prend des cours de guitare classique... Quand je l'ai entendu jouer comme ça, j'ai failli tout arrêter...

Moi, je n'ai pas eu besoin d'entendre le petit Dadi pour renoncer à ma carrière de soliste.

Mon père m'avait récupéré une guitare extraplate. Blanche. Superbe. Mais elle était tellement extraplate et anorexique que je n'ai jamais pu en sortir plus que... Mi-la-ré-sol-si-mi...

Fin de vocation.

— C'est vrai qu'il vient vous écouter jouer, Eddie Barclay ?

Dadi et Benaziza font les mystérieux. Je laisse Mich' à son interview. Ça m'agace. Moi aussi, j'ai rendez-vous, même si ce n'est pas avec Eddie Barclay, il pourrait au moins faire semblant de s'y intéresser.

Benaziza me rattrape.

— Tu regrettes pas, pour les Hornets ?

Non, je ne regrette pas. Mais je préfère éviter d'en parler. Surtout en ce moment.

Marie-France m'attend.

A peine entré dans le square, mon cœur fait le chien fou. Tout heureux de retrouver sa copine Marie-France. Ce cœur m'épate. Un vrai gamin. Moi, je suis plus calme. Je fais moins le fier. J'ai l'impression d'être en sursis. Est-ce que Marie-France voudra encore de moi ? L'arrière de mon crâne est pris dans la lunette d'un fusil.

Et si Saint-Mexan m'abattait sous les yeux de Marie-France ?

Je crois que j'en ai envie.

Ça me débarrasserait de tous mes soucis.

Marie-France est à sa fenêtre.

Mich' va rejoindre Louise. Elle l'attend à l'écart, près du banc sous le saule, avec des socquettes blanches un peu hautes et l'air embarrassé.

Louise veut me poser une question. Je sais laquelle. Mais elle n'ose pas. Pas devant Mich'.

On dirait que tout se fige, un instant, dans le square.

Marie-France est devant moi, mais elle semble lointaine, retranchée derrière le motif du rideau. Je la regarde. Je ne sais pas exactement où se posent mes yeux. Où sont les siens. J'ai l'impression de buter contre la vitre. Marie-France a pleuré. C'est vrai. On le voit. Je suis foudroyé. Ce doit être ça, être arrêté en pleine course par une balle. Ne même pas profiter de l'élan de sa chute. S'effondrer sur ses genoux.

Marie-France a pleuré.

Elle se tient les bras croisés sur sa poitrine, ce morceau de papier serré dans son poing. Celui dont m'a parlé Mich'. Il dépasse comme la pointe d'un mouchoir brodé.

Marie-France tape au carreau. Son visage est chiffonné. Elle me fait un signe. Passer par-devant ? Jamais. On ne peut pas. Elle me l'a toujours répété. Sa mère le lui a interdit. Elle insiste.

Je contourne le bâtiment.

Je longe le mur sur lequel est dessiné ce cœur à la craie qui contient nos initiales.

C'est Gros Lulu qui l'avait dessiné, ce soir d'été où il était devenu évident aux autres qu'il fallait nous réunir à l'intérieur.

Marie-France avait été d'accord.

Elle apparaît à la fenêtre de la chambre de sa mère et me fait comprendre qu'elle m'attend dans l'entrée de son escalier. Si on nous voit ! Je n'ose pas me retourner. J'ai l'impression que toutes les fenêtres nous regardent.

J'ai remarqué Gabrielle à la sienne. Elle brosse ses longs cheveux comme une princesse en sa tour. Je sais qu'elle ne manque rien de ce qui se passe. Qu'elle guette.

— Viens !

C'est Marie-France sur le pas de sa porte. J'attendais dans l'entrée, en faisant mine de chercher un nom sur les boîtes aux lettres.

— Dépêche-toi...

Marie-France referme la porte à clef derrière nous.

Je suis chez elle ! Mais son visage semble ailleurs. Ses yeux n'arrivent pas à se fixer sur moi. Elle est nerveuse. Se pince le bout des doigts. On dirait qu'elle cache une bêtise.

— Chut !

Mich' avait bien vu, Marie-France est en chemise de nuit, mais encore plus que je ne pouvais l'imaginer. Encore plus ou encore moins, je n'arrive pas à me décider.

— Prends les patinettes...

Je n'ai pas l'habitude. Je me fais l'effet d'une attraction comique à Holiday on Ice. Je m'accrocherais bien à ma partenaire, mais je ne vois pas où, tant Marie-France a de peau nue sur elle.

On dirait qu'elle ne s'en rend pas compte.

Ça brille et glisse, chez Marie-France. On a l'impression que l'appartement est meublé tout en reflets.

— Lave-toi les mains...

Je ne discute pas. C'est une manie, chez elle, la propreté. La salle de bains ressemble à un mât de cocagne. Il pend des bas, des culottes, des soutiens-gorge. Pas gênés. C'est curieux, il y a beaucoup moins de choses qui pendent chez nous. Pourtant, on est plus nombreux. Je suis tenté de regarder les étiquettes. Je n'y comprends rien aux histoires de taille, chez les filles. Il y a aussi une paire de collants, genre Thierry la Fronde, et une gaine. Elle est impressionnante. Sûrement à sa mère... Tu savais que Kennedy portait un corset quand il a été flingué ? C'est pour ça qu'il reste raide quand il se couche sur Jackie. La maladie d'Addison. Elle lui bouffait les os. Si ça n'avait pas été Oswald pour le tuer, ça aurait été elle. On peut dire qu'il a plutôt eu de la chance...

Je ne pensais pas retrouver Saint-Mexan et Kennedy dans la salle de bains de Marie-France.

Le miroir rond me surprend au-dessus du lavabo. Moi, en petit curieux. J'ai la même tête que sur mes montages photographiques. Avec ce duvet sur la lèvre qui ne va pas à tout le monde. Je devrais le raser. Ça y est ! Je sais ce qui m'a surpris sur Marie-France quand elle m'a fait entrer. Sa coiffure. Cette mèche de cheveux massacrés sur son front.

— Tu viens ?

Je suis Marie-France au milieu d'une forêt de cadres et de napperons, une odeur d'encaustique et de naphtaline. Je n'ose pas la regarder. Elle m'emmène à la cuisine. Ça sent l'alcool. C'est peut-être vrai qu'elle a bu.

Sûrement pour ça qu'elle ne m'a pas embrassé.

La cuisine cache un brin de désordre qui me rassure. Même si chaque objet semble avoir son dessous. Dessous-de-plat, dessous-de-verre, dessous-de-carafe...

Je pense au mât de cocagne de la salle de bains. A tous ces dessous.

— Regarde !

Marie-France soulève une serviette blanche comme un prestidigitateur.

— Un clafoutis ! C'est moi qui l'ai fait.

Je devrais certainement la remercier, l'embrasser, la féliciter, lui dire combien ça me touche, me surprend, me fait plaisir, m'émeut, me rend fier, mais ça doit être trop de verbes pour ma gorge, qui fait un nœud avec le tout, comme on le fait à son mouchoir, pour y penser plus tard. (Au fait, Marie-France... merci !)

Je dois avoir l'air idiot. Je ne peux que montrer ses cheveux massacrés sur son front.

— Ça ? C'est rien. C'est quand j'ai voulu le faire flamber au rhum.

Flamber le clafoutis. Et au rhum ! Même ma mère n'avait jamais osé. Je repère la bouteille de Negrita sur un napperon madras.

— Le feu aurait pu prendre à tes cheveux. A ta chemise de nuit. Il n'y a pas pire que le nylon.

A « Cinq colonnes à la une », on avait montré ces bonzes au Vietnam qui s'immolent par le feu parce qu'on veut les empêcher de pratiquer leur religion. Ça m'avait terrifié. Je me sentais trop douillet pour en être capable. Heureusement, j'étais athée.

Pendant que le bonze brûlait, je regardais le capot grand ouvert de la voiture en arrière-plan, et cet homme qui ne semblait se préoccuper que de la panne de son moteur. Comment était-ce possible ?

— Tu m'écoutes ?

Marie-France agite la main devant mes yeux.

— Le clafoutis, je te disais que c'était pour notre pique-nique à la Vallée Verte.

— Mais, Marie-France, je t'ai dit...

— Je sais ! Je sais pour ton devoir, mais il faut le faire quand même notre pique-nique.

Marie-France me prend les mains. Les serre. Tant de force. Pourtant, ses yeux sont perdus. Tout ce bleu qu'elle ne parvient pas à rassembler. Qu'est-ce qui se passe ?

— Je suis moche, hein, avec mes cheveux ?

Elle rit, mais elle ne sait plus le faire.

— Viens !

Marie-France me tire jusqu'à sa chambre.

— Il faut qu'on se dépêche, ma mère va revenir de la pharmacie. Elle dit que j'ai mes nerfs. C'est de famille, chez nous.

Je n'imaginais pas que Marie-France avait tant de poupées. Une assemblée qui pérore sur le lit. Elles me dévisagent. Je ne crois pas que je sois leur genre.

— C'est ma collection de poupées Peynet. Ma mère ne veut pas que je les donne. C'est le couple de mariés, mes préférés.

Lui, je le trouve plutôt ridicule avec son chapeau melon.

— Tu sais ce que c'est, là ?

Marie-France a posé la main dans l'angle du mur, au-dessus de la tête de son lit.

— C'est notre cœur.

Je ne comprends pas.

— Notre cœur ! celui qui est dessiné sur le mur, il est exactement là. De l'autre côté. J'ai vérifié avec Louise.

Je n'avais pas imaginé que notre cœur à la craie avait un envers.

— Il est au-dessus de moi quand je m'endors. Il déborde aussi un peu dans le couloir.

On se regarde, avec Marie-France, comme deux engourdis qui ont le cœur qui déborde un peu dans le couloir...

— Là, c'est mon trésor.

Marie-France ouvre le tiroir de son cosy. Une boîte à cigares. Mes lettres. Toutes nues. Sans enveloppes. On dirait des crevettes décortiquées.

Des crevettes qui sentent le havane.

Marie-France va me les rendre. C'est ça, qu'elle veut. Un pique-nique d'adieu. Je vais m'évanouir au milieu des poupées... Pardon, mesdemoiselles...

— Tu vois, je les ai toutes gardées, tes lettres. C'est sérieux, nous. Il faut que tu m'emmènes. Tu comprends ?

Comprendre quoi ? Je vois bien que Marie-France

ne trouve rien sur mon visage. Qu'est-ce qu'elle cherche ? Je me vide de l'intérieur.

Je déçois Marie-France.

— Tu comprends ?

Elle a crié. Elle me fait peur. Me fait mal. Me frappe la poitrine. Ce morceau de papier toujours serré dans son poing.

— Tu ne comprends pas, alors !

Marie-France se laisse tomber sur le bord du lit. Elle pleure recroquevillée sur elle. De gros sanglots. Des hoquets. Des soubresauts. Que sa poitrine est pleine. Profonde. J'ai honte. Je voudrais juste remonter une mèche de cheveux. Dégager son visage. Je regarde la chaîne en or enfoncée dans son cou. Je pense à la petite sirène de Copenhague.

Qui t'a tranché la gorge, Marie-France ?

Elle me prend la main.

— Tu sais, je comprends pour ton devoir. Le pique-nique. Je ne veux pas t'embêter. Tu peux travailler. Je viens chez toi. Je te laisse tranquille.

Chez moi ! Avec ma mère, mes petites sœurs, et mon frère Serge qui va revenir manger à midi.

— Je veux seulement que tu m'emmènes d'ici.

— Mais pourquoi ?

— Je peux pas te le dire.

Marie-France se relève. Elle ne pleure plus. Me prend dans ses bras. On dirait que c'est moi qu'elle console. Son corps est chaud et odorant comme après une partie de ballon.

— Tu sais, le clafoutis, j'ai voulu le faire flamber parce que c'était du rhum. Du rhum de la Martinique, tu comprends. Comme toi...

Je pose un doigt sur ses lèvres... C'est tout... Elle a raison. Ça suffit comme déclaration. Je pleure déjà assez. J'ai l'air malin. C'est d'accord. Je vais l'emmener chez moi, on passera par la fenêtre de derrière, je lui montrerai la plage du Carbet peinte par mon père, je la cacherai dans la penderie de ma chambre. Elle m'aidera à réviser et je lui ferai découvrir mes montages photographiques.

Moi, en amoureux d'elle. Partout.

— Marie-France, vite !

C'est Louise qui surgit. Elle tape au carreau de la fenêtre de la chambre.

— Ta mère ! Elle arrive.

Marie-France est tétanisée. Son regard paniqué semble me dire... Disparais !... Disparais tout de suite... Je sais. Sa mère ne m'aime pas trop... Elle dit « ton basané » en parlant de moi... Marie-France m'explique... Ce n'est pas méchant. Elle est comme ça, ma mère. Faut pas lui en vouloir. Tu sais, c'est comme ça partout. Regarde, Carlos, le prince d'Espagne, et la princesse Irène des Pays-Bas qui viennent de se marier le mois dernier. Ç'a été toute une histoire. Lui était catholique, et elle protestante... Et alors ?... Elle s'est convertie et c'était réglé... C'est quand même plus facile de se convertir que de changer de couleur.

Louise s'énerve sur le carreau de la fenêtre.

— Vite, je te dis, ta mère est là !

Marie-France se ressaisit. C'est le branle-bas. La panique à patinettes... Non, pas par la porte... Attends ! le clafoutis... Emporte-le, au moins ! Faire entrer un clafoutis à la maison. Ce serait un affront pour ma mère. Ça sonne à la porte. Hop ! par la fenêtre en rouleau ventral dans les troènes... Reviens me chercher. Promis ! Je serai discrète et silencieuse... Comment font les filles pour penser à mettre leurs phrases au féminin même dans ces moments-là ? Marie-France m'embrasse. Si ! elle m'a embrassé. Je n'ai pas rêvé. Sur la bouche. Au masculin-féminin. On peut recommencer ? Faire un clap comme au cinéma. Vlan ! La fenêtre se referme. Il n'y aura pas de deuxième prise.

J'essaie de voir à travers le rideau. La mère de Marie-France apparaît. C'est elle, en plus furieuse.

— Pourquoi t'as fermé à clef ? C'est quoi ces cigares ?

Je crains pour mes lettres. J'aurais dû faire des brouillons.

— Donne, maman, c'est à moi... Non, je ne téléphonerai pas. Ça ne le regarde pas.

Elles changent de pièce. Je ne les entends plus. Je guette la voix de Marie-France. Rien. Ça devient dangereux de rester là. Si sa mère me surprend sous sa fenêtre. Je me dégage des troènes et je m'éclipse.

Je n'ai pas eu le temps de dire à Marie-France que je lui préparais un cadeau.

— Dis donc, c'était moins une, mon vieux.

Gabrielle parade à sa fenêtre, les cheveux lâchés en rideau de douche. Le spectacle a l'air de la contenter. Si elle n'avait pas toujours l'air de se payer la tête du monde, elle pourrait ressembler à une Françoise Hardy sans frange.

Autant dire à rien.

— J'ai l'impression qu'on est fâchés, les tourtereaux.

L'idée lui fait trop plaisir pour que ça ne dégouline pas dans sa voix mielleuse.

— Tu sais, si t'en veux plus, t'en veux plus. Quand c'est cassé, c'est cassé. C'est la vie. Ne t'inquiète pas. Ce sera dur au début. Mais elle n'aura pas de mal à trouver un remplaçant. Même plusieurs.

Gabrielle tourne ostensiblement la tête en direction du parking, devant le bâtiment de Marie-France. Qu'elle ne compte pas sur moi pour que je la suive. Que je lui fasse ce plaisir-là.

Je ne veux pas savoir ce qu'il y a sur ce parking.

Je rejoins Mich' et Louise près du banc.

— Pourquoi elle peut pas te piffer, ma sœur ?

Trop long à expliquer.

— Attention, c'est une mauvaise. En ce moment, elle fait amie-amie avec Marie-France. C'est pas son genre. Moi, je dis, elle a un truc derrière la tête.

— T'es sûr que tu veux pas que je t'aide pour le devoir de demain ?

C'est gentil, Mich'. Mais je m'aperçois que je l'avais oublié ce devoir. Comment penser à ça quand Marie-France pleure ?

— Vous entendez la musique ? Les Hornets ? Ils jouent !

Louise est tout excitée, soudain. Du calme. Bien sûr qu'on entend les guitares électriques et le pilon de la batterie. Les fenêtres de Dézu donnent sur le square. Et elles sont grand ouvertes.

Mich' me prend à l'écart.

— Pour Eddie Barclay, tu sais, Benaziza et Dadi m'ont juré qu'il allait vraiment venir. C'est pas du chiqué. Ils ont même dit qu'il y aurait peut-être Eddy Mitchell.

Pourquoi pas Eddie Cochran et Fidel Castro ?

— Mais il ne faut rien dire. Ils veulent pas qu'il y ait une émeute.

Je sais pourquoi Mich' me parle de tout ça.

Pourquoi Benaziza m'a demandé tout à l'heure si je ne regrettais pas pour les Hornets.

Je sais à quoi il pense. A qui.

Au cinquième Beatle.

Ils croient que c'est moi.

Le cinquième Beatle, c'est Pete Best, un des quatre Beatles à l'origine du groupe. Le batteur. Il n'a pas voulu continuer avec le groupe. Trop risqué. Sans avenir. Il a préféré rester dans la boucherie de ses parents. Les autres l'ont remplacé par Ringo Starr, le plus mauvais batteur du monde.

Des millions de disques, des millions de filles et des millions tout court, pendant que Pete Best, Pete Le Meilleur, découpe des côtelettes dans une boucherie de Liverpool.

Mich' devait penser que c'était ce qui allait m'arriver, les côtelettes au lieu des filles, pour avoir osé refuser d'être le chanteur des Hornets.

« Refuser », c'est déjà réécrire l'histoire en exclusivité pour *Salut les Copains*. On passait sous les fenêtres de Dézu, avec Mich'. Le groupe répétait à toute berzingue... On cherche un chanteur... Ils avaient renoncé à être les nouveaux Shadows. Il leur fallait une voix... Pourquoi vous le prenez pas ?... C'est Mich' qui me propose. On est tous dans la même classe. Ça aurait pu se passer au gymnase ou aux WC... Il chante bien... Je soupçonnais Mich' de vouloir être mon imprésario. Monsieur 10 %.

Il chante bien... Il chante bien... Mich' s'avançait. Il ne me connaissait que de la chorale du collège. On raflait les premiers prix parce qu'on se cachait derrière Dézu et Dadi. Eux connaissaient le solfège. Ils allaient au Conservatoire d'Orly.

Alors que pour moi, la portée est une sorte d'étendoir mystérieux où je ne sais jamais ce qui sèche sur les fils.

En ce qui concerne le chant, je me contente d'accompagner ce qui passe sur notre pick-up à chargeur automatique. Il peut prendre dix 45-tours, mais mon répertoire est plus vaste. Il va d'Henri Salvador à Bill Haley en passant par Richard Anthony, Danyel Gérard, Annie Cordy, Little Richard, Marcel Amont, Jerry Lee Lewis, Jacques Brel ou Gloria Lasso.

Ce n'est pas une question de goût, ça dépend plutôt de ce qu'on peut glisser sous sa marinière au Monoprix de Choisy-le-Roi.

Par contre, pour le jeu de scène, côté twist et rock and roll, je ne crains personne en déhanchements. Même pas Elvis Presley.

De toute façon, il était inutile que je gonfle mon curriculum vitae, les copains ne m'avaient rien demandé. Après la proposition de Mich'... Pourquoi vous le prenez pas ?... Il y avait eu un silence.

Un match de foot m'attendait au Fer à Cheval.

Le silence a duré. Je suis parti jouer.

Ils ont pris Patrice Raison comme chanteur. Son père est commissaire de police.

C'est comme ça que je suis devenu le cinquième Beatle.

— Il a une drôle de belle voix, Raison.

— Moi, je trouve surtout qu'il est beau.

Mich' et Louise se pâment sous les fenêtres de Dézu. Assis sur la pelouse, on écoute le groupe dans une reprise acidulée de *She Loves You*. Des Beatles au sirop d'érable.

Il y a déjà un joli attroupement. Je suis étonné d'y trouver Nikita. Lui, c'est plutôt Bob Azzam et Enrico Macias.

En fait, Nikita est plus intéressé par une blonde en rose crêpée de partout qui a des poussées stridentes quand Raison chante... Patrîîîîsse !...

Je regarde du côté de chez Marie-France. Peut-être que sa mère va repartir au travail. Même si ce n'est pas possible pour le pique-nique, je voudrais au moins lui dire à quel cadeau j'ai pensé pour elle.

— Tu savais, toi, que les Hornets, c'est comme les Beatles, une sorte de scarabée ?

Merci, Mich', de me rappeler, avec tact, le devoir de demain sur la sauterelle.

C'est comme si je me réveillais en sursaut au beau milieu du refrain de... *Daniela !...* chanté par les Hornets et repris à pleins poumons par la blonde rose crêpée... *Oh, Daniela, l'amour n'est qu'un jeu pour toi...* Les paroles de la chanson me rappellent à l'ordre... *Et tu dis les mots, les plus beaux du monde, sans jamais les croire, un seul instant...* Je te jure, Marie-France, je ne te mens pas. Tu peux croire mes lettres. Ouvre le tiroir. Relis-les... La clef !... Pas celle du tiroir du cosy. La clef de la porte d'entrée. Pourquoi est-ce que Marie-France s'était enfermée chez elle, avant que j'arrive ? Je me souviens du bruit dans la serrure quand j'attendais devant les boîtes aux lettres.

Qu'est-ce qu'elle craignait ?

Là, tu lis trop *Hitchcock Magazine*.

Je revois cette punaise de Gabrielle à sa fenêtre, quand elle avait tourné la tête vers le parking.

Il faut que je sache.

— Où tu vas ?

Réviser, Mich'.

— Pourquoi tu pars par là ?

Je sais, ce n'est pas le chemin. Je laisse Mich' et Louise au premier concert en plein air des Hornets et je traverse le square pour contourner le bâtiment de Marie-France.

La cité n'est pas si grande, je la connais bien, pourtant il y a des endroits où je ne passe jamais. C'est le cas en ce moment. J'ai l'impression que tout le monde le remarque... Qu'est-ce que tu fous là, toi ?... Comme quand quelqu'un d'une autre cité entre chez nous.

Mon cœur n'est pas très vaillant. Est-ce que j'ai réellement envie de savoir ? Tant pis. C'est le moment d'être un vrai Mohican. Pas nécessaire. A peine je passe la tête à l'angle du bâtiment, je l'aperçois.

Gabrielle est à l'autre bout du parking, à couvert sous les platanes. Près de chez Marie-France. Elle est debout, une main sur la hanche, accoudée à une Traction noire. L'aile arrière gauche est emboutie. On distingue la peinture rouge, en dessous. Gabrielle parle au chauffeur. D'ici, je ne vois que son coude. Il porte un blouson sombre.

Tout à coup, Gabrielle s'éloigne de la Traction avec

un geste de la main à l'intention du chauffeur. Un geste qui semble dire... Bouge pas, je reviens... Elle disparaît dans l'escalier de Marie-France. Si elles en ressortent ensemble, je vais chercher le Smith et Wesson de Saint-Mexan... Toûm !... Toûm !...

Les deux balles pour la même.

Gabrielle revient seule. Elle mime une envolée d'albatros déçu pour dire que... Désolée !... La Traction noire démarre aussi sec. Rageuse. Je m'efface. Est-ce que Gabrielle m'a vu ? Je me replie vers le square, mais j'ai eu le temps d'identifier le modèle. C'est une Traction familiale. Elle devait être rouge pompier avant d'être repeinte.

Je n'en ai jamais vu dans la cité.

Tout à coup, je me sens soulagé, même si je ne sais pas de quoi.

Comme il est beau, ce jeudi !

Même sans tuer Kennedy.

Tout à coup, j'ai envie de connaître ma leçon par cœur, de revenir chez Marie-France, qu'elle porte encore sa chemise de nuit, sa peau nue, qu'elle m'embrasse et donne un tour de clef sur nous.

Là, je lui offrirais son cadeau.

Pour ça, il faut que je l'aie. Pour ça, il faut que je parle à Nikita. Je sais où le trouver. Il est toujours sous les fenêtres de Dézu à écouter les Hornets, les yeux collés à la blonde crêpée. Je lui fais signe. Il renâcle.

— Qu'est-ce que tu veux ? Tu me casses un coup, avec le maillot rose. Je te dis pas comment elle doit monter en danseuse. T'as vu ce qu'Anquetil est en train de leur mettre au Giro ?

Nikita est un fou de filles et de vélo. Il aurait même

été champion amateur à Constantine. De vélo, seulement. Nikita est pied-noir. Un pied-noir sans accent qui plaît aux filles.

— Je veux savoir, Nikita. Il y aura des robes, tout à l'heure ?

— Crie-le sur les toits, pendant que tu y es... Je sais pas pour les robes... Sûrement... Tu verras bien...

— C'est quand ?

— Je te ferai signe... C'est tout ?... Bon, j'y retourne, sinon, ils vont me soulever ma blonde. Purée, t'as vu la paire de Pirelli qu'elle a ?

C'est plutôt Bibendum qu'il me mime.

— Un canon, je te dis.

Avec Nikita, c'est simple, les filles. Il y a les « cageots » d'un côté et les « canons » de l'autre. Côté tactique de course c'est aussi sommaire... T'essayes avec une, si ça ne marche pas, t'essayes avec une autre. Les filles, c'est comme les échappées en cyclisme, faut en tenter plusieurs pour en réussir une.

Moi, je veux bien m'échapper, mais qu'avec Marie-France. Et encore, sur le même vélo.

— Il faut que je te parle.

Je me demandais quand Louise allait se décider.

— Tu as des nouvelles de Pierrot ?

Pierrot, c'est un fils de mineur de notre âge. Il est venu habiter chez nous, pendant la grande grève de Lorraine, l'an passé.

Ma mère avait dit... On se serrera...

Entre Louise et Pierrot, ça collait. Mais je ne savais pas exactement comment.

— Je n'ai plus de nouvelles de lui depuis deux

mois. Ce n'est pas normal. Il n'est pas comme ça, Pierrot.

Je ne sais pas quoi dire à Louise. Je suis le copain de Mich'.

— Si tu as de ses nouvelles, tu me diras ?

Bien sûr.

Louise part rejoindre Mich'.

Je rentre chez moi par la gouttière.

— C'est maintenant que tu reviens ? Où tu étais ? Et ton travail ? Tu me prends pour une imbécile ?

Ma mère vient de m'intercepter après que j'ai enjambé la fenêtre de la salle à manger. Quatre questions en rafale devant la plage du Carbet. Je comprends pourquoi on donne des prénoms féminins aux cyclones. Paulette souffle et me dévaste.

— Tu crois que je me suis pas aperçue que tu t'es sauvé pour aller rejoindre tes copains ? Et par la fenêtre. Un jour, tu vas te casser la margoulette.

J'aime bien « margoulette », avec un mot pareil, ma mère paraît moins fâchée.

— J'avais l'air de quoi, Josette est venue chercher tes petites sœurs pour Luis Mariano et t'étais envolé...

L'important c'est que Josette n'ait pas oublié Maryse et Martine. Me voilà fils unique. Ça fait un drôle d'effet. Plutôt agréable.

— T'as tort de sourire. On verra ça, ce soir, avec ton père. Pour l'instant tu vas me montrer ton travail et je te fais réciter.

Dans la même phrase, ma mère me menace du p'pa et de me faire réciter. Je ne sais pas ce qui est le pire. Ma mère ne se rend pas compte. Ce sont des sciences naturelles, avec des noms compliqués, du latin, des schémas...

— Et alors, je suis pas plus bête qu'une autre.

Ce n'est pas ce que je veux dire, mais c'est elle-même qui me dit qu'elle n'est allée que jusqu'au certificat d'études.

— Eh ! tu veux mon balai ? Je te rappelle que tu ne faisais pas ton fier quand tu attendais les résultats du tien.

Il y avait de quoi, avec le zéro éliminatoire en dictée et la façon dont j'avais chanté la *Marseillaise*.

— Allez, on va pas passer cent sept ans à discuter, va me chercher tes affaires, je t'attends à la cuisine.

Ma mère pousse le journal avec ses haricots verts pour me faire une place sur la table en Formica. Je me cale contre le réfrigérateur.

— Montre... Ben dis donc ! Si ton père voit comment tu te sers de l'encre de Chine.

Je sais, mon père était un élève modèle, sérieux, soigneux-et-tout-et-tout, dont les cahiers et les livrets devraient être conservés au musée de l'école publique, laïque, gratuite et obligatoire.

— Tu vas prendre une calotte, toi. C'est ça que tu dois savoir ? Avec les encadrés ?... Alors, récite.

Comme ça, tout de go, à froid, sans préparation ? Pas même un petit soufflage pour amorcer la pompe. Il me faut faire chauffer la machine. J'ai la mémoire plutôt diesel.

Ma mère a un œil sur mon livre, l'autre sur les haricots. Les lunettes n'ont pas encore choisi leur camp.

Tant pis, je me lance.

— La sauterelle appartient à l'ordre des acridídés qui comprend notamment le criquet et la locuste...

— Tiens, tu me feras penser à demander au mari de Josette de repasser avec son produit. La chambre de tes sœurs est encore infestée de punaises. Elles sont sous les baguettes électriques maintenant... Continue.

— La femelle pond des œufs assez gros pour sa taille...

— Tu parles, Maryse faisait 5,3 kilos à la naissance... Continue.

— Elle les dépose généralement sur la surface du sol en petites masses compactes appelées... appelées...

— Coques !... Continue.

Ma mère ne m'aide pas à me concentrer. Elle n'arrête pas de bouger dans la cuisine, pour surveiller le four, retirer quelque chose dans le frigo ou un placard, éplucher, couper, jeter, touiller, ou compulser le livre de recettes de Raymond Oliver qu'elle n'utilise jamais... Trop compliqué...

— ... Coques, donc, qu'elle entoure d'une sorte d'écume qui réagit avec le sol pour former un ciment protecteur.

— Ça ! c'est pas les gamins de la sauterelle qui vont sauter par la fenêtre.

Je ne relève pas.

— Les petits restent à l'abri jusqu'aux jours chauds du printemps. Ils quittent alors leur coque...

— Comme ça, ils n'ont plus leur mère pour les enquiquiner et les obliger à travailler. Comme ils ont de la chance les petits de la sauterelle !

Ma mère me tourne le dos. Elle égoutte des légumes,

debout devant l'évier. Ça me noue le cœur qu'elle pense ça.

Je continue à réciter, mais les mots se brouillent. Ma mémoire tourne à la béchamel.

— ... diverses sauterelles... Euh...

— Brévicornes !

— Merci, m'am... Diverses sauterelles brévicornes dans une émigration...

— Migration !

Je suis perdu. C'est le grand Trou. Qu'est-ce que ma mère va penser ? Je renonce.

— Ce n'est pourtant pas sorcier... Les locustes furent au nombre des dix plaies d'Egypte racontées dans le livre de Job...

— Ah, oui, m'am, c'est ça... Les locustes...

Je m'arrête net. Je viens de m'apercevoir que ma mère a récité sa tirade en secouant son panier à salade au-dessus de l'évier, alors que mon livre et mon cahier sont sur la table. Fermés. Comment a-t-elle fait ? Ma mère a un truc !

Elle hausse les épaules.

Ah, non, ce serait trop facile. Si ma mère a un truc, elle doit me le dire. Me l'apprendre. C'est ça, une mère. La sauterelle le ferait pour ses petits.

Elle hausse de nouveau les épaules.

— Qu'est-ce que tu veux que je te dise ? C'est comme ça.

Et en plus ma mère trouve ça normal.

— Je vois la page, c'est tout.

Elle *voit* ma leçon une fois, et la connaît par cœur ! Ma mère ne me fera pas croire qu'elle ne m'a pas emprunté mon livre pendant la nuit.

— Cherche pas où il y a pas. Va réviser et reviens quand tu connais ta leçon.

Je retourne dans ma chambre. Sonné. Je me laisse tomber sur le lit.

Pourquoi ce n'est pas ma mère qui entre en seconde à ma place ?

# 6
# Le Sergent Recruteur

Pourquoi moi ?

Pourquoi j'irais faire des études ?

N'importe qui dans la famille aurait pu les réussir mieux que moi. Roland pourrait piloter des Boeing 707 d'Air France au lieu de les réparer, Jacky posséderait une entreprise de transport routier. Treize camions. « Bodin, le transport de près comme de loin ». Gérard serait ingénieur chauffagiste, au lieu d'être fumiste, Evelyne dirigerait les restaurants de l'aéroport d'Orly, Josette serait professeur au lycée Clemenceau de Villemomble, Guy, patron des chocolats Foulon... Sans parler de mes petites sœurs qui me rattraperont dans les études et me laisseront sur place.

Alors, pourquoi moi ?

Parce que je suis le onzième ? Parce que c'est le moment, dans la famille ? Parce que c'est mon tour ?

Justement, je le passe, mon tour. Je te le laisse, m'am. Imagine le titre dans *Le Parisien*... Une mère de treize enfants entre en seconde à 51 ans... Tu seras en photo avec ton cartable, comme chaque année quand ils montrent le plus vieux et le plus jeune bachelier de France. C'est désespérant, à mon âge, certains sont déjà à l'université. Un très mauvais exemple pour les autres. Les petits génies sont des sapeurs de moral.

C'est décidé, j'arrête mes études avant de les avoir commencées.

Quelles études, d'ailleurs ? A part être champion du monde de quelque chose, je ne vois pas ce que je pourrais faire. En plus, maintenant je sais qu'il ne suffit pas de vouloir, d'espérer ou de rêver.

Il faut qu'on veuille bien.

Qu'on veuille bien, pour vous.

« On », c'est le conseiller d'orientation, le « Sergent Recruteur » comme on l'appelle. Comme chaque élève de la classe, je suis passé devant lui, lundi dernier. Il n'était pas d'humeur à me laisser rêver. Espérer, à peine. Quant à vouloir...

Je sors de mon cahier de textes la feuille rose qu'il m'a donnée à la fin de notre entretien. Je l'avais pliée et cachée dans le rabat du protège-cahier. Demain, il faut que je la rende signée au professeur de français. Je ne l'ai pas encore montrée à ma mère.

Je crois que je vais oublier.

Ce qui est écrit la rendrait triste.

Elle n'y reconnaîtrait pas son fils.

Pourtant, il n'y a pas grand-chose sur cette feuille rose. Le Sergent Recruteur n'était pas d'humeur à faire des phrases.

Il recevait dans le laboratoire de sciences. C'était la seule salle de libre. Assis derrière une des paillasses en carrelage blanc. J'avais l'impression de passer une audition pour le rôle de l'œil de bœuf dans la prochaine dissection.

C'était le TP du trimestre dernier. Il s'était terminé en gigantesque bataille de tartes à la crème. Sans la crème.

Assis sur le banc du couloir, j'imaginais, derrière la porte du laboratoire, un immense cristallisoir de la taille d'une baignoire. On m'y allongeait sur une plaque de liège et une main lançait un énorme scalpel en forme de balancier qui se mettait à osciller au-dessus de moi, en se rapprochant... Alors, comme ça, on veut faire des études ?...

Je n'aurais pas dû relire « Le puits et le pendule », la veille au soir, dans mon lit. C'est bien, les *Histoires extraordinaires* d'Edgar Poe (n° 604-605), si on n'a pas à s'endormir après.

— Réveillez-vous, jeune homme.

J'avais piqué du nez. Sûrement la chaleur et l'odeur d'éther du laboratoire.

— Excusez-moi, nous ne sommes là *que* pour votre avenir.

Ç'avait été mon premier échange avec le Sergent Recruteur... Comme dit mon père quand on bricole... Attention, quand le fer est mal engagé...

Je sais qu'il ne parle pas seulement de ma façon approximative de me servir d'un ciseau à bois.

— Vous savez que nous sommes là pour discuter de votre orientation après la classe de troisième. Une étape importante pour votre avenir.

Le Sergent Recruteur récite toute son introduction en continuant de griffonner sur le dossier du copain précédent. On dirait qu'il a toujours un avenir de retard.

Comme il ne me regarde pas, je le regarde.

Il porte des lunettes de soudeur qui lui mangent les yeux et une cravate jaune qui pourrait être à élastique. Pour paysager la paillasse en carrelage, il a posé devant lui un sous-main en cuir vert craquelé, une pendulette de voyage et un cadre assorti qui doit contenir une photographie de famille.

Le Sergent Recruteur semble avoir oublié ma présence. Une chemise cartonnée à la main, il hésite au-dessus de deux piles de dossiers du même rouge. A croire qu'il joue à... Pouf ! Pouf !... Ça sera toi qui iras en... se... conde !...

Il finit par la poser quelque part, fait une croix sur une liste et prend une nouvelle chemise. Il l'ouvre. C'est la mienne.

Mon dossier d'orientation.

Je le reconnais au pâté près de la signature de ma mère. J'avais voulu la rendre plus crédible. La vraie signature de ma mère n'a jamais l'air vraie... Vous me prenez pour un imbécile, mon ami ?... Alors, j'en imite une fausse. Ça passe mieux.

— Comme je vous l'ai dit, nous sommes là pour votre avenir.

Je préférerais qu'on soit là pour moi, ce serait plus sûr.

— Je vois que pour votre classe de seconde, vous avez fait le choix ambitieux des lettres !

Pas vraiment les lettres, mais surtout du lycée où on enseigne les lettres.

Pendant qu'on attendait dans le couloir, surveillés

par un pion électrisé par ses tics, on s'était redit, avec les copains, que ce serait plutôt malin d'être dans le même lycée.

Des lycées, il y en a deux. Ils sont dans la même ville. Vitry. Un lycée d'enseignement général, Balzac, en haut de la ville, et un lycée technique, en bas, Jean-Macé.

On avait choisi le haut.

Côté transports, ça se valait, Jean-Macé était plus près de la gare, mais Balzac plus facile en bus.

Ma mère avait dit niet à la mobylette... Faut choisir. C'est elle ou moi... D'accord m'am, je te mettrai un porte-bagages... Je rigolais, mais pas tant que ça. Gros Lulu m'avait donné une option prioritaire sur une Flandria qu'il était en train de bricoler façon course. Mais quand ma mère dit niet, c'est niet... Tu veux te retrouver au cimetière d'Orly, comme... Ma mère n'avait pas besoin de terminer sa phrase. Je savais de quel copain elle voulait parler. Sa Spécial 50 neuve n'avait presque rien, après l'accident au Fer à Cheval. Juste le phare. Elle aurait pu resservir.

Son père l'avait massacrée à la masse.

De ce côté-là, je ne risquais rien. Je n'aurais pas de mobylette à massacrer avant longtemps. Ce serait donc le train. Mais pour choisir un lycée, le moyen de transport n'était pas suffisant. Avec les copains on était allés en repérage sur place pour affiner notre étude comparative des bahuts.

Pour les cafés, Jean-Macé était imbattable avec le Terminus, le Commerce et l'Oasis qui avait même une salle à part pour le baby-foot. Mais pas de juke-box.

Alors que le Commerce possédait un flipper 5 billes et un Scopitone de science-fiction.

Même avec Franck Alamo, c'était regardable.

Côté cantine, les deux avaient la réputation habituelle d'une cantine : dégueulasse.

Au final, les lycées se valaient, mais ce qui avait fait la différence, c'était... les filles.

Les copains trouvaient que celles de Balzac l'emportaient haut la main sur Jean-Macé. Moi, je les trouvais plutôt bégueules-crâneuses-chichiteuses, avec leurs Solex de filles à papa, et cet air d'aller en surprise-partie, plutôt qu'en cours.

On aurait dit un troupeau de Sheila.

Mais la démocratie avait voté Balzac.

J'avais donc fait *le choix ambitieux des lettres* et du lycée d'en haut.

Quand un copain de la classe ressortait de chez le Sergent Recruteur, on lui demandait en douce... Et alors ?... Il répondait par le signe convenu. Pouce en haut, Balzac, pouce en bas, Macé... Silence ! On ne communique pas... Le pion plein de tics nous surveillait comme si on pouvait copier sur l'avenir de son voisin.

— Voyons ce choix pour les lettres ! Les appréciations de votre professeur peuvent... raisonnablement vous y engager...

Raisonnablement ! Qu'est-ce qu'il lui faut ? Je suis le meilleur en rédaction. Et de loin.

— Par contre, jeune homme, vos notes... Si je peux me permettre, les paroles vont bien, mais la musique...

Il sourit de son bon mot avec des points de suspension qui lui font un appareil dentaire.

— Le français... soit... passons. Mais ailleurs...

Je vois ce qu'il entend par « ailleurs », et je le comprends. Il y a des contrées dans mon bulletin où il vaut mieux ne pas s'aventurer.

— Soit. Les appréciations et les notes sont une chose. Importante, certes. Mais je vais vous poser quelques questions pour mieux cerner votre profil.

Le Sergent Recruteur parle tout en jetant des regards émus à la photo dans le cadre posé devant lui. J'imagine sa femme, ses enfants. Est-ce que mon père pose une photo de nous, sur son établi ? Je n'en avais pas vu quand j'étais allé visiter son atelier.

— Dites-moi, d'abord, que fait votre père... comme métier.

— Chaudronnier-formeur-aviation-P3-Maxi-tous-métaux !

Comme d'habitude, c'est sorti d'une seule pièce. Brut de fonderie. Le conseiller d'orientation hoche la tête. Songeur. Il note sur une feuille en se parlant... *Ouvrier*...

— Et... par curiosité... votre grand-père paternel ?

— Pareil...

— Ah... C'est amusant. Vous êtes donc fils et petit-fils de chaudronnier comme le grand Antoni Gaudí...

Connais pas ce joueur. Mon père ne m'en a jamais parlé.

— ... L'architecte ?... Barcelone ?... La Sagrada Familia ?... Un chef-d'œuvre...

J'irai voir.

— ... Passons, mon garçon... Tu as des frères et sœurs ?

— Treize !...

— Ah bon ? (interrogatif)

— Non, en fait, pas vraiment.

— Ah bon... (rassuratif)

— ... Je veux dire que je suis le onzième de treize.

— Ah bon ! (exclamatif)

On dirait Fernandel dans *Le Schpountz*. Les dix façons de dire : Le condamné à mort aura la tête tranchée. C'est ce qui va m'arriver.

— Donc... *famille très, très, très, nombreuse.*

Il cherche une case à cocher.

— Et ta maman, qu'est-ce qu'elle fait comme métier ?

— Mère de famille.

— Ah... bon... (bredouillatif)... Je veux dire... Bien sûr... Pardon... *Sans profession.*

Quand le Sergent Recruteur parle pour lui de cette manière, j'ai l'impression qu'il me traduit dans une autre langue. Je me fais l'effet d'être Nikita Khrouchtchev interviewé par Léon Zitrone.

— Jeune homme, je vois dans ton dossier que ton papa est né à Tarbes, ta maman à... Toucy-Moulin... et toi à Villemomble... Mais alors, toi... pourquoi... enfin, je veux dire...

Là, il me regarde. Et même fixement. Il se demande comment on peut avoir cette tête-là, avec ce pedigree-ci.

Pour le Sergent Recruteur, quelque chose ne colle pas.

C'est la première fois que quelqu'un me regarde comme un montage.

Moi, en bâtard.

— Ce que je voudrais comprendre... le nom de votre famille... d'origine... c'est...

— Martiniquais.

— Donc... *Martinique...*

Il regarde son cadre. Peut-être une photo de vacances.

— Je vois dans ton dossier... C'est sûrement une erreur... Tu n'es pas boursier ?...

Mon père ne veut pas... On n'est pas des mendigots... Par contre ma mère trouve que... Y a pas de raison. Pourquoi pas nous ? Puisqu'on y a droit...

— Ah bon ! (incompréhensif) Bien. Venons-en à tes vœux pour la seconde. Tu as choisi les lettres, c'est courageux. Tu sais que ce sont des études longues. Très longues.

Parfait. Ça me va. Mon père me le dit souvent... A l'école, tant que ça rentre, tu continues... Pour rentrer, ça rentre. Mais il en sort encore pas mal.

— Tu sais, pour être honnête, il faut que tu saches que ce sont des études qui ne mènent qu'à être... instituteur, ou professeur.

S'il s'agit de faire la cour à mademoiselle Gilera, de chausser du 47-54, et de donner des punitions en quatre couleurs, je saurai le faire.

— Ecoute, mon garçon, c'est bien les lettres, c'est même très bien, moi-même, quand j'avais ton âge... Passons... Mais je vais te proposer quelque chose, tu verras, plus en rapport avec ton... profil... tel qu'il ressort de notre conversation... Construction métallique ou comptabilité.

Voilà ce qui est écrit sur la feuille rose.

C'était tombé comme un rideau de boucherie.

Quand je suis sorti dans le couloir, j'ai tourné le pouce vers le bas : j'irais à Jean-Macé. Les copains m'ont regardé comme un gars d'une autre cité.

Il doit se tromper, le Sergent Recruteur. Pourquoi me priver de flipper, de baby-foot et de Scopitone, même avec Franck Alamo ? Un type qui est né livré avec son avenir assuré pièces et main-d'œuvre. Paraît qu'il est millionnaire, Franck Alamo. Fils d'une famille de fabricants de téléviseurs et que c'est pour ça qu'il passe à la télévison. Comme si je pilotais une Caravelle parce que mon père les répare.

L'avenir a ses chouchous.

Le Sergent Recruteur m'avait énervé. Je m'étais levé de ma chaise, pour lui montrer les appréciations de mon professeur de français. Lui, disait que je pouvais y arriver. Là ! c'était marqué. Il pouvait vérifier.

Dans le mouvement, l'énervement, la maladresse, l'indignation, que sais-je ? j'avais envoyé valdinguer la pendulette et le cadre. La vitre s'était brisée sur la paillasse, avec un bruit de pipette.

— Dehors, abruti !

Le Sergent Recruteur m'avait fait sortir en aboyant sur mon avenir et la confiture aux cochons.

J'avais quand même eu le temps de voir la photo dans le cadre. C'était son chien.

— Où tu en es avec ta sauterelle ?

Ma mère ! Elle vient d'entrer dans ma chambre. Je cache la feuille rose, sous mon cahier, et je la rassure en lui récitant le passage avec les dix plaies d'Egypte et le Livre de Job.

— Dis, m'am, comment tu fais pour te souvenir comme ça ? T'as un truc ?

— C'est vous, mon truc. A force de me rappeler de toutes vos bêtises, j'ai attrapé de la mémoire.

A écouter ma mère, on croirait que la mémoire est une maladie de mère de famille nombreuse.

C'est sans espoir, pour moi.

— Ecoute bien. J'attends le monsieur du vide-ordures. Si ça frappe et que je suis pas là, tu lui ouvres.

Le vide-ordures est bouché. Encore ! A croire qu'il y a un concours dans l'escalier. Ce sera à qui y fera passer le plus gros truc possible.

Un jour, au 33 ou au 35 de la rue, un type est resté coincé à hauteur des hanches. Il avait essayé de remonter dans le conduit pour aller faire peur à sa femme, au premier étage.

On a dû appeler les pompiers pour le sortir.

Sa femme n'était même pas à la maison.

— Maintenant, tu travailles. Je vais au marché tout à l'heure. Tu viendras m'aider pour porter les courses ?

J'en ai déjà mal dans l'épaule.

— En attendant, si tu me cherches, je suis chez madame Dubosq...

Ma mère, c'est comme les Suédoises : on ne la cherche pas, on la trouve. Et toujours chez la voisine. En face, sur le même palier, en train de boire le café avec des petits-beurre. Ce qui me fait toujours une excuse pour y aller sans frapper, histoire de croiser, en chemise de nuit, Christiane, la fille Dubosq. Elle n'est pas suédoise, ne fait pas 1,80 m, mais pas loin, en tour de poitrine.

Des centimètres gâchés puisqu'elle ne regarde que Serge.

Mon frère, c'est déjà un mélange, Steve McQueen et Capitaine Troy. Avec sa voiture neuve, il va devenir une véritable cible pour les filles. Une victime de la septième plaie d'Egypte : le nuage de sauterelles.

Le professeur de français dit que j'ai le chic dans mes rédactions, pour partir dans tous les sens et retomber sur mes pattes.

Celles de ma sauterelle ne sont pas brillantes sur mon écorché. Mal proportionnées. Le fémur est trop long et le reste trop épais.

On dirait une sauterelle qui porte des protège-tibias.

Elle me fait penser à Hirel. Un dégingandé de la classe. Croisement entre une girafe et une autruche. Le seul de la classe à m'avoir battu sur 60 m. Il court d'une manière si étrange que je le regarde au lieu de mouliner.

C'est son arme, à Hirel, l'étrangeté.

Moi, avec un pareil écorché de la sauterelle, je peux dire adieu aux 3 points de présentation pour la note du cahier de Travaux Pratiques. D'habitude, la présentation, c'est mon point fort. Mon joker. Je tiens ça du p'pa. Le dessin industriel, le tracé de chaudronnerie, c'est de famille. J'ai commencé tout petit en regardant mon père. Plein les yeux. Mais ça demande du soin, de l'attention, de la manipulation fine, un peu de matériel et pas mal de goût.

En plus de tout ça, on voudrait que je suive la leçon, que je la comprenne et que je réponde aux questions : et quoi encore ?

Si j'aime la présentation, c'est parce que ça me

permet de penser à autre chose. La présentation c'est comme dessiner des femmes nues devant tout le monde, sans se faire prendre.

— Hé !

On m'appelle d'en bas. Ce doit être Mich'. Il vient me dire que la mère de Marie-France est repartie. Mon cœur saute et ma plume avec. Voilà ma sauterelle avec une antenne rateau, sur la tête.

— Hé ! numéro 7 !

Ce n'est pas Mich'. Le seul à m'appeler par mon numéro de maillot, c'est Garnier, le numéro 11. Il a dû se lasser du concert des Hornets. Je sais pourquoi il est là. Je vais à la fenêtre m'en débarrasser. Son vélo a encore rétréci.

— Ça va ?

— Ça va.

— Je passais...

Ça tombe bien, moi aussi.

— Dis donc, t'es parti trop tôt du square. T'as raté. T'aurais vu cette corrida, pendant la musique.

Garnier m'inquiète. Je pense à Marie-France, sa mère, les éclats de voix.

— Le type du bâtiment en face de chez Dézu. Tu sais celui qui est toujours en marcel.

Pas exactement. Le sien, c'est un genre de maillot de corps blanc qu'on ne voit que dans les films italiens.

— Il est venu brailler à sa fenêtre. Il s'est fait recevoir, je peux te dire. Des mottes de terre et tout. Mais il est revenu avec un fusil de chasse, ce con. Je te jure. Oh, le truc ! Et sa femme est venue...

— Et alors ?

— C'est tout.

— Et la chute ?

— Mais non, il est pas tombé.

— Je parle de la chute de ton histoire. Sa femme est venue, et alors ?

— Alors, rien...

— Mais si ! Rappelle-toi. Vous étiez tous à plat ventre. La femme a essayé de calmer son mari. Il l'a abattue en plein cœur et s'est suicidé après. Le canon dans la bouche. Une décharge de chevrotine.

— T'as raison... Peut-être.

— Ou alors, c'est sa femme qui a pris le fusil... Vous pourriez faire moins de bruit. Mon mari travaille de nuit... Et toi de jour !... C'est là qu'elle a flingué la blonde crêpée...

— Ah, bon...

— Salope ! qu'elle lui a dit. Ça t'apprendra à aguicher mon homme... Les Hornets ont joué la *Marseillaise* et le type en maillot de corps italien, ancien légionnaire, s'est mis au garde-à-vous en pleurant.

— Je croyais qu'il s'était suicidé.

— Justement. C'est là qu'on a découvert que c'était pour... « La caméra invisible ».

— Euh ! c'est vrai ?

Je renonce. Il ne lui arrivera jamais rien à Garnier, il ne sait pas le raconter.

Le voilà maintenant qui ne sait plus trop quoi faire de sa peau, sur son vélo ridicule. Il reste silencieux. Se triture la dent.

— Au fait... ton père ? La feuille de match pour dimanche, c'est fait ?

Je sais que Garnier s'en fiche de la composition de l'équipe pour rencontrer Thiais. Lui, n'a pas à s'inquiéter, il est l'ailier gauche indiscutable... Le meilleur au foot, de la classe... Comme dit Mich' pour m'agacer.

Meilleur de la tête, d'accord, au dribble, faut voir, mais en vitesse, sûrement pas.

Moi, je suis l'ailier droit indiscutable de notre équipe. Moins indiscutable depuis que mon père s'occupe de l'équipe cadette du FC Orly. Justement celle où je joue.

Plus jeune, mon père avait déjà été dirigeant à Vauzelles dans la Nièvre. Ma mère n'était pas « très chaude pour qu'il remette ça ». Moi non plus. Mon père dirigeant, j'étais maintenant le fils du dirigeant. Et comme m'avait dit mon père après un match nul... Le fils du dirigeant, c'est comme la femme de César, il doit être irréprochable...

Je m'étais renseigné sur la femme de César et j'en avais conclu que désormais, je n'avais plus le droit de rater une passe, un centre ou un dribble. Qu'il m'était interdit de laisser traîner la semelle, pousser dans le dos, retenir par le maillot, chambrer l'adversaire, montrer un doigt, cracher mon dépit ou contester les décisions de l'arbitre... Eh ! yapapéno, monsieur. Faut vous acheter une canne blanche !...

Bref, en tant que femme de César, je n'ai plus droit à tous les petits plaisirs du football, alors qu'en ce moment, avec Marie-France dans le cœur et la sauterelle dans la tête, j'ai les pieds ailleurs... Qu'est-ce qui se passe, tu cires tes chaussures à la savonnette ?...

Non, p'pa, je suis amoureux.

Comment lui dire ça, quand je n'avais plus qu'à pousser la balle de match dans le but vide.

Le soir, à table, mon père avait de nouveau parlé

de la femme de César, pour expliquer à ma mère pourquoi entre lui et moi, c'était la soupe à la grimace.

Ma mère n'avait entendu que... La femme de César doit être irréprochable... et elle l'avait pris pour elle.

Un reproche du p'pa !

Tout ça pour une malheureuse lessive ratée, le mois dernier. Elle avait transformé notre tenue : maillot rouge, short, parements et scapulaire blancs, en ensemble rose tirelire qui nous avait fait surnommer le FC Petit-Cochon.

Un passage à la javel et on redevenait le FC Orly.

Ce soir-là, « la femme de César », comme ma mère le persiflait, en avait profité pour rappeler qu'elle n'était pas ravie-ravie que mon père ait « remis ça » et s'occupe de notre équipe.

Pas à cause des lessives. Une de plus, une de moins. Mais à cause de notre Etoile 6... La première voiture neuve qu'on peut se payer et la voilà transformée en bétaillère...

Le bétail, c'est nous, l'équipe cadette. Mon père la transbahute par fournées de six, pour économiser le car... Baissez-vous, les gosses, c'est la maréchaussée...

Pas étonnant que notre Simca ressemble de plus en plus à un lendemain de défaite. Même quand on gagne.

Ma mère est fâchée, moi aussi. Depuis que je suis la femme de César, je dois être irréprochable et me lever tôt, le dimanche, avec mon père, pour aller tracer le terrain.

Il fait froid. Toujours. Il y a du vent. Souvent. On utilise la roue à plâtre et on s'en met partout. A force de rêver de débordements sur les ailes, mes lignes de touche ne sont jamais bien droites... T'essayes de dessiner le terrain en perspective, ou quoi ?...

J'aime que mon père sourie. Je ferais bien l'idiot, rien que pour y arriver. Ça le défatigue. J'en profite pour tenter de gagner 50 cm sur le point de penalty... Eh ! 10,968 m de la ligne de but !... Fallait bien essayer. C'est moi qui les tire.

Garnier revient au contact.

— Alors, tu me dis qui est dans l'équipe ?

Il triture sa dent de devant déchaussée par un coup de boule. Dans l'ensemble Garnier a le visage encore moins bien tracé qu'un terrain d'entraînement...

— J'en sais rien, moi.

— Quand même, t'es le fils du dirigeant.

Il ne va pas me faire le coup de la femme de César. Pas lui.

— Ton père, c'est bien écrit sur son cahier, l'équipe ? Il fait toujours ça.

— Je sais, mais je sais pas, je t'ai dit.

— Va voir.

— Je peux pas, il y a ma mère.

— Quand est-ce tu pourras ?

— On verra, on verra.

En fait, on ne verra pas. Garnier peut bien se triturer tout ce qu'il veut. Je sais que c'est Vasseur qui l'envoie aux nouvelles.

Vasseur, c'est un latteur, un bourrin, un tataneur. Il prêterait sa petite sœur pour être arrière droit.

— Alors, tu sais pas pour l'équipe ?

— Non, je sais pas, et il faut que j'aille réviser.

— Réviser quoi ?

— L'interro, pardi.

— Celle de demain ? Pourquoi tu t'embêtes, demande à Ludo.

Ludo c'est Ludovic, dit l'Andouillette, ou AAA, parce qu'il est le roi de l'Apprentissage Aidé par Antisèche, le professeur Tournesol de la pompe, le Géo Trouvetou de la truande, fournisseur exclusif du collège en matériel de gruge.

Une autre fois, je ne dis pas. Mais pour demain, Desmoulin m'avait prévenu... Je t'aurai à l'œil et tu seras aux premières loges... Il m'avait montré la table devant le bureau. C'était comme être assis sur ses genoux.

Même Ludo ne pouvait rien pour moi.

— Dis donc, vous y retournez quand à l'aéroport ?

— Pourquoi, tu veux venir ?

— Je voudrais bien mais t'as vu mon Spad ?

Son tas de boue, et alors ? Garnier croit qu'on va se déplacer spécialement pour aller lui chercher un vélo neuf.

Les équipées à l'aéroport ou à la piscine de Choisy-le-Roi sont des entreprises sérieuses qu'on ne peut pas renouveler trop souvent. On part de la cité à deux sur un vélo et on revient avec un chacun.

Le garage à vélos sous l'aéroport ou celui à l'extérieur de la piscine sont aussi commodes l'un que l'autre pour s'approvisionner. Mais on préfère celui de l'aéroport où il y a moins de risques de ramener dans la cité un vélo qui y était déjà, avant nous.

Comme avec le demi-course du commis de bar qui habite au 12. Ça s'était bien passé. Une chance. Mais il faudrait que les gens mettent à leur vélo des plaques, avec le nom et l'adresse. Ça éviterait les malentendus.

Pas de risque avec mon vélo du certificat d'études. Il a deux plaques. Une visible sur la potence du guidon et une cachée. Mais quand même, pendant des mois, je l'ai monté dans ma chambre, le soir. Je n'avais pas peur qu'on me le vole. Dans la cité, tout le monde sait que c'est le mien. Il n'y a qu'un routier Motobécane, couleur feuille morte.

Je n'avais pas peur, je voulais juste le regarder de mon lit.

Regarder une promesse. Celle tenue par mon père. Il m'avait dit... Si tu as ton certo... Banco !...

Dès que j'ai vu mon nom sur la liste, vérifié chaque lettre, une dizaine de fois, à l'envers, à l'endroit, prénom compris, et la mention « Admis », en face, à ne pas confondre avec « Refusé » qui n'a qu'une lettre commune mais lui ressemble étrangement, ces moments-là, surtout qu'il faut en même temps empêcher son cœur de jouer au Ballon Rouge et de s'envoler de sa poitrine.

Dès que j'ai su, j'ai attendu.

Je ne sais pas si j'ai respiré, bu, mangé, parlé, regardé, mais j'ai attendu.

Le soir, de retour de l'usine, mon père n'a même pas le temps de garer l'Etoile 6, que je m'engouffre dans la voiture... Je l'ai !... J'ai cru que mon souffle allait exploser le pare-brise. Je n'ose pas regarder mon père. J'ai le cœur qui claque sur les rayons comme une carte à jouer. Il va me dire... C'est bien. Je suis fier. T'es un crack. Pour ton vélo, on verra demain. Je suis un peu crevé, ce soir. Une journée infernale. J'ai dû descendre dans le réservoir d'un Super-Constellation pour une bosse grosse comme ça...

Pas du tout.

Mon père enclenche illico la marche arrière... Banco !... Et on repart *les roues en chapeau*, comme il dit.

Direction... Dieu !

Monsieur Dieu, le marchand de cycles du haut d'Orly.

Monsieur Dieu est aussi conseiller municipal. Quand on se marie à Orly, on peut passer devant Dieu sans passer par l'église.

Le magasin de monsieur Dieu c'est le Palais des Merveilles. Les plus beaux vélos, les plus belles mobylettes. Je montais là-haut rien que pour regarder. Je m'écrasais le visage à la vitrine pour veiller à ce que personne ne me prenne mon vélo... Tu vas finir avec un nez de boxeur... Dieu avait raison. Ça allait se terminer aux poings. Le premier qui touchait à mon Motobécane, je le tuais... Entre le voir, au moins... Pas question. Ça me porterait malheur. C'était un coup à rater le certificat.

Mais cette fois, je l'ai, le certo. Je suis à l'intérieur du magasin. Je le touche, mon vélo. Et en plus, ça sent le neuf.

Pendant que mon père est occupé avec Dieu à remplir le chèque de 26 750 anciens francs avec pompe et trousse de réparation comprises, je me sauve sur mon vélo. Je suis comme dans *Le Voleur de bicyclette*, mais personne ne me rattrape. Le soir tombe. Je mets la lumière. La tête de la dynamo ronronne. On se croirait au coin du feu. J'essaie les freins, le dérailleur, les plateaux. Tout ce qui peut s'essayer, sans prendre ma première gamelle.

Je suis étonné en arrivant dans la cité qu'il n'y ait pas de banderole d'accueil... Bienvenue à toi et ton superbe Motobécane... Tant pis, je lève quand même les bras. Les flashes crépitent. Baiser de ma mère au vainqueur. Je prends le maillot jaune. Anquetil et Poulidor sont relégués à 5 minutes.

Le lendemain, j'ai ma photo dans *L'Equipe*.

Moi, en l'homme le plus heureux du monde.

Ce soir-là, Marie-France l'avait trouvé vraiment très beau, mon vélo. Je me disais qu'un jour, elle trouverait vraiment très belle ma Vespa, vraiment très belle mon auto, vraiment très beau notre appartement. Nous deux, c'était juste une question de vraiment.

Tu as dit merci à ton père ?... Quel merci ?... Pour le vélo, pardi... Bien sûr, m'am...

Mais non, ce n'était pas vrai. J'avais oublié.

Mon père avait tenu sa promesse, c'était le plus beau cadeau depuis l'invention du certificat d'études et j'oubliais de le remercier.

Moi, en fils ingrat.

Les parents ont du mérite de me garder.

Garnier revient en jeu avec sa moue vacharde à tirer dans les coins.

— Et toi, tu y es dans l'équipe ?

— Pourquoi tu demandes ça ?

— Parce que l'autre soir, à l'entraînement, ton vieux était pas jouasse.

C'est vrai, mon père m'avait taclé ferme. Et devant toute l'équipe... Je l'ai dit cent fois, l'ailier doit rester dans son couloir, ou il restera... sur le banc...

Rester sur le banc, le pire des affronts. Etre remplaçant : faire le coiffeur, le cocu, la dame-pipi, le men-

digot, attendre l'autobus, se geler les noisettes en espérant qu'un copain se blesse. Et gravement, si possible... Une entorse ! C'est tout ? Même pas capable de se faire une fracture ?...

C'est la première fois, depuis que je joue au football dans le ventre de ma mère, que je risque de ne pas être titulaire. Si ça arrive, je me mets au basket.

— Alors c'est bon pour mon demi-course bleu à l'aéroport ?

Garnier manque pas d'air. Pourquoi pas un bon de commande, pendant qu'il y est ?

— Sûr !

Il me balance un bras d'honneur sans conviction. Garnier renonce. Comme devant une passe trop longue. Et repart sur son vélo minuscule, auquel il va finir par pousser des roulettes.

J'essaie de ne pas penser au cahier noir du p'pa et à la composition de l'équipe. Je retourne à mon interro.

L'introduction, ça va. Voyons l'anatomie externe. Les trois segments : la tête, le thorax, l'abdomen. Fastoche !... L'exosquelette !... Qu'est-ce que c'est que ça ? Une sorte de squelette à l'extérieur. Heureusement qu'on ne ressemble pas aux sauterelles. J'imagine Marie-France, avec juste sa chaîne en or autour des vertèbres cervicales. Elle est dans mes bras, au milieu du square. Des fenêtres, on ressemble à un tas d'os qui essaient de s'embrasser avec la langue.

C'est idiot. J'en ai marre de cette leçon. Marre de cette sauterelle. Marre d'apprendre des imbécillités pareilles.

Quand Marie-France passe ses doigts dans mes cheveux, il n'y a pas un tas d'os et des phalanges, dans sa main, mais simplement une caresse.

Qu'est-ce qu'ils en savent, les livres ?

Et le cahier noir de mon père, est-ce qu'il sait ? Est-ce qu'il sait si je joue dimanche ? C'est important. Il faut que j'aille voir. Que j'en profite pendant que ma mère est chez la voisine.

Le plus difficile, ce n'est pas de prendre le cahier noir dans le tiroir de la table de nuit, mais d'entrer dans la chambre des parents. Simplement, entrer. Surtout quand les doubles rideaux sont tirés. Qu'il y fait sombre comme maintenant.

Pourtant, je connais leur chambre. Elle est la même depuis toujours. Les mêmes meubles, le même couvre-lit, brun d'un côté, bouton-d'or de l'autre, la porte d'armoire voilée, le réveil posé sur une soucoupe avec des pièces de monnaie, le clou où mon père accroche sa montre, la poire en bakélite qui pend, l'opaline fatiguée, au-dessus de la tête de lit.

C'est comme une reconstitution historique de leur chambre de Villemomble, dans notre HLM d'Orly.

Jusque dans l'odeur. Une odeur plus âgée qu'eux. Un mélange d'antimite, de poudre de riz, de Gauloises, d'encaustique et de médicaments.

Ce n'est pas ça qui m'empêche d'entrer dans la chambre des parents, mais une image furtive, surprise, une nuit de mauvais rêve.

Je m'étais levé.

Dans l'obscurité, mon père est nu. Le corps mince. Luisant. Il traverse l'entrée pour aller de sa chambre aux toilettes. Un pas. A peine. Et son sexe détendu qui accompagne tranquillement le mouvement.

Je suis resté pétrifié. La chasse d'eau m'a réveillé. J'étais terrifié. J'ai couru me recoucher, me cognant la tête au passage à l'angle du mur.

Dans le lit, j'avais eu beau essayer toutes les techniques d'étirements de Dario, sur ma lampe d'Aladin, je n'étais pas arrivé à grand-chose de comparable. J'avais un problème d'échelle.

En faisant le bilan de ce début de journée, je m'aperçois que je n'ai hérité ni de la mémoire de ma mère, ni du sexe de mon père.

Seulement une bosse au front.

Je me palpe. La bosse a disparu, depuis.

Pas l'image.

On sonne à la porte d'entrée.

Je sursaute, comme si, cette nuit-là, mon père s'était retourné vers moi et m'avait surpris en train d'observer son sexe à la dérobée.

# 7
# Le vide-ordures

Je fixe la porte d'entrée. J'essaie de voir au travers. Il nous faudrait un œil magique. Ce serait utile pour savoir qui frappe. On n'en a toujours pas installé. Ce genre d'œilleton est très à la mode en ce moment dans la cité... C'est à cause de madame Dassault !... Ma mère exagère. Il y a un mois, l'enlèvement de « la femme du roi de l'aéronautique » comme disait *Le Parisien*, avait plutôt fait sourire... Tout ce cirque, pour ça !...

On préférait parler de madame Dassault que de l'Etrangleur. Sinon on risquait de voir ma mère se figer net, le couteau planté dans le pauvre poulet rôti du dimanche... Moi, si quelqu'un touche à un de mes gosses, je lui conseille pas de tomber dans mes pattes...

Il faut que je prévienne Saint-Mexan. Si ma mère sait qu'il envoie des lettres aux journaux, il sera son plus gros poulet à découper.

Je lui conseille de se reconvertir dans l'enlèvement, et de choisir ses victimes plutôt jeunes. Faute d'Etrangleur, les conversations de vide-ordures tournaient autour du « rapt de madame Dassault »... Quand même, vous vous rendez compte, enlever une femme de cet âge... J'essayais d'expliquer que ce n'était pas une question d'âge mais plutôt de rançon... Dis qu'on vaut rien, avec madame Dubosq... Non, mais je doute qu'on déploie pour vous 800 gendarmes, 6 000 policiers, 4 000 CRS, 15 hélicoptères et 400 barrages routiers... Et pourquoi ça ?...

Le 6 avril, au bout de deux jours d'enlèvement, on avait retrouvé madame Dassault.

Tant pis, ma mère voulait quand même son œil magique. Question d'égalité de traitement. Elle ne réclamait pas d'hélicoptères, mais au moins un œil... Ils en vendent sur le marché. C'est moins cher qu'une rançon. Il y a juste à percer un trou dans la porte. Sinon, je peux le faire moi-même...

Le faire moi-même ! Cette formule est une menace que ma mère utilise quand elle considère qu'un petit bricolage qu'elle a demandé traîne un peu trop : un support de tringle à rideau à fixer, une douille à réparer, une pomme de douche à changer, la veilleuse du chauffe-eau à décrasser.

Un jour que ça avait trop traîné, on a retrouvé les plinthes du salon peintes en noir... J'ai trouvé que ça...

Pour l'œil magique ça pouvait encore attendre. Quand ma mère a vu madame Dassault, plutôt souriante, à la télévision, elle a arrêté d'en parler... Ma parole, ça lui a plu à elle !...

Ma mère a continué d'utiliser la voisine comme œil magique... Madame Dubosq, vous voulez bien aller voir qui c'est... La voisine entrebâillait sa porte sur le palier et rapportait l'information... C'est le monsieur des encyclopédies... J'ouvre pas...

Planté dans l'entrée, je me vois mal demander ce service à la voisine. Voilà pourquoi je ne sais pas qui vient de sonner à la porte. Saint-Mexan, Dario, Mich' ou... Marie-France.

— C'est le gardien.

On serait en retard pour le loyer ?

— C'est pour le vide-ordures, j'ai prévenu ta mère.

Le gardien qui ressemble à un furet est accompagné d'un colosse en bleu de chauffe. Ça fait une moyenne.

— Elle est pas là, ta mère ? Et tes sœurs ?

Le gardien aime les filles, surtout quand elles ont du retard dans le loyer. Ça le transforme en pieuvre. Le gardien est un peloteur, mais c'est lui qui fait patienter l'Office des HLM. Il vaut mieux se mettre dans ses petits papiers. Surtout si on veut être au courant des appartements libres, si on cherche une deuxième cave, une plus grande, si on souhaite changer sa boîte aux lettres, une fenêtre, une baignoire, faire réparer la minuterie...

— Tu diras à ta mère que j'ai peut-être un chauffe-eau pour elle. Presque neuf.

Le gardien récupère tout ce qui traîne dans les caves, ou dans les logements qui se libèrent. Il a réquisitionné un local à vélos entier pour entreposer son fourbi. On se croirait aux Chiffonniers d'Emmaüs.

Je me souviens de la dame du bâtiment d'en face. Le gardien claironnait... Elle, avec tous ses loyers en l'air, ça va pas tarder à être l'huissier... Un jour, ses meubles avaient été sortis sur le trottoir. Les gens regardaient. Choisissaient.

Elle ne devait pas être assez dans les petits papiers du gardien.

— Tu me payes un coup, gamin ?

Ce sera du Kiravi *La bouteille du XX^e^ siècle* sous étiquette Préfontaines. Ma mère transvase.

Mon père n'aime pas le « vin en plastique ».

Le colosse, lui, va tout droit à la cuisine, sa caisse à outils à la main et un grand carton sous le bras.

— T'inquiète, il connaît son boulot. Dis donc, toi qui cavales pas mal, t'aurais pas vu des types dans une voiture traîner dans le coin, ces temps-ci ? Une Traction pourrie, mal maquillée. Des gars qui seraient pas d'ici. Viendraient de la bande de la Mairie d'Ivry que ça m'étonnerait pas.

Je pense à la Traction familiale repeinte, garée devant chez Marie-France. Le coude du type à la portière.

— Qu'ils croient pas que je vais les laisser faire leur rodéo ici, avec les gars de Thiais. Leurs conneries de Blousons noirs et de Blousons dorés, ça suffit !

A ce qu'on dit, la bande de la Mairie d'Ivry roulerait en Traction trafiquées, et les gars de Thiais, en 203 bricolées. Les uns, plutôt le style Rockers, les autres, le genre Mods.

A ce qu'on dit, ils ne trouveraient pas normal qu'il n'y ait qu'en Angleterre qu'on voie des Mods, en Vespa, et des Rockers, en moto, se bagarrer sur les plages de Margate, le week-end.

Eux aussi, en étaient capables. Même sans plage et même en semaine.

Alors, ils se donnaient rendez-vous pour rejouer un mélange de *West Side Story* et de *La Fureur de vivre*, dans une carrière de Choisy-le-Roi du côté du carrefour Pompadour.

A ce qu'on dit.

— Tu me remets ça, gamin ?

J'ai déjà remis. Le gardien a vite les yeux qui flottent. Je ne voudrais pas que ma mère le trouve affalé dans le fauteuil du p'pa.

— Désolé, monsieur. Faut que je travaille. J'ai un devoir, demain.

— Ah ! si c'est le travail... Tu as raison. L'école, c'est important. Regarde, moi... Au fait, tu dis à tes copains d'arrêter le sucre dans le réservoir de la Taunus du petit retraité du 35. Ça commence à faire.

Je leur dirai. Je leur dirai. Mais il faudrait qu'il arrête de faire pisser son chien sur nos vélos.

— Tu y penses pour le chauffe-eau, gamin.

J'y penserai. Mais qu'il me laisse refermer la porte. Je fais un signe à Jean-Pierre sur le palier. Il rentre chez lui avec sa guitare dans une housse.

— Alors ?

Il me montre le pouce. Jean-Pierre l'a fait réparer et vernir. Une vraie guitare espagnole. J'irai voir. J'aime bien aller chez lui. Il est calme, sérieux et fou de trains. Pour Jean-Pierre, j'emprunte *La Vie du rail*, dans la boîte aux lettres du pépé de l'escalier d'à côté. Il ne doit plus se souvenir qu'il est abonné.

— Eh, gamin, pense au chauffe-eau, pour ta mère. Sinon, j'ai déjà preneur.

Je pousse le gardien dehors. Il reste le colosse dans la cuisine, ma mère chez la voisine et la sauterelle dans ma chambre.

Je n'ose pas regarder la pendule du salon. C'est une

vague imitation du modèle en escargot de la télévision. Celui qui oblige à déjà connaître l'heure pour la déchiffrer.

Ça tombe bien, je ne veux pas savoir l'heure. Sinon, je vais m'apercevoir que Serge va bientôt rentrer de l'atelier.

Il sera midi pile. Serge part à midi du travail et arrive à midi à la maison. C'est la différence entre une pendule de patron et une pendule d'ouvrier.

A midi pile, il ne restera plus que 30 minutes avant l'assassinat de Kennedy.

Saint-Mexan doit, déjà, avoir l'œil collé à la lunette.

Le film va s'enclencher.

Je me souviens que Saint-Mexan m'avait demandé si la caméra que je lui avais montrée un jour était une Bell & Howell. Celle que Michel d'Alger avait laissée chez nous... Non, une Beaulieu... Tant pis, on fera sans... Pourquoi ?... C'est avec une Bell & Howell 8 mm que Zapruder a pris le film où on voit la tête de Kennedy exploser. Alors, il faut une Bell & Howell... J'étais vexé. J'aurais dû le savoir, pour la marque de la caméra.

Mais ça m'avait donné l'idée d'emprunter celle de Michel pour filmer Marie-France. Pas pour voir sa tête exploser, ni son cœur. Seulement pour le plaisir d'écrire sur des étiquettes... Marie-France à sa fenêtre... Marie-France joue à la balle aux prisonniers... Marie-France fait du hula-hoop... Marie-France m'embrasse...

Il n'y avait pas de film dans la caméra. Je n'en avais pas besoin. Marie-France, je la connais par cœur. Image par image. Certaines, je ne les regarde que le soir, quand je suis dans mon lit. Ma lampe d'Aladin devient un projecteur en Cinémascope.

On frappe à la porte d'entrée...

... Coupez !...

Je reconnais cette façon autoritaire. J'ouvre. C'est Nikita, dans son costume bleu pétrole et son feu-de-plancher. On croirait qu'il vient relever les compteurs d'eau et qu'il a peur de se mouiller le bas du pantalon.

— Qu'est-ce que tu veux ?

— C'est pour notre affaire.

— Si c'est maintenant, je peux pas.

— Non, pas encore. J'ai vu avec les autres, tu me rejoins à mon club vers 13 h 30.

Serge sera reparti et Kennedy déjà mort. C'est jouable, même si je n'y crois toujours pas à ce coup foireux. Nikita se dandine d'un pied sur l'autre, avec l'air du gars qui voudrait bien qu'on lui demande ce qu'il a.

— Je crois que j'ai un ticket avec le maillot rose. Qu'est-ce que tu en penses, toi ?

La blonde crêpée ? Il frappe à la mauvaise porte. Je suis miro pour ce genre de choses. Si Gros Lulu ne m'avait pas dit pour Marie-France, je ne saurais toujours pas... Franchement, t'as quoi dans les yeux ?... Sans lui, je n'aurais même pas osé l'imaginer. Qu'est-ce qu'une fille comme Marie-France pouvait faire d'un « porte-clefs » comme moi ? C'est comme ça qu'un des Pieds Nickelés m'avait traité. Celui qui a les jambes arquées... Je préfère avoir l'air d'un porte-clefs que d'un porte-gobelet...

Je n'avais pas eu le dessus.

Peu importe. J'aime bien être le porte-clefs de Marie-France. Elle pourrait y glisser une photo de moi.

Le soir, elle me poserait sur sa table de nuit avant de se coucher. Elle n'éteindrait pas trop vite. Je la regarderais se déshabiller. Pas trop, non plus... Stop !... Je dois me calmer. Quand, de jour, je commence à voir Marie-France, de nuit, c'est mauvais signe. Une sorte de rechute de ma cécité crépusculaire.

Une maladie pratique pour dire que je suis un idiot, que je ne comprends rien aux filles.

Ce serait quand même plus pratique si elles étaient comme ces petits sujets qui annoncent le temps qu'il va faire en changeant de couleur.

Rose, je t'aime... Jaune, j'en aime un autre... Vert, mon cœur est libre... Rouge, sauve-toi !...

— Bref, tu t'en tapes de mon ticket avec le maillot rose ?

Bref, oui.

— N'empêche, je sens que je vais me la faire.

N'empêche.

— Au fait, t'as vu, tes potes de classe qui grattouillent, les Hornets ? C'était vrai, pour le type des disques.

— Quel type ?

— Eddie Barclay. Il est dans la cité, je te jure.

— Barclay ! Tu devrais arrêter les filles en rose.

— Rigole, mais va voir, si tu me crois pas. Sa tire est en bas, on dirait un paquebot.

Je suis démangé. Mais je n'ai pas envie que Nikita ait raison. Pas envie que mes « potes de classe », comme il dit, enregistrent un disque. Pas envie qu'ils deviennent les nouveaux Beatles et moi, le cinquième.

Nikita ne peut pas comprendre. Pour changer de surnom, il lui suffit de se laisser pousser les cheveux. Moi, si un jour, je suis « le cinquième Beatle », j'en ai pour la vie.

Marie-France m'en voudra.

Qu'est-ce qu'on peut faire d'un type qui rate sa chance ?

J'expédie Nikita. Il rouspète.

— Ça va ! Ça va ! Mais n'oublie pas. 13 h 30 à mon club.

Il se jette dans l'escalier, façon Tarzan endimanché. Le talon de sa bottine accroche une marche. Nikita est propulsé droit vers l'imposte vitrée du demi-palier.

Je revois l'accident de Vivi, le copain du dessus. Une cavalcade sur les marches. Des cris. Pas plus que d'habitude. Et soudain, un barouf ! Et un courant d'air glacé dans la cage d'escalier.

Vivi avait traversé la vitre armée du premier étage.

Il était à plat ventre sur le trottoir. Inanimé. On aurait dit qu'il attendait qu'on dessine sa silhouette à la craie, pour le *France-Soir* du lendemain. On l'a cru mort. La résille du verre armé lui faisait une mantille sur la tête... Comme les femmes de chez moi...

Vivi est espagnol. Pour l'instant, il a plutôt une fracture ouverte du coude et le visage scarifié en vitrail.

Il s'en tire bien, paraît-il.

Il aurait pu s'en tirer encore mieux. Mais il avait décidé de faire fondre son plâtre dans le lavabo, pour aller à une surprise-partie... Tu crois pas que les filles vont danser avec un infirme...

Aujourd'hui, le bras de Vivi reste à 45°... Comme

ça, j'ai pas besoin d'équerre... Mais ça ne l'a ralenti ni dans l'escalier, ni derrière les filles.

— Oh, purée ! j'ai failli me la prendre.

Nikita s'époussette le bleu pétrole du costume.

— Qu'est-ce qu'ils attendent aux HLM, pour mettre une grille ? Que quelqu'un se tue ? Ben, ce sera pas moi. Faut pas qu'ils oublient : Nikita a la baraka !

Il disparaît en rigolant. Même avec la baraka, je n'y crois toujours pas à son coup foireux.

— C'est fait, mon garçon, pour le vide-ordures.

Le colosse me présente une tablette et un Bic.

— Il me faut une petite signature.

Enfin quelqu'un me demande un autographe. J'improvise un gri-gri en pattes de sauterelle pour le colosse.

— Attention, au début, la poignée sera un peu dure, mais elle se fera. Tu préviendras ta mère.

Ma mère ! Le marché !

J'allais oublier.

Elle doit être sur le chemin du retour. J'abandonne le colosse. Je me précipite à la fenêtre de ma chambre. Je guette le coin de la rue. Rien. Sauf si ma mère est déjà dans l'escalier. Je cours voir. Non, c'est bon. Dans l'entrée, l'odeur de la chambre des parents me rappelle le cahier noir de mon père.

Est-ce que je joue dans l'équipe, dimanche ?

Va voir, au lieu de rester planté ! J'ai le cœur comme une vessie de ballon de football qu'on gonfle trop vite. Je souffle fort et je franchis le seuil. J'ouvre le tiroir de la table de nuit de mon père. Le cahier noir est là, sous un tube et un flacon de médicaments. Je le prends.

Ouvre ! Ouvre donc ! C'est pire que les résultats du certificat d'études.

T'oublies ton examen d'entrée en sixième. Tu ne faisais pas le fier non plus. Silence, ce n'est pas le moment de me faire exploser l'aorte.

J'ouvre le cahier noir. Je le feuillette. J'ai plus de doigts qu'il n'y a de pages. Ce n'est pas bien de fouiller dans les affaires de mon père. Repose ce cahier. Ma main est plus hardie que moi. Ô la belle écriture ! Elle me surprend toujours... *Dimanche 26 avril Boissy-Saint-Léger... 14-0...* La piquette qu'on leur a mis ! *Dimanche 3 mai Valenton 3-1...* Je n'avais pas marqué. Voilà !... *Dimanche 7 juin Thiais...*

L'équipe est disposée sur la page comme sur le terrain. Mon index court en tremblant jusqu'à l'aile droite.

... *Picouly...* Je joue ! Je le savais !

Titulaire indiscutable. Merci ô père vénéré ! Garnier peut bien se triturer la dent. La petite souris ne passera pas, mais moi, oui. Dimanche, les gros bourges de Thiais ne pourront rien contre l'ailier droit inarrêtable du FC Orly. La Flèche de Calmette, l'Insaisissable numéro 7.

P'pa, tu seras fier de moi. Je te cloquerai des buts en chapelet. Je serai mieux que la femme de César. Je vais m'occuper de mon couloir. Te le bichonner aux petits oignons, le passer à la paille de fer, à l'encaustique, te le vitrifier. Ça va briller, sur l'aile. Une véritable patinoire. Je serai un Alain Calmat qui ne tombe pas.

Qu'est-ce que c'est que ça ?

Derrière mon nom.

Ce signe étrange.

Je lis... *Picouly ( ?).*

Moi, en point d'interrogation.

Mon père m'a mis entre parenthèses. Son propre fils ! Ça veut dire quoi ? Qu'il n'est pas sûr ? Sûr de quoi ? Que je suis son fils, ou que je joue dimanche ? J'ai les jambes en rhubarbe, l'entrejambe aux pois chiches.

Le marché !

Ma mère ne doit pas être loin.

Je range le cahier noir dans le tiroir de la table de nuit, sous les médicaments. Mon père en prend beaucoup, en ce moment. Jamais à table. Jamais devant nous. Mais beaucoup. Je ne sais pas ce qu'il a. Le cœur, sa cicatrice, le poumon...

En quatrième on avait étudié *Le Malade imaginaire*, en français. Acte III Scène 10, Toinette (en médecin), Argan, Béralde... *Le poumon !... Le poumon, vous dis-je...* Le professeur, monsieur Doumeng, était en forme. La classe riait.

Je voyais mes camarades de dos... Le poumon...

J'ai eu envie de les frapper. De les massacrer, tous. De les planter, les déchirer au scalpel. 54 cm autour de l'omoplate.

On verra, après, si ça les fait autant rire, le poumon. Si ça les amuse, les radios qu'on regarde devant l'ampoule de la cuisine.

Au lieu de tuer mes camarades de classe, je me suis mordu le gras de l'index, au sang.

Souvent ça suffit.

J'essaie de lire ce qui est écrit sur le tube et le flacon. Je ne comprends rien. C'est la maladie de mon père, quand même. J'ai le droit de savoir. Faudrait que je fasse médecin, ça lui serait plus utile. J'ai l'écriture illisible, c'est déjà un début. J'aurais dû le dire, au Sergent Recruteur. A quoi ça va servir à mon père, si je fais construction métallique ou comptabilité ?

La feuille rose. Il ne faut pas que j'oublie de cocher une des deux cases avant de la rendre demain.

C'est mon avenir.

Je cours à la fenêtre de ma chambre. Ma mère. Elle est déjà à hauteur du 33 avec ses paniers à provisions. Je me précipite à sa rencontre.

— J'ai trouvé une belle entrecôte pour ton frère.

Au poids, ils ont dû laisser le bœuf dans le sac.

— Ça avance, ta leçon ?... Et le monsieur du vide-ordures, il est passé ? Le gardien, il t'a parlé de quelque chose ?... Tu lui as payé un canon ?...

Les questions de ma mère, c'est comme dans une projection de diapositives, l'une efface l'autre. Ça évite de répondre.

Au passage, je salue Bubu et Saïd, chacun à leur fenêtre du rez-de-chaussée. On dirait des sphinx qui guettent leur mère.

— Tu as encore un peu de temps, avant que ton frère arrive. Va travailler, pendant que je prépare le repas.

— Il y aura du clafoutis ?

— J'avais pas prévu. Je peux t'en faire un pour quatre heures, si tu veux. Je te préviens, j'ai pas de cerises.

Le clafoutis à rien c'est la spécialité de ma mère.

Dans ma chambre, je ne vois pas ce que je peux faire pour mon interro en si peu de temps. Par contre, je mettrais bien quelques allumettes à cintrer pour ma maquette du *Wasa*. Je sors de la bibliothèque vitrée le bocal à cornichons où macère un magma d'allumettes sans tête, dans un jus brunâtre.

On dirait le fœtus d'une épave de bateau.

De la penderie, j'extirpe ma planche de fakir. Une vieille planche à dessin plantée de petits clous, de façon à former des gabarits pour la charpente de la coque. Une idée à moi.

Avec ce système, qui devrait me valoir un prix au concours Lépine, j'ai déjà commencé la *Santa-Maria* de Christophe Colomb, le *Victory* de Nelson, l'*Orient* de Bonaparte... Je ne les ai pas terminés. Finir m'intéresse mollement. Résultat, ma collection de maquettes ressemble à un cimetière de bateaux.

Mais cette fois, j'aurai terminé le *Wasa* avant qu'on soit partis pour le cap Nord, avec Serge.

Quelque chose frappe le haut de la fenêtre.

Un caillou. Un caillou suspendu à une ficelle, avec un mot autour... « J'ai faim ! ! !... » Signé... « S-M... »

Je comprends Saint-Mexan. On ne peut pas tuer Kennedy le ventre vide. A la cuisine ma mère s'attache à brûler des pommes de terre sautées à la poêle. L'entrecôte de Serge attend son tour.

— Hep ! Tu pinoches rien. Va travailler. Je t'appellerai quand ce sera prêt.

— Je peux mettre la table, quand même.

J'avais repéré derrière les verres du placard, une boîte oubliée de corned-beef Dolo « dans sa gelée ». La voilà au chaud dans mon pantalon. Je l'attache à la ficelle, je tire et la boîte s'envole dans les airs.

Révélation : l'assassin de Kennedy était nourri au corned-beef.

Un cri dans la cuisine.

Ma mère vient sûrement de s'apercevoir du vol. Je me précipite.

— Qu'est-ce qu'il a fait, le monsieur avec le vide-ordures ? Viens voir !

Je vois. Il l'a changé pour un neuf. Ma mère est furieuse. C'est sûr, il faudra le peindre. Il jure sur la couleur du mur.

— Mais, regarde !

Tout en continuant à faire sauter les pommes de terre dans la poêle, elle actionne la poignée de la trappe, comme celle d'une machine à sous. C'est Las Vegas. Et alors ? Ma mère ne s'attend pas à gagner le jackpot tout de même.

— Tu vois pas ?... On ne voit plus...

Je me penche sur le vide-ordures. Le mécanisme est astucieux. Avec ce réceptacle, on ne peut plus jeter chien, sapin de Noël et belle-mère sans les découper. Ça évitera de boucher le conduit, mais...

— On ne voit plus chez la voisine.

Ma mère n'a pas l'air d'y croire.

— Et comment je fais si j'ai besoin de quelque chose ? Pour une fois qu'on leur demandait rien, aux HLM... T'aurais pas pu surveiller ? Je reviens, je vais voir chez madame Dubosq.

Je retourne dans ma chambre reprendre le sauvetage du *Wasa*. A la fenêtre pend un mot... Comment tu savais que j'aimais le corned-beef ?...

Le corned-beef me remet en mémoire le cri de ma mère. J'imagine le choc pour elle : ne plus pouvoir discuter avec la voisine par le vide-ordures. Elle a dû réunir un cabinet de crise chez madame Dubosq. Ça sent la lettre de protestation à l'Office. Et salée.

Ça ne sent pas que ça. Les pommes de terre se sont lassées de sauter, de rissoler, et de dorer : elles crament. Sans transition.

— T'aurais pu surveiller la poêle.

Je vais finir vigie dans cette maison.

— Qu'est-ce qu'on mange ?

C'est Serge. Il est donc midi. Mon frère entre à la suite de ma mère. On suffoque à trois dans la cuisine.

Midi. Kennedy remonte Houston Street. Il n'a plus que 25 minutes à vivre et moi j'ai de plus en plus faim.

— Restez pas dans mes jambes. Allez à table. Ça va être prêt.

Avec Serge, on s'installe dans la salle à manger dans un épais brouillard de pommes sautées. La plage du Carbet est entièrement boucanée. Je comprends, enfin, que ma mère nous fait, depuis toujours, de la cuisine de pirates.

Serge me glisse un clin d'œil, et sort une enveloppe de la poche de sa chemise. Il la pose contre le verre, devant l'assiette de ma mère. Un cadeau ? Je ne comprends pas. On n'est aucun des jours soulignés en rouge, vert ou bleu sur notre almanach 1964.

— Qu'est-ce que c'est ?

— On attend la m'am.

Quand je vois Serge sourire comme ça, j'ai l'impression d'avoir deux frères : un du matin et un du midi. Peut-être un troisième, ce soir.

Ma mère apporte sur la table, en une seule livraison : le pâté de foie, la poêle, la casserole, le saladier, le pain, le sel, le poivre, la moutarde, le camembert, les abricots, et... une question. Il lui restait de la place.

— C'est quoi, cette enveloppe ?

— Le bon de commande.

— Ça y est ! Tu as choisi.

Ma mère en pose la casserole de coquillettes de sauvetage directement sur le Formica de la table. Il ne craint plus rien, ma mère l'a déjà brûlé au troisième degré, avec le fer à repasser. Un quart d'heure de plus chez la voisine, et il traversait la table, après avoir transpercé la pattemouille, le pantalon de mon père, un vieux drap et une ancienne couverture. On avait tout essayé pour réparer le plateau de la table, mais le cas était désespéré. Il aurait fallu une greffe.

La semelle du fer avait définitivement laissé l'empreinte d'une barque brune échouée sur une plage de Formica des Caraïbes.

Mais personne n'avait le droit d'en parler.

— Serge, avant de dire quelle voiture tu as choisie, viens avec moi, il faut que je te montre quelque chose de grave à la cuisine.

Mon frère suit ma mère. Elle ne se rend pas compte. Serge vient de commander sa première voiture neuve. Il a choisi les places arrière qui vont m'emmener en Suède et elle ne lui laisse pas en dire plus. Elle veut me faire exploser le cœur.

René Bonnet, 24 CT Panhard, A 110 : de quel bolide irrésistible les Suédoises vont-elles me voir descendre ?

Ça change tout.

Je regarde l'enveloppe, comme si, à l'intérieur, il était écrit sur un carton : Ingrid, Ulla ou Birgit ?

J'ai hâte de connaître le prénom de ma Suédoise.

Ma mère et mon frère reviennent de la cuisine tranquillement. Sans se rendre compte que je grille sur place, encore plus impatient qu'une semelle de fer à repasser.

— Serge, tu crois que ce sera possible, ou il faut que je demande à ton père ?

— Non, non, ça ira. Tu me laisses un peu de temps, c'est tout. J'ai beaucoup de boulot en ce moment à l'atelier.

— Pas trop, quand même, tu comprends.

— Je comprends.

Ils ont fini leur conciliabule ? On va enfin savoir la marque de la voiture élue, ou pas ?

— Je ne peux pas le dire. Il faut attendre le p'pa, ce soir. Je lui ai promis.

Ma mère trouve ça normal... Ton père sera fier que tu y aies pensé... Elle est tellement contente qu'elle ensevelit l'assiette de Serge sous une avalanche de coquillettes. Il va lui falloir un saint-bernard pour retrouver son entrecôte.

Je suis déçu. J'aurais préféré savoir ce que Serge a choisi. Ce soir, on aurait fait semblant de le découvrir devant mon père.

La 24 CT, bien sûr.

— Tu verras bien. En tout cas, je peux vous dire qu'elle est belle, et qu'elle sera blanche...

La 24 CT, évidemment.

— ... et discrète...

La 24 CT, voyons.

— Pas le genre de l'américaine garée devant le bâtiment du square.

La 24 CT, vous dis-je.

— D'ailleurs, c'est à qui ce char ? Quelqu'un de la cité ?

Sûrement la dernière trouvaille à bricoler du fils-caché-de-Beltoise, pour se faire remarquer.

— Par cette chaleur, il faut reconnaître que c'est appréciable, une décapotable.

Une décapotable ! Je me dresse de ma chaise. Les poumons me brûlent. Il y a une décapotable américaine, en liberté, dans la cité.

— Serge, il est quelle heure ?

— Midi vingt-cinq...

— M'am, on va tuer Kennedy !

— Finis ton assiette, d'abord.

Elle me croit fou. Je préfère. Je ne veux pas, plus tard, qu'on dise que j'ai été au courant de ce projet d'assassinat.

— C'est quoi, encore, cette histoire ?

— Rien... Un truc, à la télé. Je peux allumer ?

— Pas de télévision en mangeant.

Ça tombe bien, je n'ai plus faim. Je me précipite à la fenêtre de ma chambre... Prends au moins un fruit !... Je balaie la rue sur toute la longueur de la cité. Pas de décapotable. Que le soleil et les 33 degrés qui font flotter l'air et fondre le goudron. Serge a dû voir un mirage.

Il y a un attroupement sur le trottoir devant chez Dézu. C'est peut-être vrai, pour Eddie Barclay. Ou alors, le type au maillot de corps italien a décimé les Hornets à la chevrotine.

Moi, en cinquième Beatle, sain et sauf.

Je ne vois ni Mich' ni Louise.

Est-ce qu'ils sont retournés auprès de Marie-France ?

J'aperçois Nikita, planté en plein milieu de la rue. Il est tourné vers le fond de la cité et semble guetter. Guetter quoi ? La fille en rose lui tient le bras. On dirait un couple en plastique, sur un gâteau de mariage.

Sans gâteau et sans mariage.

Comment fait Nikita pour aller si vite avec les filles ?

Je le regarde, mais je sens qu'il se passe quelque chose d'anormal dans la cité.

Les gens aux fenêtres. C'est ça. Il y en a plus que d'habitude et ils regardent tous dans la même direction. Vers le fond de la cité.

Fenêtre après fenêtre, les gens se multiplient. Comme dans *Les Oiseaux* d'Hitchcock. J'avais eu la trouille au cinéma du Château. Pendant des semaines, je m'étais promené dans mes cauchemars, avec des becs, des pattes et des dizaines de gros piafs dans les cheveux.

Je n'irai plus voir ce genre de film au cinéma. Pour la trouille, je préfère la télévision. C'est plus à ma taille.

Tout à coup, il y a une envolée aux fenêtres.

Les mains se tendent. On montre du doigt. C'est comme au Tour de France.

La voilà !

Ce n'est pas la caravane publicitaire, mais une immense décapotable américaine noire. C'est donc vrai. Elle débouche dans la rue du Docteur-Calmette, avec une lenteur de corbillard, encadrée par Gros Lulu et son frère sur leurs Harley-Davidson, 49,9 $cm^3$.

Ils se tirent une bourre de surplace.

Je n'arrive pas à y croire. Ce 4 juin 1964 à Orly, dans la cité Million, par 33 degrés sous abri, Saint-Mexan va assassiner Eddie Barclay en John Fitzgerald Kennedy.

Je dois empêcher ça.

Le cortège remonte la rue du Docteur-Calmette. On agite des mains, aux fenêtres, sur le trottoir, partout. Le gardien s'avance comme s'il allait remettre les clefs de la ville. Il s'est toujours pris pour le shérif de la cité. Pour lui, il était temps qu'Orly s'installe au Texas.

Je compte plusieurs personnes dans la décapotable. Au vu de la calandre, c'est une Cadillac ou une Buick, mais sûrement pas une Lincoln Continental.

Saint-Mexan devrait en tenir compte. Cette Cadillac est un anachronisme. Monsieur Doumeng nous l'a dit : il n'y a rien de pire dans une reconstitution historique.

Mais Saint-Mexan s'en fiche des anachronismes. Il ne connaît même pas le mot. Il a déjà pris le chauffeur dans la lunette de son fusil.

Je me penche à la fenêtre.

— Saint-Mexan, tire pas ! T'as pas le droit.

— Pourquoi ?

— Kennedy n'arrive pas du bon côté.

Pas de réaction. J'ai l'impression d'entendre le bruit de la culasse de son fusil sur le toit... Tchlac-Tchlac !...

— Je te préviens, si tu assassines Kennedy de face, tu prouves à tout le monde qu'il y avait un deuxième tireur.

C'est ma dernière chance, avant carnage. La pierre au bout de la ficelle me frôle le crâne. Il y a un mot... Je m'en fous du bon côté... S-M...

— Mauvais joueur, Saint-Mexan.

— Sur qui tu cries, comme ça ?

— Sur rien, m'am... Sur la voiture... T'as vu, c'est celle d'Eddie Barclay.

— C'est pas une raison, retourne à table. Ton frère va repartir au travail. Il est dans ses catalogues pour la Suède. Tu devrais aller le voir. Montrer que ça t'intéresse. C'est quand même pour toi, aussi, qu'il fait ça !

— J'arrive, m'am.

Un dernier coup d'œil par la fenêtre. La décapotable est engluée par l'attroupement des curieux devant chez Dézu. Je suis rassuré, Saint-Mexan n'osera pas tirer.

Je vais pour abandonner la fenêtre quand tout à coup, la décapotable se met à klaxonner. Elle est agacée, rugit et tente de se dégager de la nuée de corbeaux qui l'étouffe. Il y a des cris, des rires, on s'écarte, on se jette de côté.

La décapotable manœuvre en godillant, avec des balancements mous et des tours de volant de timonier paniqué. Elle réussit à faire demi-tour. C'est fichu ! L'engin repart triomphant vers le fond de la cité, encore plus long et décapoté. Une cohorte de pétrolettes la prend en chasse...

Quand la décapotable tourne à gauche dans la rue Joliot-Curie, je comprends qu'elle est partie pour un tour de cité. Un tour d'honneur.

Elle va réapparaître de l'autre côté.

En face de chez moi.

Cette fois, John Fitzgerald Kennedy sera tourné dans le bon sens. Saint-Mexan pourra l'assassiner, dans les règles.

# 8
# Chez Nikita

Saint-Mexan avait raison.

Pour Kennedy. Pour la décapotable. Pour tout.

Sauf pour l'horaire de l'opération. Il doit être plus de midi et demi. Sûrement le décalage horaire entre Orly et Dallas.

Dans quelques minutes, je vais assister à un événement historique. Et de ma fenêtre. Je ne serai pas le seul. On croirait que toute la cité est au balcon.

L'assassinat de Barclay-Kennedy va pulvériser l'audience de l'arrivée de notre première voiture neuve. Mon père, au volant d'une Simca Etoile 6, couleur ivoire. La nôtre. Remontant la rue du Docteur-Calmette, le coude à la portière.

C'était beau. On était fiers.

Mais les records sont faits pour être battus.

Je regarde le monde aux fenêtres. Je me sens comme un acteur en coulisse. Je jauge le public dans la salle. Je m'entraîne à être acteur. Depuis que j'ai écouté Gérard Philipe, dans *Lorenzaccio*, en cours de français, je sais qu'un jour, je jouerai dans la Cour du palais des Papes, *en* Avignon.

Il faut dire *en*, sinon tu as l'air de ne rien y connaître au théâtre. Je sais aussi qu'il faut du souffle pour jouer *Lorenzaccio* contre le mistral. Alors, à la piscine, je m'entraîne en faisant des longueurs sous l'eau.

Moi, en Lorenzo en apnée.

J'émerge, pour m'apercevoir qu'aux fenêtres, certains ont sorti les appareils photo.

Ils pensent prendre « Eddie Barclay, dans sa belle américaine » et ils auront « Mort tragique d'un producteur ». Il y aura deux Barclay dans ce drame comme il y a deux Lorenzo dans la pièce de Musset.

Musset était un visionnaire. Il avait prévu le double assassinat de Kennedy.

Dans le bâtiment d'en face, la punaise du deuxième a même une caméra. C'est elle qui va réaliser les images historiques de l'assassinat. La preuve irréfutable qu'il y a plusieurs tireurs. Je pense à Saint-Mexan, à Zapruder, à la caméra Bell & Howell.

— M'am, où est la Beaulieu de Michel d'Alger ?

— Ton père a dit qu'il fallait pas y toucher.

— C'est pas pour moi, m'am. C'est pour toi.

Je lui explique l'enjeu.

— T'en dis quoi, Serge ?

Mon frère n'en dit rien. Il est assis dans la salle à manger, sur fond de palmiers. Il a étalé ses cartes et sa documentation sur la table. Il boit son café, le regard en Laponie, du côté de Kiruna. Il paraît qu'on y lance d'énormes ballons-sondes.

Alors, la caméra, il s'en moque un peu.

— Je te préviens, si tu me fais enguirlander par ton

père... Comment ça marche ?... Tu veux que je filme quoi ?...

Tout ! Tout ce que tu vois dans la rue à partir de maintenant.

— Va à la fenêtre, m'am, c'est important.

Je dégringole dans la rue et je cours vers l'attroupement devant chez Dézu. Au passage, je fais un coucou à ma mère, à son poste d'opérateur de prises de vues. Elle ressemble à une envoyée spéciale de « Cinq colonnes à la une ».

Qui c'était, cette correspondante de guerre, en Indochine ? Mince, élégante, volontaire. L'armée lui avait rendu les honneurs.

Pas le temps de me souvenir.

Je tombe sur Nikita au milieu de la rue. Il a l'air en rogne.

— Tu te rends compte, il m'a piqué ma nana !

— Qui ça ?

— Le vieux ! Tout ça parce qu'il a une superchignole. Je te jure, les filles.

Je crois comprendre que la fille en rose est montée faire un tour, dans la décapotable avec Eddie Barclay. J'essaie d'évaluer le temps qu'ils vont mettre, pour les intercepter avant qu'ils ne passent devant le fusil de Saint-Mexan... Toûm !

— Juste un tour ! Juste un tour... Tu parles, on me la joue pas à moi. Il va lui faire visiter la banquette arrière, c'est couru.

Je préférerais, ça me laisserait plus de marge.

— Qu'est-ce qu'elle croit, cette fille ? Moi aussi j'en aurai une bagnole comme lui. Elle peut pas attendre, non ?

Je laisse Nikita au milieu de la rue. Il n'a pas l'air de vouloir en bouger. Ça va faire du vilain quand la décapotable reviendra. J'aperçois Mich' et Louise dans la mêlée. Je me renseigne.

— Qu'est-ce qui se passe ?

— C'est Eddie Barclay, je te l'avais dit. Il est venu voir les Hornets. Il paraît même qu'il y a Eddy Mitchell chez Dézu.

Eddy Mitchell dans un F 4 de la cité Million ? Ça monte à la tête de tout le monde, ces 33 degrés.

— Et Marie-France ?

— Toujours enfermée avec sa mère. Ça barde. Elle n'a même pas voulu qu'elle sorte pour voir ça.

Marie-France, un jour, je t'enlèverai. Pas dans une décapotable, c'est trop dangereux, mais je t'enlèverai.

Je cours vers l'entrée de la cité. Pas assez vite. La décapotable noire attendait en coulisse. Elle surgit derrière la loge du gardien et entre en scène. On croirait que la décapotable a répété son rôle.

La rue du Docteur-Calmette aussi est prête à interpréter Elm Street. Ça sent l'oscar du second rôle.

J'intercepte un reflet sur le toit. La lunette du fusil de Saint-Mexan.

Filme, m'am. Filme.

J'agite les bras, pour prévenir le chauffeur. Il ne me voit même pas derrière ses lunettes de soleil. A l'arrière, un homme à cigare semble aux prises avec la fille en rose qui se débat, à moitié renversée sur la banquette.

Dans cette position, l'homme ne peut pas être ajusté par Saint-Mexan qui doit pester, là-haut.

La décapotable passe devant moi en grondant. Elle

manque renverser Nikita planté au milieu de la rue. Furieux, il se met à courir derrière la voiture en slalomant parmi les pétrolettes de l'escorte. On dirait qu'il a son feu-de-plancher aux trousses.

Filme, m'am. Filme.

Une mob aventureuse double la décapotable et lui fait une queue-de-poisson rigolarde. Le chauffeur de la voiture freine pour l'éviter. La décapotable a un hoquet qui lui relève la croupe. Eddie Barclay se dresse. Surpris. Ebouriffé. On dirait une figure découpée de stand de tir.

— Qu'est-ce qui se passe ?

Un claquement sec lui répond. Il résonne dans la cité.

Un bruit mal synchronisé... Flac !...

Le crâne d'Eddie Barclay éclate. Le sang gicle, éclabousse sa veste blanche.

— Merde !

Kennedy aurait donc dit... *Merde !* quand il a été touché par la première balle ? C'est un scoop. Filme, m'am. Filme... Un deuxième claquement... Flac !... Eddie Barclay s'affaisse sur la fille en rose. Elle est paniquée. Hurle. Se débat, se dégage. Sa jupe et ses jambes sont couvertes de sang. Elle grimpe sur la malle arrière. Nikita dans son costume bleu pétrole de garde du corps court vers elle. Il saute sur le pare-chocs. La fille en rose lui tend la main... Filme, m'am. Filme... Ils se rejoignent.

Il y a un oh ! dans toute la cité.

C'est un instant connu de tous. Un moment historique. Universel. Beau comme dans *Paris Match*.

Ne filme pas, m'am...

C'est une imposture.

Ce ne devrait pas être Nikita et la fille en rose sur cette image.

Ce devrait être Marie-France et moi.

M'am, il faut que tu m'expliques. Pourquoi est-ce que Jackie Kennedy, à cet instant précis, est pour moi l'image de l'amour d'une femme pour un homme, presque autant que mon père et toi sur votre photo de mariage ?

Pourquoi ? Alors qu'elle l'a laissé, qu'il est en train de mourir et qu'elle tend la main à un autre homme.

Pourquoi, m'am ?

Est-ce que je sais, moi ? Pourquoi tu veux toujours tout expliquer ?

Tu as raison, m'am, filme. Tu tiens une exclusivité pour le monde entier. Avec ça, on pourra acheter au p'pa une DS 19 intérieur cuir, et toi, tu iras passer une semaine en pension complète au Carnaval de Nice. Ton rêve... Filme, m'am. Filme.

La décapotable est arrêtée juste devant la fenêtre de ma chambre.

Ma mère est aux premières loges.

Il s'est fait un silence comme jamais dans la cité.

Soudain, Eddie Barclay se dresse debout sur la banquette arrière, comme un spectre, la tête ensanglantée. Il défie le tireur.

— Quel est le con qui a fait ça ?

Y a pas à dire, il en a, le Eddie Barclay. Mais il faut qu'il se rassoie, sinon Saint-Mexan va l'achever. Pleine tête... Toûm !... La fameuse balle magique. Celle qui ferait renvoyer sur-le-champ n'importe quel scénariste d'Hollywood qui l'aurait inventée. Celle qui est capable d'entrer par la braguette d'Eddie Barclay et de ressortir par son cigare, après lui avoir fait les poches.

Filme, m'am. Filme.

Eddie Barclay interpelle toute la cité.

— Qui a osé ? Qui a osé me balancer ces tomates ?

Je regarde Saint-Mexan, sur le toit. Il est debout, hilare, et gesticule dans ma direction. Je reconnais les figures du mouvement d'ensemble du 1er Mai.

J'entends le *machin* de Schubert dans ma tête...

Tin Tintin-tin Tintin-tin tintin-tère reu !

Eddie Barclay devrait nous signer un contrat pour un 45-tours, à Saint-Mexan et moi. C'est le Chouchou assuré dans *Salut les Copains*. Le Disque d'Or. La pluie d'autographes, « Age tendre et tête de bois » à la télévision, Albert Raisner, les filles...

Eddie Barclay se contente d'essuyer avec sa pochette les traces de tomate sur son costume blanc.

Ma mère avait raison de me demander de ne pas les prendre trop mûres.

Dans la cité, en bas ou aux fenêtres, tout le monde essaie de savoir d'où elles viennent. On montre du doigt des directions différentes. Filme, m'am ! Filme ! Ça aussi c'est sur les images de Zapruder. Ils ne savent pas d'où vient le tir. Ils n'auront pas Saint-Mexan. Il est bien caché sur le toit. Je lui fais un signe discret du pouce. Chapeau, bien joué ! J'y ai cru.

La fille en rose aussi. Elle sanglote dans les bras de Nikita.

— Il m'a dit que j'avais tout pour faire une chanteuse. Tu parles. Ce type, c'est qu'un peloteur.

Nikita la console en faisant attention où il met ses mains.

— Et ma tenue. Regarde ça. Elle est complètement foutue.

— Je t'en trouverai une autre...

— Mais j'ai une surboum, moi, samedi.

— Tu l'auras... ce soir.

— C'est vrai ?... T'es chou, toi.

Et la fille en rose embrasse Nikita. Comme ça. Direct sur la bouche. En pleine rue. Filme pas, m'am ! Un patin de course, de l'extra-piste, avec roue à boyau, double plateau, dérailleur et système Campagnolo.

C'est étrange comme un baiser peut être du Proust avec Marie-France et du San-Antonio avec la fille en rose.

Il y a intérêt à ne pas se tromper d'auteur, quand on embrasse une fille.

Nikita me fait un clin d'œil complice. Justement, je n'ai pas envie d'être son complice dans le coup foireux qu'il prépare. Surtout après avoir vécu un tel événement historique dans la cité.

Je ne parle pas du patin, mais de Kennedy.

Ce coup foireux, ce serait comme descendre de plusieurs divisions, d'un coup. J'espérais que Nikita avait abandonné l'idée. Ou que la fille en rose suffirait à remplir son après-midi, « avec tout ce qu'elle a pour faire une chanteuse ».

Ça n'a pas l'air suffisant.

— T'as promis, mon pote.

Nikita a senti mon mollissement.

— T'inquiète pas, quand c'est promis, c'est promis.

C'est bien beau, les phrases balancées comme une comtoise, mais je me demande comment je vais faire pour tenir ma parole, travailler mon interro et revoir Marie-France ?

Il faut que je commence par m'occuper de Saint-Mexan. Sinon, la prochaine étape après Kennedy, c'est le meurtre du policier J. D. Tippit. Dans une demi-heure.

Je ne vois que le gardien pour jouer le rôle du flic abattu en pleine rue. Cette fois, ce ne sera pas avec des tomates. Embêtant pour ma sœur Evelyne. Le gardien lui cherche un HLM.

Il faut que je raisonne Saint-Mexan.

— Où tu vas ? T'oublies pas le rendez-vous, à mon club. Te défile pas !

Je laisse Nikita avec la fille à patins. Même en rose, même tachée, elle ne ressemble pas à Jackie Kennedy.

Elle en a trop sur elle.

La classe, c'est quand tu as les deux plateaux de la balance équilibrés.

Je regarde la décapotable se garer devant chez Dézu au milieu d'une véritable foule à pied ou en mobylette. Ce qui n'est pas dehors est aux fenêtres.

Ça me réconforte de ne pas être un Hornet. Vraiment. Tous ces gens, les yeux sur eux, c'est trop pour moi.

Je rejoins Saint-Mexan sur le toit.

— Alors, qu'est-ce que t'as pensé de mon numéro ?

Il est assis, adossé à une cheminée. A côté de lui, le fusil à lunette est rangé dans un étui de canne à pêche. Il fouille dans son sac de sport, l'air radieux. Ça lui fait du bien les tomates.

— Pourquoi t'es arrivé par là ?

— Je suis passé par la trappe du 21. Celle de mon

escalier, c'était trop risqué. Toujours avoir une solution de repli, c'est toi qui me l'as appris.

Saint-Mexan sourit. Il aime bien que j'aie l'air bon élève.

— Qui c'était, le type dans la grosse bagnole, que j'ai assaisonné ?

— Eddie Barclay.

— Franchement, j'y croyais pas. C'est encore mieux que ce que je pouvais imaginer. Ça va te faire une sacrée histoire à raconter.

J'aimerais d'abord en connaître la fin.

— Saint-Mexan, qu'est-ce tu vas faire, maintenant ?

— Comment ça ?

Il inspecte son Smith et Wesson d'une manière qui m'inquiète.

— Pour la suite ? Après Kennedy, normalement c'est le meurtre du policier.

— T'occupe pas. C'est mon affaire.

— Le gardien... ce serait bête.

— L'autre croulant ! Je ne vais pas me déranger pour ça. J'ai une meilleure idée.

J'aimerais bien savoir. Tant qu'à être complice, autant savoir de quoi.

— C'est personnel. Un compte à régler...

Il braque son Smith et Wesson sur moi.

Les voilà trois à m'en vouloir.

Je me demande ce que j'ai pu leur faire pour mourir à 15 ans sur un toit d'immeuble par 33 degrés à l'ombre.

— Ça ne te concerne pas. C'est avec mon centre...

Saint-Mexan se referme. Il doit trouver qu'il en a

trop dit. Pourtant, de lui, je sais seulement qu'il est allé en centre de redressement à Savigny-sur-Orge, pour une histoire de cambriolage d'école primaire. Qu'est-ce qu'on peut voler dans une école ?... Je voulais une grande carte murale pour ma chambre... C'est tout. Pas plus d'explications. Résultat : Savigny-sur-Orge, la première étape avant Fleury-Mérogis et Fresnes. Ça ressemble à un forfait. Peu des copains qui commencent le circuit réussissent à sauter en marche.

Saint-Mexan sort de la contemplation de son Smith et Wesson.

— Pour Nikita, si tu sens pas son coup foireux, ne le fais pas. Moi, je le sentais pas, ce truc à l'école primaire. Je l'ai fait quand même. Tu vois le résultat. Faut croire à son flair. On est des animaux.

J'ai longtemps cru que j'étais une panthère noire. Pas en ce moment.

— Si t'as peur que Nikita te cherche des noises, tu me le dis. Je m'en occuperai. C'est un branleur.

Ça m'aurait tenté, si Saint-Mexan n'avait pas parlé de peur. Je préférais le flair. Je le rassure.

— Ça ira, t'en fais pas. C'est quand même pas comme tuer Kennedy.

Saint-Mexan a ce petit sourire fiérot qui va bien avec ses épaules.

— Fais quand même attention. Faut pas grand-chose et tu te retrouves sur un toit à te planquer parce que ton éducateur te cherche.

C'est donc pour ça que Saint-Mexan est là. Il se cache de son éducateur.

Saint-Mexan reste songeur, le regard au vague sur son arme.

— Tu sais, cette histoire du casse à l'école ? Le pire, c'est que je l'ai jamais eue la carte.

— Tu voulais laquelle ?

— N'importe. Tu voyages avec n'importe laquelle. Je me souviens que j'avais tiré l'Indochine. Elle était belle.

Je la vois dans ses yeux. Il a les mêmes que Tonkin dans *Goupi Mains Rouges*. J'adore cet acteur. Le Vigan. On dit qu'il a été collabo. C'est dommage.

— Tu sais pourquoi je me suis fait poisser ? Je voulais pas la rouler, la carte. Pour ne pas l'abîmer.

— Et alors ?

— Essaie de courir, toi, avec l'Indochine sous le bras.

Les yeux de Saint-Mexan ont viré. Ils ne sourient plus. Il tire sur des poursuivants imaginaires le long du Mékong... Toûm !... Toûm !...

— Après, je n'ai pas voulu me laisser prendre. Ç'a été mon erreur... Fais pas ça, si ça t'arrive... Tu aggraves tout.

— Qu'est-ce que tu as décidé pour ton éducateur ?

— Je ne sais pas. Au centre, il a dit des choses sur moi qui n'étaient pas vraies.

Ça ressemble à une condamnation.

— Reviens me voir après ton coup avec Nikita. Si je suis encore là, tu me raconteras.

Nikita ! Le rendez-vous à son club ! J'allais oublier.

Je laisse Saint-Mexan. Je suis rassuré pour le gardien, mais pas pour l'éducateur.

— Si tu peux me trouver quelque chose à boire. Je rêve d'une Pelforth.

J'essaierai, mais je suis déjà en retard, il faut que je

me dépêche. Heureusement, le club de Nikita n'est pas loin.

Son club !

Il n'y a que Nikita pour en parler comme s'il s'agissait d'un night-club, avec une enseigne au néon, un chasseur galonné à l'entrée, du vrai champagne et des pépées à plumes à l'intérieur.

Son club, c'est une cave. Pas plus.

Une cave aménagée, d'accord. Mais pas mieux que des tas d'autres dans la cité. A commencer par celle qu'on vient de récupérer dans notre bâtiment, avec les copains.

Pour l'instant, on n'en parle à personne. Pas avant d'avoir terminé l'aménagement. On a déjà l'électricité, c'est le principal. Un tapis, un canapé à fleurs, un lampadaire, un range-bouteilles pour les revues. Une planche, des tréteaux récupérés au marché, et de la vaisselle de camping.

L'ennui, c'est qu'on ne sait pas si notre cave est vraiment abandonnée. Pour l'instant on a mis un cadenas à nous. Tant qu'on nous le fait pas sauter, on considère qu'on est chez nous.

Dans la rue, j'ai l'impression de redécouvrir la chaleur. 33 degrés au soleil, ça agrandit l'espace. La cité paraît immense et déserte. On croirait qu'ils sont tous autour de la décapotable, devant chez Dézu. J'allonge la foulée.

Nanette est à sa fenêtre. Je pense aux « dents du cheval », mais ce n'est pas le moment. Nanette écrit sur un carnet. Le front studieux. Est-ce qu'elle tient la liste des garçons qu'elle a déniaisés ? Avec des numéros devant. Et des notes.

Il faudra que je prenne un pseudonyme.

[N° 54 Le Chevalier de Maison-Rouge (10,5/20).]

Ç'a été juste. A mon passage, sous sa fenêtre, Nanette sourit comme si elle avait honte de ses dents et agite un ourson en peluche qui bat des mains. Il est censé me dire... Bonjour, où tu vas comme ça ?...

Ne réponds pas. Ne regarde pas.

Si Marie-France apprend que je me laisse aguicher par l'ours en peluche de Nanette, je vais en entendre parler encore plus longtemps que des Suédoises.

Difficile de dire pourquoi Marie-France reste obnubilée par les Suédoises, alors que je me suis aperçu, en colonie de vacances avec Air France, que les Toulousaines et les Niçoises sont encore plus dangereuses...

Je descends à la cave. Elle est fraîche. C'est là qu'on devrait rester pendant la journée. Je traverse le local à vélos sans vélos. Pas le temps de déchiffrer les fresques à la craie, toutes en déclarations, propositions de services et croquis anatomiques promotionnels.

Je préfère un crochet par le local à poubelles. C'est là que je fais mes plus belles trouvailles. Quand je vois ce que les gens peuvent jeter, j'ai l'impression que leur histoire avec un objet se termine là où la mienne commence.

Comme avec les filles.

Quand l'amoureux de Marie-France, d'avant moi, est parti, il ne m'a pas laissé les restes de Marie-France, mais une histoire toute neuve.

Il faudra que je m'en souvienne quand elle me quittera.

Aujourd'hui, il n'y a aucune histoire dans le local à poubelles. Que l'odeur habituelle. Un mélange de pourriture, de Grésil et d'obscurité qui me rassure. Je sursaute. Un énorme paquet d'ordures vient de tomber comme un coup de marteau-pilon dans la poubelle.

A chaque fois, je pense à la guillotine. Je me dis que ça devait faire ce bruit-là, le couperet et la tête qui tombe. Ça doit avoir cette odeur.

Je peux rester là, immobile, à attendre ce bruit. J'ai l'impression d'être caché sous l'échafaud. Il tombe des têtes sèches, des têtes écrabouillées, des têtes dures. Je leur donne des noms. Saint-Just ! Robespierre ! Danton !

C'est la Terreur.

Jusqu'au moment où un rat se faufile entre mes jambes. Là, c'est seulement la trouille.

Je frappe à la porte du club de Nikita comme si j'étais poursuivi.

Les copains sont déjà tous là. Ils ont pris les meilleurs poufs et se prélassent à l'orientale au milieu de tentures mauresques, plateaux en cuivre, lanternes à verres colorés et tapis d'Orient, dans une ambiance mi-souk, mi-fumerie, avec pipe à eau et consorts.

Non, merci, j'ai arrêté de fumer à 7 ans, suite à une liane qui m'a fait vomir plus que je ne contenais et m'a cerclé le cerveau à vif comme une barrique.

Les radios des poumons de mon père ont fait le reste.

Accroché au mur, comme une relique, un maillot jaune de la Molteni-Pirelli porté par Fausto Coppi joue à l'épouvantail. Il est authentique. Paraît-il. Signé. Ça ne l'empêche pas de jurer avec le reste.

Presque autant que la présence de la fille en rose. Je n'ai pas le temps de m'en étonner. Nikita me cueille d'entrée.

— Tu es en retard. Tu montes dans la voiture-balai. C'est toi qui te colles à la lumière.

Pas très malin, ce branchement sur la minuterie. On passe son temps à ressortir pour allumer et on finit par se causer en clignotant comme une guirlande électrique.

— Galibier, tu vois pas qu'on est dans le noir ?

La minuterie, c'est tout de même un progrès sur les lampes à huile berbères qui avaient failli nous laisser morts, asphyxiés.

— Galibier, bordel ! tu roupilles ?

Galibier ? Je mets un temps à comprendre que c'est moi. J'avais oublié les marottes de Nikita. A chaque coup foireux, il en a une nouvelle. Ç'avait été le port d'un masque de carnaval, après qu'il avait vu *Le Quatrième Homme*. Une histoire de cambriolage à un million de dollars... Comme ça, on ne peut pas se trahir, même chez les flics...

Résultat, on avait failli se faire prendre quand un copain avait crié en se découvrant en Bambi dans un miroir.

La dernière marotte de Nikita, ce sont les surnoms à thème. On avait été la bande des fleurs, des cyclistes, des champignons. J'avais été Pleurote.

Cette fois, on est des cols du Tour de France.

Pour ce coup foireux, la bande est composée de Tourmalet, Izoard, Croix-de-Fer, Ventoux, Galibier (moi) et la fille en rose qui claque du chewing-gum, ce qui est contraire au règlement du club.

Pas le chewing-gum, la fille.

Izoard le rappelle à Tourmalet. La fille en rose la ramène.

— Hé, je suis aussi capable que vous, les gars ! Qu'est-ce que vous croyez ? En plus, il me faut des nouvelles nippes à mettre, moi.

Ventoux laisse entendre qu'elle serait mieux sans.

— T'entends comment il me parle ? Tu m'avais dis que t'étais le chef.

— T'inquiète, ma poule. Laisse causer.

— Pas trop quand même.

La fille en rose renaude. Elle se veut bien en poule, mais poule du chef. Je me demande ce qui vient en premier, la poule ou le chef. Est-ce qu'il est le chef parce qu'il a une poule ? Ou est-ce qu'elle est sa poule parce qu'il est le chef ?

— Tu pourrais quand même me faire respecter.

Elle est plutôt du genre huile-sur-feu, la fille en rose. Tourmalet calme le jeu. C'est dit. La fille nous attendra au club... Et mes nippes ?... Non, il ne se trompera pas dans les tailles. Par précaution, elle lui écrit ses mensurations sur un morceau de papier. Tout le monde essaie de les lire par-dessus son épaule, comme si les chiffres étaient plus intéressants qu'elle. Je n'en ai vu qu'un, mais je n'arrive pas à le situer.

— Voilà le topo.

Tourmalet déroule un plan. Une autre marotte à lui. Même pour récupérer des 45-tours à Monoprix, il lui faut un plan. Alors qu'il n'y a pas meilleure combine que la « faute de frappe ».

La « faute de frappe » c'est une copine caissière qui se mélange les touches exprès pour nous quand elle tape les prix.

Ça donne le transistor Philips à 1,45 F au lieu de 145 F.

La faute de frappe, c'est l'invention des nouveaux nouveaux francs.

— Vous voyez que c'est du tout cuit.

Tourmalet a terminé son explication. Croix-de-Fer et Ventoux posent une ou deux questions, pour agacer... Y a pas à savoir pourquoi elle est là, cette camionnette. Elle est là, c'est tout... Non, Galibier, c'est une demi-part. Il fait le guet. C'est tout. On est d'accord, Galibier ?... Je fais... Oui-oui... J'ai retenu l'essentiel, il y aura des robes pour Marie-France. Mais à cause de la minuterie, je n'ai pas tout suivi. Surtout que j'ai découvert, trois caves plus loin, un concert de miaulements amoureux, sans les chats... Galibier, lumière !... Je peux bien me rincer l'oreille un peu, tout de même.

J'écoute le concert de scies musicales. Je trouve que dans ces moments-là, les humains imitent mal les animaux. Surtout quand les animaux parlent... Oui !... Non !... Encore !... Là !... Comme ça !... En rédaction, on récolterait du rouge dans la marge, pour la pauvreté du vocabulaire... Lumière ! Galibier, bordel !...

— Bien compris, les gars, à cinq heures pile, en face du foyer Sonacotra.

— C'est l'heure de « Salut les Copains » !

— Je préférerais « Salut les Copines ».

— Ça va, Ventoux. Maintenant, vous pouvez me laisser, avec ma môme. J'ai des trucs à vérifier.

Tourmalet agite le morceau de papier où la fille a inscrit ses mensurations. Il a un sourire de vainqueur d'étape. Il se voit endosser le maillot rose et celui du meilleur grimpeur. Dans la bande, la fille pourrait être le col de la Laitière. 1 709 m, 7 km de lacets, des pentes à 12 degrés.

La fille a l'air d'accord avec Nikita pour l'échange des maillots.

On devrait partir, mais personne ne se décide.

— J'ai des trucs à vérifier, je vous dis.

— Si tu veux, Tourmalet, on peut t'aider.

C'est Ventoux qui propose. La fille en rose hausse les épaules. Il y a un silence qui n'aurait pas dû être là.

— Alors t'en dis quoi ?

La fille en rose regarde Tourmalet qui regarde ailleurs. Elle paraît surprise. Se fige... Le rose est une couleur qui a facilement peur. La fille a peur. C'est soudain. Et ça se voit. Elle a tort. Il ne faut pas. C'est dangereux la peur.

— Pour ces trucs-là, on n'est jamais trop, non ?

Ventoux fixe Tourmalet dans les yeux. La fille n'existe pas. Mon cœur bat. J'ai une suée. La bouche sèche. La fille ne lâche pas le visage de Tourmalet. Elle est silencieuse. Immobile. Quelqu'un se racle la gorge. Elle remonte ses genoux sur sa poitrine. Ses seins enflent, veulent s'échapper. On ne voit qu'eux. Elle enlace ses jambes. La fille a raison, c'est petit une cave. On était serrés sans le savoir. Tout proches. A peine on bouge et on s'effleure, on se touche. La main. Le poignet. Pourquoi est-ce qu'une chaînette à la cheville paraît consentante ? Sa jupe est remontée sur ses cuisses. Sa peau est très blanche. Il fait chaud. Son corsage est taché. Ses jambes aussi. Elle paraît blessée. Tout ce rouge a une odeur de sang.

— Je ne veux pas, moi. Pas avec eux.

Ma gorge se serre. Je sens la masse des autres peser sur elle. La fille est belle. Pleine. Elle pourrait être renversée. J'ai honte de penser ça.

— Je ne veux pas. Fais quelque chose, toi.

J'évite de penser à Marie-France.

Je ne vois que le sang sur les jambes de la fille en rose.

... Galibier, bordel, la lumière !...

Je rallume. Mais ça passe vite une minute vingt-cinq. J'ai compté. Il fera très noir, la prochaine fois. On dirait que la fille le sent. Elle aussi, a peut-être compté dans sa tête. Le menton calé sur les genoux, la jupe tirée sur les cuisses, la poitrine écrasée. Elle se prépare. Lève-toi, ma fille ! Sauve-toi ! Elle m'énerve. Tu viendras pas te plaindre, après ! C'est trop. Je sors en trombe et je fonce vers la minuterie. Il y a un cri derrière moi. Plusieurs, même. Trop tard. J'enfonce le bouton électrique. Je lui pète le crâne à ce bouton. La lumière revient. Je tremble. Je n'ose pas aller voir. Tant pis, j'ouvre la porte. J'entre. C'est la mêlée. Du rose, du bleu et du reste. Ça me saisit à l'entrejambe. Je bande. Même pas une lampe d'Aladin. Que de la viande. Quel merdier ! Tourmalet hurle.

— Putain, Ventoux, t'es une vraie tapette. Tu vois pas que c'est moi ?

Ventoux retire sa main. Les autres ce qu'ils peuvent... Ben, je pouvais pas savoir, moi... La fille pouffe avec des grognements de cochon-tirelire... Pardon... Plus elle essaie de se retenir, plus elle grogne... Désolé... C'est contagieux, les excuses. Chacun y va du groin. Une vraie porcherie. On se débarrasse. On en met partout... Ouf, ça fait du bien...

Ma lampe d'Aladin ravale son génie.

La fille sourit en rose.

Tourmalet reprend son costume de chef.

— Allez, maintenant, cassez-vous, bande de malades. N'oubliez pas : cinq heures devant le foyer Sonacotra.

On se replie.

La fille en rose en profite pour chiper à Tourmalet le relevé de ses mensurations et le glisse dans le décolleté de son corsage... Confisqué !...

Les centimètres retournent aux centimètres.

— Pas grave, ma gazelle, je te ferai tout ça de mémoire.

La fille a l'air ravi à l'idée d'avoir été retenue par cœur. Pas moi. J'ai honte, tout à coup. Je viens de m'apercevoir que je ne connais pas les mensurations de Marie-France.

Comment je vais faire pour choisir sa robe, lui faire un cadeau à sa taille ?

## 9
## 36 fois, L'école est finie

A peine la porte du club refermée sur la fille en rose et Tourmalet, la bande des cols se lance dans les commentaires d'après-match... Ç'a été moins une, avec la fille... Va pas s'ennuyer le Nikita... Euh... Je veux dire Tourmalet... Et l'autre abruti, avec sa lumière... Moi, je suis sûr qu'elle aurait bien voulu. On aurait pu la niquer... C'est dégueulasse quand même... Qu'est-ce t'y connais, toi ?... Je dis que c'est dégueulasse, c'est tout... Eh ben, dis donc, si t'avais été là pour la bourrique à Valenton. Toute une journée, mon pote. Toute une journée. Tu sais combien de gars sont passés dessus ? Même qu'ils la portaient dans la baignoire pour la laver... N'empêche que je dis que c'est dégueulasse... Allez, va ! reste puceau, mon pote. Si c'est ça qui t'intéresse, pignole-toi à mort et marie-toi avec ta mère... Toi, tu parles pas de ma mère, ou je t'explose... Et comment tu m'exploses, Duconeau marchand de frites ?... Vos gueules !... Faut que je pisse, moi !...

Izoard court se soulager dans un coin. Une maladie, chez lui. Il est comme ça depuis l'opération de la prostate du général de Gaulle, le mois dernier. C'est sa façon d'être gaulliste, à Izoard : il pisse.

— Eh, les gars, venez voir !

Izoard vient de tomber sur le repaire des chats amoureux. On dirait qu'ils ont trouvé une nouvelle gouttière pour se percher. Encore plus haut.

— Chut !

La bande des cols s'agglutine à la porte... Purée, elle en joue de la scie musicale, la gamine !... Lui, il a pas l'air manchot sur la varlope... La salope, tu veux dire... Non. Varlope ! c'est un rabot, analphabète !... Nabot, toi-même... Je te dis que je la connais... T'as de l'oreille, mon pote. Pourtant on dit que ça rend sourd la veuve poignet... Dommage que ça rende pas muet, la connerie. Tu nous ferais des vacances... Tu veux que je te claque le beignet, toi ?... Vos gueules, on va rater le bouquet final...

Je les laisse à leur concours d'amabilités. D'habitude, j'aime bien participer, pour le plaisir du sport. Ce serait une discipline olympique, j'aurais mes chances, cette année à Tokyo. Mais les mensurations de Marie-France m'attendent. Je prends congé des agglutinés... Nous lâche pas, Galibier. Cinq heures, la Sonacotra...

Je rassure et je traverse le bâtiment en passant par les caves... Ne jamais ressortir par où on est entré... Tourmalet aime bien débiter des maximes de truand. Ça lui fait des épaules.

Au passage dans le couloir des caves, je ne peux pas m'empêcher de faire mon inspection. J'évite le Trou Noir sous l'escalier. Ça me rappelle un trop mauvais souvenir avec ma mère. J'ai envie de donner des coups de tête dans le mur. De choper un huissier, de le traîner dans le local à poubelles et de lui enfouir la tête dans les ordures et de regarder ses pieds gigoter.

Je me calme.

Je regarde entre les lattes à claire-voie des portes des caves. On dirait une succession de décors, comme ces boîtes vitrées où sont reconstitués en miniature un atelier, une épicerie, une salle de classe...

Avec le faisceau d'une lampe électrique on peut même redessiner l'endroit. J'aimerais bien habiter une cave. C'est calme. On est tenté par rien.

Moi, en troglodyte.

Au fond de la cité, un type s'est aménagé une maison en réunissant plusieurs caves. Il a même mis un paillasson devant la porte.

C'est près de chez lui que j'ai fait ma plus belle découverte. Dans l'obscurité, un paysage vertical. Une immense planche posée contre le mur du fond, avec le décor entier d'un train électrique. Les voies, les ponts, les tunnels, les passages à niveau, la gare, des arbres, une vallée, des plaines, et une rivière bleue suspendue en l'air.

Je suivais les rails avec la lumière de ma torche. J'étais sûr qu'un jour un train surgirait du tunnel.

J'y avais emmené Marie-France. On était restés silencieux. Elle frissonnait. Ce fut notre plus beau voyage.

Je débouche de la cave par la rampe.

On étouffe, dehors.

Personne ne semble avoir envie de traîner son ombre dans la cité. C'est le moment où j'envie les maisons de la cité d'urgence, avec leur jardinet, une table dehors et la douche au jet.

... Ce serait bien, une maison de campagne... Je ne me souviens plus qui a dit ça, autour de la table... Les parents s'étaient regardés. Avec leur air de cachottiers... Un jour, on verra... Quand le père parle comme ça, c'est que ça se fera.

— Tu veux voir ce que j'écris ?

Nanette est toujours à sa fenêtre, mais sans son ourson.

— Tu veux voir ? C'est une histoire.

Je n'aime pas les histoires des autres. Si c'est mauvais, ça m'énerve. Si c'est bon, ça m'énerve encore plus. Je n'ai déjà pas le temps d'écrire les miennes... Non merci, Nanette, une autre fois... J'ai des mensurations à prendre.

J'évite de traverser le square pour aller chez Marie-France. J'ai peur de tomber sur la Traction familiale repeinte. Le coude du type à la portière. Cette image tourne dans ma tête. Je ne sais pas quoi en faire.

C'est simple, si tu crois ce que tu crois, tu vas dans ta cave, tu prends une bouteille, de l'essence, un chiffon, du gravier et un briquet. Tu sais le faire. On t'a montré à Fort-de-l'Eau.

Si je lance un cocktail Molotov à chaque fois qu'une image m'obsède, ce sera pire que l'insurrection de Budapest. 20 000 morts.

J'avais vu des photos.

Moi, en Hongrois sur un char russe.

La Traction familiale n'est pas là.

— Tu sais où il est Christian ?

C'est le petit frère de Dadi qui apparaît comme le

Petit Prince. Il porte un chandail en laine sur sa chemise, il va étouffer sous ce soleil.

— Ton frère est chez Dézu, avec les autres. Ils répètent. Mais il a dit que tu devais pas y aller.

Il ne demande même pas pourquoi. Il me sourit, l'air désolé, et continue son chemin en baissant la tête. Je le regarde s'éloigner dans cette lumière qui flotte. Je me dis que s'il y a bien quelqu'un qui peut rencontrer un mouton dans ce désert, c'est lui.

Accroupi, je longe le bâtiment de Marie-France, en passant par les massifs. Je risque un œil par la fenêtre de sa chambre. Rien. Je vais à celle du salon. Elle est là ! Mais sa mère aussi. Assise en face de Marie-France. Elle lit un livre de poche, sans lunettes.

La présence de sa mère m'embête, mais me rassure.

Au moins, Marie-France n'est avec personne d'autre.

La Traction familiale rôde dans ma tête.

J'essaie d'attirer l'attention de Marie-France qui tricote. J'aurais préféré que ce soit elle qui lise.

Même si j'aime suivre ce brin de laine qui court sur son index. J'envie cette pelote brune qu'elle assure sous son coude et qui remonte sa poitrine.

Je pense à la fille en rose. Sa façon de déborder. J'ai tort. Il ne manquerait plus que ma lampe d'Aladin confonde.

J'essaie une nouvelle batterie de signaux en direction de Marie-France. Rien. Ce serait quand même plus pratique si elle lisait. Elle lèverait les yeux, de temps en temps. Mais Marie-France n'a peut-être plus rien à lire. Qu'est-ce que je lui ai prêté comme romans, dernièrement ? *Qui j'ose aimer* (n° 599) pour le titre. *L'Adieu aux armes* (n° 16) à cause de la couverture.

Parfois, je pourrais me contenter de la couverture d'un livre. Rêver dessus. Imaginer l'histoire.

Marie-France aime beaucoup celle de *L'Adieu aux armes*... Tu ne trouves pas qu'elle nous ressemble ?... Je n'étais pas certain de comprendre ce qu'elle voulait dire. Une femme et un homme sont dans une barque au milieu d'une tempête. Ils sont en danger. La femme se tient à l'homme qui rame, mais c'est lui qui semble le plus apeuré des deux.

Le foulard blanc de la femme flotte au vent.

Ce foulard me rassure. On les verra de loin. Ils seront sauvés.

En ce moment, j'aimerais reconnaître la couverture d'un livre entre les mains de Marie-France. Deviner où elle en est de l'histoire.

J'aime tellement quand on est tous les deux à la Vallée Verte, qu'elle est à côté de moi et qu'elle lit un livre que je connais. A l'emplacement du marque-page, dans *Vipère au poing* (n° 58) je peux savoir si Folcoche a déjà planté sa fourchette dans la main du narrateur.

Quand je n'ai pas déjà lu l'histoire, j'ai l'impression que Marie-France m'abandonne. Qu'elle part ailleurs. Je deviens jaloux de *La Mère* (n° 416). Je n'aime pas Pearl Buck. Moi, je ne lui aurais pas donné le prix Nobel de littérature.

... Alors, toi, t'es un cas !

C'est Riboule qui m'interpelle. Il m'avait élu tête de Turc de la soirée autour du banc.

... Franchement, t'es allongé avec une bath de nana

dans l'herbe, tout seul, et tu lis un bouquin au lieu de te la taper ! Faut te faire soigner, mon gars...

Riboule a tort. Le livre c'est le meilleur ami des filles. Le plus sûr moyen de les approcher... Tu dragues au bouquin, toi ?... Parfaitement... C'est bien ce que je dis, t'es un malade. Les filles, ce que ça aime comme lecture, c'est ça !... Il s'empoigne ses œuvres complètes. Je néglige la provocation et je développe mon point de vue... Une fille, ça lit toujours à un moment ou à un autre. Tu t'approches, l'air de rien... Oh, vous lisez ce roman, j'ai adoré... Après, tu brodes en fonction de la couverture.

Ce que j'évite de dire à Riboule, c'est que ça ne marche pas à chaque fois.

Un jour, j'ai acheté *Les Thibault* (nº 422-423) parce que j'avais vu une fille du square le lire. Une très jolie, sans lunettes... Oh, tu lis ce roman, j'ai adoré... Fais voir... Elle avait regardé la couverture. Elle allait broder, c'est sûr... Ah, tu n'en es qu'au tome 1... Elle paraissait déçue. La fille en était déjà au tome 5 (nº 476-477). Elle m'avait fait comprendre qu'elle n'aurait pas le temps de m'attendre.

Fin de l'histoire.

Je réfléchis en regardant Marie-France penchée sur son tricot. Comment a commencé notre histoire ? Pas par un livre. Une partie de balle au prisonnier, je crois. J'étais resté le dernier face à elle. Je m'étais laissé prendre.

Pas très romanesque. On racontera autre chose à nos enfants.

En attendant, je voudrais que Marie-France lève les yeux. Je change de technique pour attirer son attention.

J'essaie la pensée magique... Si j'arrête de respirer, elle va me regarder... Si je fixe son cou, elle va se redresser... Ça marche !

Elle sursaute sur son tricot.

Se pique à sa quenouille, et s'endort cent ans.

Je l'éveille d'un baiser.

Comme ses yeux sont bleus !

Dans tout cet emmêlé de gestes que j'envoie, Marie-France finit par comprendre que je lui donne rendez-vous à la fenêtre de sa chambre...

Sa mère ne s'aperçoit de rien. Elle doit lire un bon livre. Merci aux auteurs d'aider les amoureux dans leur entreprise.

Marie-France apparaît à sa fenêtre. Je ne m'en lasserai jamais. Plus tard, on aura une maison avec mille fenêtres pour qu'elle ne cesse d'apparaître.

— Ouvre.

Non, elle ne peut pas. Trop dangereux. Sa mère pourrait nous surprendre. C'est la correction assurée.

Je lui explique par gestes pourquoi je suis là. Pour lui faire mon cadeau, il faut que je connaisse sa taille. Je mime ses mensurations. Elle paraît d'abord amusée, intriguée, puis surprise, pour enfin me signifier qu'elle ne voit pas ce que je veux lui dire. J'insiste. C'est pire. Moins Marie-France me comprend, plus j'amplifie les gestes. C'est comme parler plus fort avec un sourd.

Je finis par décrire Marie-France comme Brigitte Bardot, Gina Lollobrigida et Ursula Andress réunies.

Elle semble effarée du portrait que je fais d'elle.

Tout à coup, je comprends qu'elle n'est pas effarée, mais choquée. Ce n'est pas un portrait qu'elle voit, mais des gestes à la Nikita... Purée, t'as vu cette paire de Pirelli ?...

Au théâtre ça s'appelle un quiproquo.

Ici, un chagrin.

Je me noie. Je lance de grands mouvements des bras pour dire... Mais non, pas du tout. Ce n'est pas ce que j'ai voulu dire... Ouvre, Marie-France, je vais t'expliquer...

Sa mère entre dans la chambre.

Je me cache... Qu'est-ce tu fais encore à la fenêtre ?... Quand je regarde de nouveau, elles ont disparu. Je retourne à quatre pattes jusqu'à la fenêtre du salon. Marie-France et sa mère ont changé de place. Elle ne peut pas me voir.

Tout le corps m'en tombe des bras. C'est fichu. Je renonce.

Dans le square, je traverse une partie de vélo-ball acharnée. Si j'étais renversé, peut-être que Marie-France sortirait pour me soigner. Me prendrait dans ses bras. Me pardonnerait.

Je me retourne une dernière fois vers sa fenêtre. Il n'y a que la biche et le chasseur sur le rideau.

L'attroupement devant chez Dézu paraît avoir encore grossi. On dirait que le monde s'en fiche de ce qui nous arrive à Marie-France et moi.

— Je t'ai déjà dit que tu ne peux pas monter.

Dadi houspille son petit frère, à l'écart sur un parking.

— Tu rentres à la maison.

— Je veux seulement vous écouter jouer.

— Tu rentres, je te dis. T'as des devoirs à faire. Moi, il faut que j'y retourne, maintenant. On fait juste une pause. Les autres m'attendent, là-haut. Tu te rends pas compte. Ils sont venus !

— Justement. Seulement un peu... S'il te plaît.

— J'ai dit non.

Je passe près de Dadi au mauvais moment.

— Tu peux le prendre cinq minutes ?

Pourquoi est-ce que je m'occuperais de son petit frère ? Même cinq minutes. J'ai un quiproquo et une interro sur les bras.

— Je te ferai monter chez Dézu.

— C'est vrai, pour Eddy Mitchell ?

— Véridique.

Alors, d'accord. Mais pas plus de cinq minutes. Dadi me remercie. L'attroupement s'écarte devant lui. Il disparaît dans l'escalier. Qu'est-ce que je vais faire de son petit frère ? A la maison, ma mère n'est pas d'humeur. Elle doit être encore en colère contre moi. Sauf si...

— Ecoute, quand on arrive chez moi, tu dis que t'as faim.

Ma mère ne peut pas résister à un gamin qui a faim.

— Qu'est-ce qu'on entend ?

De la guitare classique. C'est Jean-Pierre qui s'exerce. Le petit Dadi s'immobilise, extatique, le visage levé vers la fenêtre ouverte au premier.

Je crois que j'ai trouvé ma nounou de rechange.

— Salut, Jean-Pierre, ma mère est là ?... Tant mieux... Et la tienne ?... Bonjour, madame !... Je venais voir comment était ta guitare, maintenant. Je suis avec le petit frère de Dadi. Tu le connais déjà. On peut entrer ?

La chambre de Jean-Pierre est toujours impeccable.

Rangée au cordeau. Il nous montre son trésor. Il est fier. Il y a de quoi. Le vernis de sa guitare, un rien plus sombre qu'avant, met mieux en valeur la plaque de protection et la marqueterie de la rosace, autour de la bouche.

Jean-Pierre m'a appris les termes.

— Je peux ?

La demande du petit Dadi est à peine une question. On le dirait aimanté par la guitare... Tu fais attention... Jean-Pierre a dû économiser pour la faire réparer. Je ne sais plus s'il travaille ou s'il est encore en apprentissage.

Le petit Dadi prend la guitare. Il s'assoit sur le rebord du lit et cale la taille de l'instrument sur son genou. C'est simple. Sûr. On dirait une nourrice, qui ne fera jamais tomber un bébé.

Le petit Dadi apprivoise la guitare.

Il y a un silence.

Et il joue.

On se serait bien assis, avec Jean-Pierre, mais on ne pouvait pas, tant il aurait été incongru de bouger.

Même un cil.

Comment expliquer ce qui arrive ?

Ce serait comme Mozart parachuté dans la cité avec des ailes d'ange. Un Mozart tombé d'une Caravelle, en jean, sans perruque, avec un chandail de laine sur sa chemise. Des doigts qui courent et qui courent. Des cordes qui obéissent. Une musique qu'il mène où il le veut.

Le petit Dadi a les mains sur les rênes.

Il a une allure de prince.

J'avais écouté un copain gitan du p'pa aux Puces

de Saint-Ouen. Un cador. Un crack. Un nouveau Django Reinhardt. Mais le petit Dadi, c'est mieux. Il n'y en a pas eu comme lui, avant. J'ai la certitude crasse de celui qui n'y connaît rien. Mais j'en mettrais ma guitare extraplate au feu.

D'ailleurs, elle ira dès demain.

Qu'est-ce qu'on vient faire dans la musique, avec des doigts en chipolatas comme moi ?

— Tiens... Merci... C'est une très bonne guitare.

Jean-Pierre n'ose pas la reprendre. Il n'a même pas l'air désespéré, dégoûté, découragé. Moi, je le serais. Un petit Dadi, ce serait comme jouer au foot dans la cité avec un Pelé de 10 ans. Je n'ose même pas calculer l'âge du petit Dadi, ça me mettrait un coup de vieux.

Jean-Pierre sourit comme on remercie... Ça donne envie de travailler encore plus... Il est comme ça, Jean-Pierre. Il y arrivera. Moi, pas.

Pour entrer en seconde, il faudrait que je rencontre un génie de la sauterelle.

— Jean-Pierre, ça te gêne s'il reste encore un peu chez toi ? J'ai un truc à faire.

Il me regarde plutôt comme un Roi Mage qui lui laisserait d'un seul coup en dépôt la myrrhe, l'or, l'encens et le Jésus. Je confie Jean-Pierre à Marcel Dadi... Tu peux me montrer ?... Du couloir, j'écoute une dernière envolée... Il fait de sacrés progrès, mon fils... Je ne détrompe pas la mère de Jean-Pierre... Tiens, tu rendras son *Bonnes soirées* à ta mère...

Je comprends mieux pourquoi Dadi ne veut pas que son petit frère aille chez Dézu. C'est lui qu'Eddie Barclay engagerait.

Je vais aller leur dire.

Avant, il faut que je prenne la température de la maison. Elle est fraîche. Très fraîche. Ma mère est passée au-delà de la colère, au-delà de la calotte et du manche à balai. Elle est dans la cuisine et m'ignore. Elle fait comme si elle ne m'avait pas vu entrer... Ton *Bonnes soirées*... Merci... Je reste planté pour la suite. Rien.

Qu'elle ne compte pas sur moi pour que j'aille m'enfermer dans ma chambre en claquant la porte. Pas avant de m'avoir regardé. Je ne suis pas exigeant, je ne demande pas qu'elle m'enguirlande, m'avoine ou me passe un savon, mais au moins un regard. Un bien sombre et sourcilleux.

Même pas.

Je vais au frigo. Ma mère continue à tisonner la veilleuse du chauffe-eau avec une fourchette. Un jour elle va nous faire sauter. Je fais le maximum de bruit dans les casiers, balconnets, clayettes et bacs. Elle va bien me dire de ne pas toucher aux fraises du p'pa.

J'attends comme un empoté, mon lait-menthe et mon casse-croûte au fromage à la main. Ma mère me tourne le dos, affairée sur l'égouttoir à vaisselle. Elle range les assiettes dans le placard du haut sans tourner la tête.

Tu exagères ! Mets-moi une gifle, au moins.

Elle passe à côté de moi sans me frôler et quitte la cuisine. Un grand vide. Je laisse tomber mon verre sur le carrelage. Il fait moins de bruit que la porte d'entrée qui se referme.

Ma mère est partie.

Elle est chez la voisine. Elle écoute le petit Dadi. C'est un fils comme ça qu'il lui faudrait. Un Petit Prince. Un génie. Plus tard, il parlerait d'elle dans les journaux, à la radio, à la télévision.

J'éponge mes saletés, les yeux pleins de larmes au lait-menthe. C'est à vomir. Je ramasse les morceaux de verre à tâtons. Je vais me taillader les veines du poignet. Je les ai comme des cordes de guitare. Ce sera mon meilleur morceau.

Je me coupe à un doigt. Ça me réveille en sursaut. Je ne vais quand même pas attraper le tétanos à cause d'une sauterelle !

Dans ma chambre, la sale bestiole attend sur le bureau. Je te préviens, toi, si tu crois que tu vas me fâcher avec ma mère, tu te trompes. Les mères ne peuvent pas toutes avoir un génie, comme fils.

D'abord, c'est quoi un génie ?

Mon dictionnaire qui a un avis sur tout parle de... *Disposition naturelle à créer des choses d'une qualité exceptionnelle...* Et l'assassinat de Kennedy, alors, ce n'était pas exceptionnel ?

Je n'aurais pas dû refuser d'être le chanteur des Hornets. Là, ma mère aurait dû admettre. Ça peut peut-être encore s'arranger ?

Je vais chez Dézu.

Devant son escalier, ça s'est calmé. On se lasse vite. La décapotable n'intéresse plus que le fils-caché-de-Beltoise qui s'est glissé dessous, avec sa planche à roulettes... C'est une Cadillac !... La belle trouvaille, c'est écrit partout.

J'aperçois Dadi à la fenêtre. Il est de dos. Je le siffle... Et mon petit frère ?... Je t'expliquerai... Il vient me chercher. On monte. Il reste des filles assises sur les marches de l'escalier... Tu peux lui faire signer ça ?... Pour Barbara... C'est sympa...

Dans l'appartement, je m'attendais à une ambiance surprise-partie et je tombe au milieu d'une veillée mortuaire. Qu'est-ce qui se passe ? Mich' et Louise sont déjà là. Je suis vexé d'arriver après eux. Gabrielle aussi est là. Ça me rassure, elle est loin de Marie-France. Elle parade, moulée à la louche, dans son jean délavé. Je fais semblant de ne pas la voir.

Le salon est transformé en studio d'enregistrement. Il est encombré par les instruments de musique, les micros et les amplis abandonnés. On n'a pas eu à pousser les meubles. Il n'y en a pas. La batterie trône. La mère de Dézu patrouille avec un plateau pour ramasser ce qui traîne... Il y a un problème ?... Dadi reste évasif.

Au fond du couloir, Dézu discute en tête à tête avec Eddie Barclay. A l'écart, une femme à lunettes papillon donne l'impression de tout prendre en sténo sur un bloc.

Notez, madame : Mon copain de classe du CEG Joliot-Curie s'engueule avec le plus grand producteur de disques de France.

C'est Barclay, c'est sûr. Il a ses lunettes de soleil remontées en serre-tête et un cigare format baobab. Je ne peux pas m'empêcher de le trouver trop ou pas assez.

Même avec sa crinière Louis XIV, Dézu n'arrive pas à compenser l'écart de taille. Mais il se défend. La discussion a l'air animée. Dézu parvient presque à faire autant de fumée avec sa P-4 que Barclay avec son barreau de chaise.

J'en reviens pas : Dézu fume devant sa mère.

Entre lui et Barclay, ça barde... C'est mon groupe !... Je dis pas le contraire, mon garçon... Je me renseigne.

— Ils sont pas d'accord ?

Dadi a une moue fataliste... Et mon petit frère ? Je lui explique pour Jean-Pierre. Il est rassuré... Tu m'avais pas dit qu'il jouait si bien... Marcel ? C'est un génie de la guitare. Faut pas qu'il se gâche dans la variété. Ce sera un grand... Je vois pas Eddy Mitchell... Il est dans la cuisine, avec Françoise... Quelle Françoise ? Françoise Hardy... Qu'est-ce qu'il me raconte ? Françoise Hardy est là, et il l'appelle par son prénom ?... C'est vrai qu'elle est avec Mick Jagger ?... Là, elle a l'air plutôt avec lui... Il me montre un type accroupi en train de photographier Patrice Raison adossé à la fenêtre de la salle à manger... Pousse-toi, fillette !... Le photographe fait signe à Gabrielle de déguerpir... Je t'ai déjà dit que tu étais dans le champ...

Gabrielle hausse les épaules, vexée. Elle ne doit pas avoir apprécié d'être appelée « fillette ». Le photographe est beau gosse. Elle aurait au moins aimé qu'il la remarque. Le gars est loin de ça. Il porte à la ceinture un chiffon qui pend comme celui de mon père quand il joue aux boules. Ce type lui ressemble. Difficile de dire pourquoi... Qui c'est ?... Jean-Marie Périer... Le photographe des stars !

C'est trop. Barclay, Mitchell, Hardy, Périer, il faut que Dadi arrête de feuilleter *Salut les Copains* et *Mademoiselle Age tendre* devant moi. Et moi de rêver d'être repris dans le groupe. Si Jean-Marie Périer, le photographe des stars, photographie Raison, mon copain de classe, c'est que Patrice Raison est déjà une star.

Ils ont dû signer le contrat.

Je vais rester cinquième Beatle à vie.

Il faut que je trouve autre chose pour épater ma mère.

Dadi se fait alpaguer par la fille à lunettes papillon. Benaziza vient me rejoindre tout sourire. Comme sur les photos de classe. Il porte son maillot de football du Stade de l'Est Pavillonnais. Rouge à parements jaunes... Merci, Barclay trouve ma tenue super... Il fait tournoyer ses baguettes comme une majorette... Tu vas pas me croire, j'ai parlé avec Eddy Mitchell. Il est super-sympa... Qu'est-ce qui se passe avec Dézu ?... Je crois qu'ils veulent changer le nom... Du groupe ?... Non, de Patrice... Ils veulent l'appeler comment ?... Saint-Laurent, aux dernières nouvelles. Eric Saint-Laurent... C'est pas mal... Dézu n'est pas d'accord. Il dit que c'est pour faire de la pub au couturier. Comme pour les Chaussettes Noires, avec Eddy Mitchell...

Je regarde vers la cuisine. Ce ne serait quand même pas compliqué d'entrer comme si j'allais dans le frigo et de dire... Oh, pardon ! monsieur Eddy Mitchell, j'adore quand vous chantez *Daniela*...

Au fond du couloir, ça n'a pas l'air de s'arranger avec Eddie Barclay. Dézu est énervé, comme en classe quand on ne comprend pas aussi vite que lui.

Il lance un signe de ralliement. Raison, Dadi et Benaziza le rejoignent auprès d'Eddie Barclay.

Françoise Hardy passe devant moi avec une lenteur de flamant rose. Tu es de quel signe, toi ?... Scorpion ou balance, je sais pas m'dame... J'ai dit « m'dame » à Françoise Hardy. Quel abruti !... Je te vois plutôt balance... Elle va se réfugier dans la chambre de la mère de Dézu.

Et dire que j'aurais pu appeler Françoise Hardy... Françoise.

— Bouge pas, petit ! Reste de profil. Laisse ta main, comme ça, en feuille de palmier.

C'est Jean-Marie Périer... Chlac-Chlââh !... Il me fait un clin d'œil.

— On ne sait jamais... Pour plus tard... Ça peut servir.

Je vois déjà la photo de Jean-Marie Périer sur ma carte de réduction pour famille nombreuse. On va passer à 110 %.

Je regarde ma main. C'est la première fois que quelqu'un y voit un palmier.

C'est la première fois, aussi, que je vois un de nos professeurs hors du collège. Un professeur assis sur un tabouret près du radiateur, une tasse à café posée sur les genoux. Un professeur qui ne lâche pas Patrice Raison des yeux : mademoiselle Gilera, notre professeur d'italien !

Ce serait donc vrai, ce qu'on dit pour elle et Patrice.

Ça me pince le cœur. Si je traduis bien en français, ça doit vouloir dire... Je suis jaloux... Ou quelque chose d'approchant. Je ne voudrais pas faire un contresens.

La femme aux lunettes papillon prend Jean-Marie Périer par le bras et l'attire dans l'entrée. Je laisse traîner mon oreille pour me distraire de mademoiselle Gilera... Ça coince avec les mômes ?... C'est le leader. Il ne veut pas comprendre. On va pas refaire les Beatles, ici, en France. C'est déjà dépassé, ce genre de groupe. Pourquoi pas Les Surfs, pendant qu'on y est ? Le chanteur a une voix intéressante. Non ?... Oui, mais comme dirait Eddy, il swingue comme une biscotte... OK, mais il est beau gosse, quand même ?... Il prend bien la lumière... Je sais pas ce que va décider le patron... Il veut quoi ?... L'essayer en solo, sur deux titres... Et les autres ?... Des musiciens, on a ce qui faut... Pauvres mômes... C'est le métier. Mais c'est pas fait. Le leader est coriace et les autres le suivent...

J'aurais pu leur dire. Patrice sans Dézu, Benaziza et Dadi, ce n'est même pas la peine d'y compter.

— Tiens, porte-moi ça dans l'évier.

La mère de Dézu me colle dans les mains un plateau chargé d'un vrac de verres et de tasses.

Il ne doit pas rester grand-chose dessus quand j'arrive dans la cuisine, tellement je tremble. Je fais le gars qui ne s'aperçoit même pas qu'il a le vrai Eddy Mitchell, en chair, en os et en banane, à côté de lui. A moins de 50 cm. Et qui fredonne... *Daniela*... avec la même voix qu'à la radio.

C'est le moment de placer ma réplique... Oh, pardon !... Pas du tout. J'attaque la vaisselle, comme si c'était la chose la plus urgente du monde à faire.

Parfois je me collerais des calottes.

— C'est toi qui écris des histoires ?

Eddy Mitchell me parle. Mes doigts m'échappent et les tasses avec. Ça coûte la moitié de son service à café à la mère de Dézu.

— J'espère que t'es plus adroit avec un stylo. Alors, c'est bien toi, qui écris ?

Je fais le gars accusé à tort.

— C'est ton copain qui me l'a dit. Le batteur. Paraît que c'est pas mal tes histoires.

Benaziza parle trop d'habitude, mais, là, ça me va.

— T'écris des chansons, aussi ?

Pas fou. C'est trop difficile. Surtout en français. Je me vois mal écrire pour Sheila, 36 fois de suite... *L'école est finie !...* à la fin de la chanson. J'aurais l'impression d'avoir le cerveau rayé et de faire la péno de Rimbaud en musique.

Mais surtout, j'aurais du mal à convaincre ma mère que je suis un génie.

— Tu as tort, ça rapporte des sous... Remarque, moi j'écris des chansons et je voudrais faire un roman. C'est pas mieux. Mais peut-être qu'un jour... Tu me donneras des conseils.

Moi ! des conseils à Eddy Mitchell. Il sourit. Ça lui envoie une deuxième banane dans toute la cuisine.

— Eddy, tu viens, les gosses vont jouer ?

Avant que j'aie eu le temps de vider l'évier dans la poubelle, les Hornets attaquent un *Peggy Sue* en version originale, le salon vire à la piste de danse, on oublie les condoléances et ça gigote à qui mieux mieux, mi-twist, mi-rock and roll, mi-n'importe quoi. Même mademoiselle Gilera danse avec des balancements de Vespa dans un embouteillage... Elle chante... *Fare il twist !* en regardant Patrice Raison comme Claudia Cardinale me regarde quand je joue avec ma lampe d'Aladin.

*Fare il twist* c'est la chanson du film *Le Fanfaron.* Mademoiselle Gilera nous avait emmenés le voir. J'avais détesté. Encore un de ces films où c'est le beau gosse prétentieux qui soulève les filles au gentil benêt.

Moi, j'aurais voulu être Vittorio Gassman à la manière de Jean-Louis Trintignant.

J'étais sorti de la séance encore plus furieux qu'après *Pain, Amour et Jalousie*, ce film dans lequel Vittorio De Sica en barbon séduit Gina Lollobrigida, au nez de son empoté de fiancé.

Pourquoi est-ce que les filles préfèrent les méchants aux gentils et les vieux à ceux de leur âge ?

Tu le sais, toi, Marie-France ?

Je regarde mademoiselle Gilera twister. Elle est plus âgée que Patrice. Peut-être sept ans, comme entre ma mère et mon père... Tu vois que ça peut marcher. Les filles ne préfèrent pas toujours les garçons plus vieux... *Fare il twist*... Les hanches de mademoiselle Gilera me rassurent. Je pense au Fanfaron. Sa voiture de sport. Marie-France, moi aussi, je t'emmènerai dans une Alfa Romeo rouge.

Tout à coup, j'entends le klaxon italien qui claironne tout au long du film. La voiture n'est pas rouge. Le film est en noir et blanc...

Une alarme se déclenche dans ma tête.

Pendant que tout le monde danse, je remarque Gabrielle qui s'éclipse trop discrètement vers la sortie. Je ne trouve pas ça normal, mais je ne sais pas pourquoi.

Je devrais bouger. La suivre. Mais la musique et la danse me bercent.

Après un dernier *Love me do,* la femme aux lunettes papillon rameute sa troupe... Il faut y aller, maintenant... C'est poignées de main et tapes sur l'épaule à la ronde, dans un mouvement vers la sortie mené par Eddie Barclay... Bravo, les jeunes. Bravo... Ça va marcher, vous verrez... J'ai le nez... Faites-moi confiance... Bossez comme on a dit... T'as pris leurs coordonnées ?... On se voit à Paris, la prochaine fois... Jean-Marie vous envoie les photos. Promis... Allez, à bientôt... Faut qu'on y aille...

Je me laisse embarquer par le flot... Tu me ramènes mon petit frère... Dadi fait bien de m'y faire penser. J'allais l'oublier. Je me retrouve sur le trottoir. Il n'y a plus grand monde resté à attendre. La bande à Barclay s'engouffre dans la décapotable... Alors, ton avis ?... Ils ont le contrat, c'est à eux de voir... On peut toujours faire un disque avec le groupe. Si ça ne marche pas, ils explosent. Si ça marche, il explosent encore plus. Dans les deux cas, on récupère le chanteur... C'est jouable... On m'a parlé d'un autre groupe, dans le coin. Les Chemises Rouges. Ça coûte rien d'aller voir... Puisqu'on est venu jusque-là. Qu'est-ce qu'on a à perdre ?...

La décapotable démarre. Le fils-caché-de-Beltoise s'extirpe de justesse, sur sa planche à roulettes, pour aller se glisser sous une autre voiture en stationnement. La Cadillac disparaît vers le fond de la cité. Sans escorte.

Les derniers fidèles se rassemblent devant chez Dézu... Ils scandent... Hornets !... Hornets !... Dézu vient à la fenêtre, les autres derrière lui. Il agite le contrat comme on montre l'enfant royal au balcon.

D'ici, je ne vois pas si c'est une fille ou un garçon.

Je pense à Marie-France restée cloîtrée chez elle, à Gabrielle qui s'est faufilée dehors, à cette décapotable passée dans la cité, à Kennedy, au petit Dadi... Comme le temps file vite, ce jeudi ! Le rendez-vous devant le foyer Sonacotra ne doit plus être loin.

Le coup foireux de Nikita approche.

J'ai de moins en moins envie d'y participer.

Un mauvais pressentiment.

## 10
## La salade de riz

Ce coup foireux ! Envie ou pas d'y participer, il faudra bien aller retrouver les autres devant le foyer Sonacotra. Promis, c'est promis. Avant, je dois récupérer le petit Dadi chez Jean-Pierre, mais surtout réchauffer la température avec ma mère.

Je n'aime pas qu'on reste fâchés si longtemps.

Avant de rentrer chez moi, je glisse un coup d'œil vers le toit de l'immeuble. L'assassin de Kennedy a disparu. Je m'inquiète pour son éducateur. Saint-Mexan a l'impression d'avoir été trahi. Rien de pire. On peut alors se croire en légitime défense... Toûm ! Toûm !...

Il me revient en tête la discussion entre Barclay et la dame aux lunettes papillon. Qu'est-ce qui va se passer si c'est Patrice Raison qu'ils choisissent pour enregistrer le disque, plutôt que les Hornets ?

Ce serait comme débarquer mon père de son poste d'entraîneur, à la veille d'une finale de Coupe d'Europe FC Orly-Real de Madrid.

Je réfléchis devant les boîtes aux lettres. Celle de

mon copain Vivi est enfoncée. Un coup de tête de son grand frère, certainement. C'est comme ça quand il rentre de virée... Quand je sais plus comment je m'appelle, ça me remet la jauge à niveau...

Je regarde mon nom sur notre boîte. Qu'est-ce que je ferais, à la place de Patrice ?... Peut-on trahir ses amis pour réussir seul ? C'est le genre de dissertation que pourrait nous donner monsieur Doumeng... Je ramasse les copies dans une heure...

Pour mieux comprendre ses sujets, je les traduis en une langue qui m'est plus familière : le football.

En respectant la consigne... Soulignez et définissez les termes principaux de l'énoncé... ça donnerait : Est-ce que marquer contre son camp c'est *trahir* ?... Un *ami* est-il forcément un bon équipier ?... *Réussir*, c'est gagner le match ou bien jouer ?

Comme le dit souvent Camus à la fin de mes devoirs... Tout ce que je sais d'important, je le dois au football... Ce à quoi monsieur Doumeng ajoute... D'ailleurs votre orthographe est souvent hors jeu...

Ma mère traverse le palier.

Je me plaque contre le mur. Elle sort de chez la voisine une écumoire à la main, comme un juge de touche avec son drapeau. Elle a la même colère aux sourcils que tout à l'heure. Je ne bouge pas. Ça me met le ventre en révolution de voir son visage verrouillé de l'intérieur. Je me déboyaute, collé contre la rambarde. Je devrais travailler mes abdominaux ou je vais finir en boudin trop cuit à la prochaine fâcherie avec ma mère.

— Ça sert à rien, monsieur, les abdominaux.

On était en cours de gym, sur le stade. On voulait

que Zanin arrête avec ses séries d'exercices d'adjudant-chef et nous laisse jouer au ballon.

— Erreur, messieurs ! Les abdominaux, ça sert à tout : à se tenir, à respirer, à rire, à jouer au football, et... à faire l'amour.

On avait trouvé Zanin nul en anatomie et pas très malin de mettre ça dans la tête des grandes de troisième. Elles écoutaient mine de rien, à l'écart, au lieu de courir pour l'échauffement... Madame, on peut pas, on a nos règles... Ça avait l'air pratique, les règles, pour les filles, surtout les règles de groupe. Et nous, les garçons, on avait quoi comme excuse ?... Trois fois dans le mois, mesdemoiselles, vous allez finir dans une baraque foraine. Allez, en petites foulées !... Tout de même, il y avait une justice, mais Zanin ne voulait toujours pas nous rendre notre ballon.

— Les maths, c'est quand même plus important, monsieur.

Opposer les professeurs entre eux, c'est notre sport préféré. Dire à chacun que sa matière est moins utile que celles des autres. Laisser entendre que c'est ce que disent ses collègues. En général, ça les énerve. Et c'est bien dix minutes de gagnées sur le cours.

— Nouvelle erreur, messieurs. Les maths sont les abdos de la tête. Est-ce que vous vous servirez des identités remarquables, plus tard ?... Non !... Des asymptotes ?... Peu de chances. Mais en attendant vous vous serez musclé le cerveau, pour autre chose. Si vous pouviez voir à l'intérieur de votre crâne, certains s'apercevraient qu'ils ont déjà du bide au cerveau. Et quand vous lui demanderez de lever les genoux, à votre cerveau, il ne pourra pas. Rappelez-vous ça : le cerveau c'est un muscle. Les abdominaux c'est un cerveau... Alors, messieurs, on se fait une petite série de cinquante ?

On s'était regardés comme des mollusques et on avait compté en pompant façon bataillon disciplinaire.

Il faut que j'arrête de me ronger avec l'école. C'est quand j'en suis loin que je pense à elle. Dès qu'elle est là, je l'oublie.

Comme pour ma mère.

Sur le palier, j'hésite.

Est-ce que je vais chez Jean-Pierre chercher le petit Dadi, ou chez moi, faire la paix avec elle ?

Je choisis la paix.

Inutile de sonner, ma mère ne viendra pas. J'ouvre la porte. Elle reste bloquée. Quelque chose gêne derrière. Je pousse. Je parviens à l'entrebâiller, mais je ne gagne pas assez pour glisser la main.

Peut-être que ma mère ne veut plus me voir. Elle a barricadé la porte. Je n'ose pas l'appeler. Si c'était ça, elle aurait fermé à clef. Une trouille me cisaille, tout à coup. Une image m'agrippe. C'est un corps. Un corps d'homme. Il est affalé dans l'obscurité. Recroquevillé contre la porte, dans des WC à la turque. Je le distingue par un vasistas crasseux. J'étais monté sur des caisses de bouteilles vides. Inquiet. Sans trop savoir pourquoi. J'avais raison. Ce corps, c'est celui de mon père !

Je n'avais pas appelé. Je ne voulais pas qu'on le voie comme ça. J'avais dû me faufiler par le vasistas... Tu diras rien à ta mère. C'était juste un coup de chaud. Mon nouveau médicament, je pense... Je ne me souviens plus dans quel café c'était. On rentrait d'un match contre Maisons-Alfort. On avait perdu. Il avait nettoyé la boue sur son pantalon de Tergal au lavabo. Il était en slip. Il m'avait payé une grande grenadine. Lui avait pris un ballon de Vichy-fraise.

Je revois le corps de mon père. J'ai peur.

C'est ma mère derrière la porte. J'en suis sûr. Elle a eu un malaise. Une de ses crises de foie carabinées. D'habitude, c'est le chocolat ou la contrariété. Là, c'est moi. Elle soigne ça à l'eau de Vichy. Mais là, il faut que je gueule. Que j'appelle au secours. Que je demande de l'aide au lieu de rester planté, comme pour mon père, quand il a été renversé par une moto... C'était un Lambretta...

Je m'en fiche. Ça ne regarde personne, cet accident.

Je vais me débrouiller... J'arrive, m'am. Bouge pas... Je dévale les marches, j'ouvre la fenêtre du palier, je saute sur l'avancée en béton et je m'engage sur la corniche qui court le long de la façade.

Je l'ai fait des tas de fois, et même au deuxième étage, encordé par Gros Lulu. Martine, celle qui a une jolie fossette à la Kirk Douglas, avait claqué sa porte avec les clefs à l'intérieur. J'avais été souple, courageux et chevaleresque. Normalement, elle aurait dû tomber amoureuse de moi, ce jour-là. Peut-être, plus tard, quand Marie-France ne voudra plus de moi. J'aime bien la fossette de Martine.

J'y suis. Je ne vois rien par la fenêtre de la chambre des parents. Heureusement, la mienne est ouverte. Au fait, qu'est-ce qu'on fait en cas de malaise ? La respiration artificielle ? Le massage cardiaque ? On ne peut quand même pas faire du bouche-à-bouche à sa mère.

Alors, quoi ?

Appeler Police-Secours, imbécile. Le seul téléphone

est dans la cabine près de la loge du gardien. Je n'ai pas de jeton. Même quand on en a un, il y a du chewing-gum dans la fente. Je tue le premier que je vois mâcher. Et si ma mère est morte ? Je mets un coup de tête dans le mur, histoire que mes idées se tiennent tranquilles. Je me sens inutile.

Dès qu'on a une mère on devrait passer son brevet de secouriste.

Je sors de ma chambre et je traverse le salon avec le cœur comme un bengali en cage. Dans l'entrée, c'est la jungle. Toutes les plantes vertes de la maison sont réunies là. On dirait une forêt tropicale envahie de plantes carnivores.

Elles ont mangé ma mère !

Je ne vois pas son corps. Je me fraie un passage à la machette. Brigitte bloque la porte. L'énorme pot vernissé du palmier de Fête des Mères l'empêche de s'ouvrir. Je cherche ma mère comme un chien truffier. Rien. Sauf une odeur de casserole qui va déborder. Je me précipite à la cuisine. Ma mère est là. Pas en pot, pas vernissée, seulement assise à la table de cuisine.

Elle finira par me faire exploser le cœur, un jour.

Sur la gazinière, du riz bloblote bêtement dans un faitout. Ma mère écale des œufs durs.

— Je préfère les mettre dans la salade, sinon ton père s'étouffe avec.

Pour l'instant, c'est moi.

Ma mère n'est ni morte, ni évanouie. Elle ne paraît même plus en colère. Elle est calme. Trop calme.

— T'es entré par la fenêtre, toi. Pourquoi t'as crié ?

— A cause des plantes vertes, dans l'entrée.

— Je les ai mises là, pour les descendre sur le trottoir. Il va y avoir un orage.

Ce n'est pas ce que dit le ciel.

— Je prépare le pique-nique de ce soir, quand ton père sera rentré.

J'entends clairement la menace.

— Coupe donc les tomates. On mettra des olives. J'ai acheté des noires, aussi. Les poivrons sont prêts. On peut ajouter du gruyère en dés, ça va bien avec, non ? J'ai pris du thon. Au naturel, cette fois. Pas comme l'autre soir. C'était trop gras... Plus petits, les morceaux de tomate... Tu aimes les anchois ?

J'aime tout, sauf que ma mère fasse semblant de parler d'autre chose. On est fâchés, il ne faudrait pas qu'elle l'oublie.

— Ton père aussi aime tout. Pas trop ton travail, en ce moment. Mais, est-ce que ça se met pas dans la salade de riz, le travail ?

Ma mère pose des questions étranges parfois. Heureusement qu'elle n'est pas professeur de français.

— Ton père m'a dit que tu avais aimé la visite à Air France, l'autre jour. Tu veux être chaudronnier ? C'est un bon métier. Ton frère Serge gagne bien sa vie. Faut pas être feignant et pas avoir peur de se salir les mains... Prends le reste de poulet dans le frigo. On va le passer avec... Ton frère t'a raconté, qu'une fille n'a pas voulu danser avec son copain parce qu'il avait les ongles noirs ? Qu'est-ce qu'elle croit ? C'est pas facile à retirer le cambouis...

Ce n'était pas son copain, c'était lui. Les filles n'aiment pas les ongles en deuil. Moi, c'est leur vernis, surtout le rouge qui me fait penser qu'elles ont égorgé quelqu'un.

— Au fait, tu t'es lavé les mains, toi ?... Goûte un peu le riz, faudrait pas qu'il colle... T'as l'écumoire de madame Dubosq accroché au tuyau de gaz... Surtout, on fait attention à la pendule. Ton père a dit qu'il essaierait de revenir plus tôt de l'usine. T'iras le surveiller de ta chambre. Moi, je peux pas...

Depuis l'accident de mon père, devant chez nous, elle se prive de guetter son retour à la fenêtre. Mais pas d'un raccord de rouge à lèvres dès que la voiture est garée au parking.

— Regarde sous l'évier ce qu'il reste comme vin. On va faire une chopine... Il aurait pu se faire tuer par cette moto, ton père.

— C'était un Lambretta, m'am. Une sorte de scooter.

— Ça revient au même. Si je ne lui avais pas fait signe pendant qu'il traversait, il l'aurait vu arriver. Heureusement, les voisins sont venus vite.

Je sais, m'am. Et moi, je suis resté derrière le carreau de ma fenêtre à regarder mon père, allongé en travers de la rue, le Lambretta renversé un peu plus loin. Mon père ne bougeait pas. Ça ressemblait à un K-O. Mais c'est moi qui étais sonné. Groggy. Incapable de bouger, de courir jusqu'à lui. De m'agenouiller, de lui caresser la tête. Ses cheveux crépus. C'est vrai qu'il les perd sur le dessus. De le rassurer... T'inquiète pas, je suis là. Tout va bien. Ne bouge pas. On est allé chercher quelqu'un...

Au lieu de ça, j'observais de derrière la vitre.

J'observais les gens de la cité, dehors, ou aux

fenêtres. Ils regardaient mon père comme un ivrogne tombé raide dans le caniveau, la chemise remontée sur le ventre. Ils devaient bien se moquer. J'avais honte de lui. Je voulais les tuer tous.

— Fais attention, t'en mets partout !

Mes mains tremblent sur l'entonnoir. L'évier est éclaboussé de vinasse. C'est cette odeur que j'ai eu peur de trouver sur mon père quand il était allongé en travers de la rue.

Je m'en veux. Depuis ce jour, je ne peux plus voir l'endroit où il s'est fait renverser, ou même y passer, sans avoir honte de moi.

— Ne prends pas l'éponge de la vaisselle pour le vin, ça va sentir !... Heureusement, ton père n'a rien eu de grave, sinon, je m'en serais voulu.

— Pourquoi tu dis ça, m'am ? Tu sais bien ce qui s'est passé. Le p'pa a plongé pour empêcher une petite fille de se faire renverser par le Lambretta. Je le sais, maintenant.

— C'est vrai... J'oubliais...

Tu n'oublies pas, tu me ménages.

— Ses parents m'ont offert le ficus qu'est dans l'entrée. Il a bien profité. La gamine aussi. Tu sais qu'elle envoie ses bulletins de notes à ton père, chaque mois ?

Si quelqu'un m'avait sauvé, vaudrait mieux qu'il ne reçoive pas les miens. Il regretterait son geste.

— ... Touille le riz... C'est quand même toi qui iras guetter ton père... Ça tombe bien que tu en aies renversé, du vin. On fera qu'une chopine. Ça suffit. Il y a déjà assez de coups à boire au délestage.

Le délestage, c'est le coin de bord de Seine où on

va pique-niquer le soir à la fraîche quand il fait beau. C'est près du pont de chemin de fer. On y retrouve les familles de la cité alignées le long de la berge. Chacun sa place et pas question d'empiéter.

Parfois, le jeudi avec Marie-France, on va se réfugier sous une des piles du pont. On est seuls. C'est notre île.

— Tu sais si notre barque est coulée ?

Elle l'est toujours. Ma mère devrait le savoir. Ce n'est pas une barque, mais un sous-marin. On passe notre temps à la désenvaser, la renflouer, la calfater. Quand elle flotte elle est verte à plat-bord rouge. Mais ça ne dure pas.

— Je préfère. J'aime pas trop vous voir canoter, avec toutes ces péniches.

Surtout quand c'est moi qui rame. Un jour, avec Gros Lulu et mon père, on s'est embrouillés par ma faute, dans la barque d'un costaud et son fils qui pêchaient l'espadrille près de la sortie d'égout... Dommage que ton père se soit dégonflé, sinon on leur pétait la gueule... J'en avais voulu à Gros Lulu de dire ça. Mon père ne s'était pas dégonflé, mais on ne réglait pas tout à coups de rame, chez nous.

La nuit, je rêve d'écrabouiller la tête de la famille du costaud et de tout balancer dans la Seine pour amorcer. A cet endroit, on prendrait des brochets vert et rouge, longs comme le bras.

— Tu crois que ça irait bien, m'am, du poisson dans la salade ?

Ma mère hausse les épaules.

— Tu peux égoutter le riz, maintenant... Passe-moi la chopine que je la mette dans le sac.

Elle mire la bouteille devant la fenêtre.

— Je trouve que ton père sent beaucoup la fraise, en ce moment.

... Qu'est-ce qu'il boit quand vous allez au foot ?... Ma mère ne me pose pas la question, mais je l'entends. C'est sa manière de faire. L'air de pas y toucher, et tout à coup... Au fait, je voulais te demander...

— On va faire de la place sur la table. Jette les saletés dans le vide-ordures.

Il faut que je m'habitue, au nouvel engin qu'on vient d'installer. Il ne prend que par petites bouchées. Tout autour, sur le mur, il y a des cotes inscrites au crayon. J'essaie de les déchiffrer.

— C'est ton frère Serge. Il va m'en faire un, exactement comme celui-là, mais qui s'ouvre comme celui d'avant. Ils y verront rien aux HLM. Pareil pour madame Dubosq. Comme ça, on pourra continuer à discuter. Mais il ne faut rien dire, surtout... Qu'est-ce que tu crois qu'il a choisi comme voiture, ton frère ? Moi, je sais celle qu'il voulait vraiment... Mets la Vache-qui-rit dans la petite poche du sac... J'ai pris des Samos pour les chips, vous aviez aimé avec tes sœurs...

Et le nom de cette voiture ? Ma mère va le dire ? Elle le fait exprès, ma parole.

— Une Spitfire.

Je prends le pare-chocs chromé dans l'estomac.

— Je me souviens du nom, à cause de l'avion anglais. Je peux même te dire que j'en ai vu un, Spitfire, abattu dans un champ, près de Vauzelles, pendant la guerre. Je voyais ça plus grand.

Si ma mère commence à raconter 39-45, l'Exode,

le maquis, le marché noir, mon père prisonnier, on n'ira jamais pique-niquer.

— Mais je crois pas que c'est la Spitfire qu'il prendra. A cause de toi... Pas au fond du sac, les chips... Elle a que deux places, la Spitfire. Il pourrait pas t'emmener en Suède.

J'en explose le paquet de chips.

— Fais donc attention, t'as mis des miettes dans le riz... Tu te rends compte ce qu'il fait pour toi, ton frère ?... Tu crois que tu vas l'avoir, ce brevet ?... On s'inquiète, ton père et moi. Il se relève la nuit. Il dit que c'est sa cicatrice. Mais moi, je sais que c'est toi, sa cicatrice...

Je suis la cicatrice de mon père ! Ma mère me dit ça, comme ça, en épouillant la salade des miettes de chips. Est-ce qu'elle se rend compte ?

— En parlant de sa cicatrice, à ton père, tu te souviens quand il t'avait dit que c'était une griffe de tigre ? T'étais tout petit. T'aurais vu ta tête. Tu y as cru, ça oui !

J'avais passé ma journée de rêve à dos d'éléphant. J'étais le fils du plus grand chasseur de tigres du Bengale et j'accompagnais le fameux maharadjah de Calcutta et sa suite. J'y retourne souvent sur mon éléphant.

— C'était bien trouvé, non ?

Parfois, je me demande sur quoi je serais monté aujourd'hui si j'avais su qu'on avait ouvert mon père pour lui retirer un poumon.

On devrait apprendre aux parents à mentir comme les miens.

— Peut-être que deux saladiers, ce serait plus pratique, non ?

Je ne sais pas bien pourquoi ma mère me parle comme ça de cicatrice et de salade de riz. Mais elle, sait.

— Ton père s'inquiète, et encore, il ne sait pas tout ce que tu bricoles avec tes copains, dans la cité. Pour l'instant, je veux pas l'embêter avec ça. Dans l'escalier, avec les autres mères, on discute pas mal. On s'est demandé si vous aviez une bande.

Pas vraiment. On a bien essayé. Tout le monde en a une. Mais il fallait d'abord trouver une tenue qui ne soit pas déjà prise par une autre bande... Les chemises noires, c'est les gars des Tilleuls... Les vrai Levi's, c'est trop cher... Le ceinturon, d'accord, mais pas clouté. Ensuite, choisir un nom en anglais qui en jette. Moi, j'aimais bien Rocky Ragoon... Ça veut rien dire... Autre problème à régler : il n'y a pas de bande sans bande rivale, comme dans *West Side Story*. Des gars pas trop forts, mais pas trop rachots non plus... Si on se faisait Les Teddy Boys du parc de la mairie ?... Pourquoi pas la maternelle du Noyer-Grenot, pendant que tu y es ?...

Bref, on discutait toujours au pied de l'escalier, qu'il fallait déjà rentrer pour la soupe. Et encore, on n'avait pas trouvé de chef. Je n'étais pas trop d'accord pour se bagarrer entre nous, avec des coups de poing dans la figure, des coups de pied dans le ventre. S'abîmer les affaires. Et nos mères qui recousent. C'est ce que j'ai essayé d'expliquer à Saïd. Les autres ont dit que j'avais les foies. Ils m'ont lancé des mottes de terre sèche.

Saïd était devenu chef, mais on n'avait plus de bande.

— J'avais pas une boîte de corned-beef, moi ?... Et si je préparais une salade de fruits ? Deux salades ce serait trop riche, non ?... En parlant de ça, heureusement que ton frère prend pas la Spitfire, c'était la plus chère. Plus du million deux cent mille. Ton père a dit qu'il l'aiderait. Remarque, j'aurais pu faire des ménages.

Ma mère sait très bien que le père ne voudra jamais.

— Ou même aider chez quelqu'un. Un ou deux jours par semaine. Pas plus...

Ma mère me guette de l'œil. Elle se doute bien que je sais qu'elle travaille chez un dentiste de Choisy-le-Roi, en cachette du père. Je l'ai appris par un copain aux dents de travers. Elle ouvre la porte, à ce qu'il dit.

Grâce à cette porte, je ne cours plus jusqu'à la boucherie chevaline du quartier des Gaziers, pour la viande hachée du midi. On a droit au vrai bœuf et de temps en temps, à la place du Kiravi en litre-tonneau, elle glisse un bordeaux supérieur dans la bouteille de Préfontaines du père.

Il ne voit pas la différence, mais elle est contente.

— On vous en a pas encore parlé, mais avec ton père, on voudrait commencer à économiser. Pour une petite maison. Juste une bicoque. A la campagne. Pas trop loin. Ton frère Michel nous a parlé de quelque chose du côté de Romorantin. Même pas 200 kilomètres. Ça vous sortirait de la cité.

Ma mère veut dire... Ça vous *en* sortirait...

— Juste une ruine qu'on retaperait. Mais, faut d'abord qu'on se remette d'aplomb...

Ma mère paraît fatiguée, soudain. Elle s'assoit en enlaçant un saladier contre sa poitrine. Je n'aime pas ce geste. Ses yeux partent ailleurs. Je sais où elle est. Je ne veux pas y aller avec elle. Parle-moi, m'am. Parle-moi ! C'est le moment de me proposer d'ajouter n'importe quoi dans la salade de riz... Du petit-suisse, des cacahuètes... De revenir sur mon interro de demain, sur votre inquiétude pour moi. C'est vrai que je suis chiant. Dis-le, m'am ! Dis-le ! Je ne veux pas tomber dans ce Trou Noir.

Trop tard.

Le Trou Noir sous l'escalier de la cave. C'est là que je t'avais trouvée. Tout le monde te cherchait. Tu n'avais pas dormi à la maison. Tu serrais contre ta poitrine cette boîte à gâteaux en fer-blanc. Elle était dans ton armoire, d'habitude. C'est là où tu rangeais les papiers de la maison. Tu l'enlaçais comme un trésor. Ou plutôt comme une bouée. C'est ça, comme une bouée. Ta voix avait peur... Tu dis rien à ton père. Vous allez bien, avec tes petites sœurs ?...

Comment on aurait pu aller bien ? Tu n'étais plus là. C'était la première fois. On ne comprenait rien. Personne ne nous expliquait. Tu avais fait des « petites bêtises ». Ça voulait dire quoi ? On parlait de « trucs » que tu avais achetés. Une histoire de crédit. De traites. Le père nous donnait des billets énormes pour faire les courses. Ne demandait même pas la monnaie. Paraissait perdu. Mal rasé.

Et il y avait eu l'huissier.

Un grand type en pardessus. Il se promenait dans l'appartement comme chez lui. Notait tout... Six chaises, assises et dossiers en Skaï vert... Une table, dessus Formica, couleur crème, trace de brûlure... Une suspension électrique en fer forgé, de forme... de forme irrégulière...

L'huissier avait affiché, en bas de notre escalier, une feuille dont il avait découpé les quatre coins. Je ne sais pas pourquoi. Avis de saisie. Et notre nom écrit comme mon père aurait pu l'écrire. Propre. Calligraphié. Tout le monde allait savoir.

Dès l'huissier parti, Martine avait arraché l'avis.

Moi, je voulais seulement l'étrangler cet huissier. Je l'avais suivi à travers la cité. J'avais un lacet de chaussure de football dans ma poche. Un long. Avec ça, je pouvais le pendre à un réverbère. L'huissier s'était acheté une demi-baguette à la boulangerie près du marché. Il avait sorti ses sous d'un porte-monnaie mou et avait pris l'autobus. Comme tout le monde. Comme personne. Ce n'était pas la peine de l'étrangler. Il était déjà mort. J'étais rentré.

Toi aussi, m'am.

Toi aussi, tu étais rentrée un peu plus tard. Je ne me souviens plus quand. Tout était redevenu comme avant. Tout de suite. On n'avait même pas eu le temps de te dire combien on avait eu peur. Comment la terre s'était ouverte sous nos pieds. Notre cœur. Notre ventre. On avait appris qu'une maman, ça pouvait partir. Mais maintenant on s'en fichait. Tu étais là. On était heureux.

Mon plus grand moment de bonheur, ç'a été quand tu m'as mis une calotte... Paf !... Je la méritais. Je l'attendais. Tu étais vraiment revenue. Je l'ai prise assez tôt, cette calotte, pour oublier que tu étais partie.

D'ailleurs, à partir de cette salade de riz, j'ai décidé de ne plus jamais m'en souvenir.

— Donne-moi ce saladier, m'am.

Elle revient du Trou Noir avec un petit clin d'œil et m'essuie les joues.

— T'as pourtant pas épluché d'oignon, toi. Et si on en mettait ?

Je me passe le visage sous le robinet.

— Je crois quand même que je vais la faire, ma salade de fruits. J'ai pas le temps pour une vraie, mais il me reste une boîte de macédoine. En ajoutant du rhum, ça ira pour ton père. En ce moment, si je l'écoutais, j'en mettrais partout. Il me cause de la Martinique. De son père. De sa mère, beaucoup. C'est pas bon signe.

A nous, le père ne parle jamais des Antilles. La différence entre la Martinique et la Guadeloupe du côté du père est aussi fumeuse que celle entre le Berry et le Morvan de ma mère.

C'est à se demander si on n'a pas envie d'égaliser les brumes dans la famille.

A la maison, pas de créole, de boudin, d'accras, de ti-punch, de biguine. Pas même *Le Twist de Schubert...* de Michel Sydney le rocker martiniquais... Pas comme chez Riton du 27. La seule famille toute noire de la cité.

Je me méfie de Riton (1,85 m). Il me parle un peu trop de ma sœur Evelyne (1,49 m, 4 enfants). Est-ce qu'il compterait imiter mon père avec ma mère (1,55 m, 9 enfants) ? Quant à son copain Claude, c'est Maryse qui en parle trop. Si ça se trouve la famille a deux gendres à venir, rien que dans l'escalier d'à côté.

Chaque fois que je rencontre Riton, je le revois en train de se noyer. C'était à la piscine de Choisy-le-Roi.

Il arrivait de là-bas... Si, je sais nager !... Ben, vas-y, montre !... Et il avait sauté. Sans hésiter. Et il avait coulé après avoir gesticulé en silence comme un possédé. Nous, sur le bord, on se disait que c'était peut-être comme ça qu'ils faisaient, là-bas. Pas le maître nageur. Il l'avait sorti à la perche. Et dare-dare... C'est quoi, ce coup de folie ?...

C'est un peu ce qu'on s'était demandé quand le père avait décidé de peindre la Martinique sur les murs de la salle à manger.

Il n'y avait pas eu le moindre signe annonciateur de ce cyclone. On était rentrés de l'école un samedi midi, et on avait trouvé mon père au pied d'un palmier. Il avait repoussé les meubles, tendu une bâche, disposé ses pots de peinture Bonalo et peignait la plage du Carbet assis sur un pliant de camping, en chemisette, les pieds nus, son chapeau de paille de pétanque sur la tête.

C'était Gauguin à Orly.

Sauf que le chantier de la Martinique durait à cause d'une difficulté technique. Mon père ne parvenait pas à rendre cet effilé si particulier des palmiers de la plage du Carbet, et la famille mangeait par terre dans le salon.

Un jour, ce fut l'Eurêka. Mon père avait trouvé le moyen de traduire ce mystère. On l'a compris quand on a entendu ma mère crier... Roger, qu'est-ce que t'as fait de la brosse à dents ?...

La brosse à dents, pour l'effilé des palmiers, il fallait y penser, mais surtout la rincer, sinon, ça nous faisait les dents vertes.

— Quand ton père pense à la Martinique c'est qu'il se demande s'il a bien fait de nous amener ici, dans la cité. Serge, il a sa vie, maintenant. Tes petites sœurs roulent toutes seules. Mais c'est plus compliqué un garçon... J'allais oublier les serviettes de table... Ton père a peur que tu tournes mal. Pas méchant, mais mal. Que tu te laisses entraîner. Il me dit que tu penses qu'il peut rien t'arriver parce que tu cours vite.

C'est vrai.

— Mais que tu t'es aperçu qu'au foot, ça suffisait plus, maintenant. Que des gars moins rapides mais avec plus de technique, te faisaient des misères.

C'est vrai aussi.

— Attention, souvent, nos qualités deviennent nos pires ennemies.

Ma mère a dû lire Albert Camus en douce.

— On va recouvrir les saladiers avec des torchons en attendant. Dans la voiture, on les prendra dans les bras.

Ça me rappelle un lâcher de salade de riz dans la Simca, un jour que le père avait pilé un peu sec. On aurait dit une sortie d'église un jour de mariage.

Marie-France, je te promets, on ne se mariera pas à la salade de riz.

— M'am, il faut que je ramène son petit frère à Dadi.

— Tu tardes pas. Si t'es pas là quand ton père rentre, on part sans toi au pique-nique. Mais avant, aide-moi à descendre les plantes vertes.

— Il pleuvra pas, m'am. Regarde ce ciel.

— Il pleuvra. Crois-en mes jambes. Mes varices ne me trompent jamais.

On descend les pots et on les aligne sur le trottoir le long de la façade. On a l'air malin, on est les seuls de la cité. D'habitude, c'est une vraie serre tropicale, dehors.

Ma mère est comme moi, elle ne devrait pas tant faire confiance à ses jambes.

Sur le palier, devant la porte de chez Jean-Pierre, ma mère me remonte une mèche de cheveux sur le front. Ses doigts sentent le rhum. Ça me donne du courage.

— J'aime bien notre salade de riz. Je crois qu'elle va être bonne. J'ai confiance. On se débrouille comme des as, tous les deux, non ?

Je ne réponds pas, sinon je vais partir en épluchures d'oignon.

Je ramène le petit Dadi à son frère, chez Dézu... Il est gentil, ton copain Jean-Pierre...

C'est au moment où je ressors dans la rue que l'orage éclate.

# 11
# Le foyer Sonacotra

Soudain, il fait nuit sur la cité.

C'est un signe, cet orage. Le coup foireux de Nikita est plombé. Maudit. Je n'aurai même pas à trahir ma promesse. Les dieux n'en veulent pas. Le tonnerre roule des mécaniques dans un ciel d'autos tamponneuses, avec des éclairs bleu acétylène au bout des perches.

C'est la Fête à Neuneu. La fin du monde, juste pour une journée.

Je remercie le Grand Manitou. Je danse pour lui sous la pluie comme un Mohican qui se prendrait pour Gene Kelly.

En pleine incantation, je crois reconnaître Gabrielle à l'autre bout du square. Qu'est-ce qu'elle fait là, sous ce déluge ? Elle s'est réfugiée dans une entrée d'immeuble qui n'est pas la sienne. Sous un imperméable transparent, elle protège quelqu'un que je ne distingue pas. La pluie est drue. Il fait trop sombre. Je pense à Marie-France, mais ça ne peut pas être elle. Je le sais. Je le sens. Un corps trop massif.

Pourtant, j'ai peur. Je reste assommé sous les trombes. J'en ai assez de cette trouille qui se cache. Que la pluie noie la cité ! Que l'eau monte jusqu'au premier étage. Qu'elle emporte tout. Que je voie le corps gonflé de Gabrielle passer sous ma fenêtre. Je l'attraperais au passage avec une gaffe et je la transpercerais. Elle se dégonflerait en fuyant comme une baudruche trouillarde avec une odeur de pourri et un bruit de coussin péteur.

J'aime faire le portrait de Gabrielle.

Là-haut quelqu'un en profite pour couper le robinet à orage. On repeint en bleu mièvre presque instantanément. Je suis déçu. Dégoulinant. Tout ça pour laver les plantes vertes de ma mère.

Brigitte doit être heureuse.

Me voilà de nouveau avec une promesse sur les bras. Je dois aller à mon rendez-vous. Je vais être en retard. Gabrielle a disparu.

Et avec elle, cette femme qu'elle protégeait de la pluie.

Quand j'arrive devant le foyer Sonacotra, les autres ne sont pas encore là. C'était bien la peine de courir. Je m'essore et reprends mon souffle en surveillant les alentours. Dans ce cul-de-sac défoncé, entre l'usine et le foyer, on a toujours l'impression d'être poursuivi par la police.

Elle arriverait qu'on lèverait les mains en l'air.

D'habitude, je ne viens jamais seul dans ce coupe-gorge. L'endroit est lugubre. Sombre, même en plein midi. Je ne me sens pas tranquille. La désagréable impression d'être entré par erreur dans un film de gangsters.

J'ai envie de craquer une allumette dans l'obscurité, juste pour me faire un visage de dur, à la James Cagney... Je suis l'ennemi public numéro un. Faut pas me chercher des crosses, à moi...

Le coup de l'allumette, c'est le geste que je préfère dans ce genre de film. Celui que je choisirai pour attendre Marie-France.

Il fera nuit. Elle aura eu le droit de sortir. J'aurai un chapeau mou, avec un galon sombre... Ça te va bien, le genre voyou...

Quand je réussis à bien écrire cette scène dans ma tête, que ma lampe d'Aladin fonctionne en noir et blanc, je sens même le parfum blond des cigarettes Chesterfield.

Pas aujourd'hui. J'ai trop la trouille.

Ce n'est pas bon signe, ce retard des autres.

De toute façon, ce coup est foireux. De plus en plus.

Déjà, ce mur de briques avec des barbelés. Comment on va faire pour passer de l'autre côté ? J'ai envie de m'en retourner ou d'entrer les attendre au foyer. Les copains y sont peut-être déjà. Au moins, Croix-de-Fer. Ce ne serait pas étonnant. Lui, rien que pour le baby-foot, il serait capable d'arriver deux heures en avance.

C'est un fou de baby. Le meilleur de la cité. Le plus rapide. Un Bip-Bip de l'aller-retour, roi de la gamelle, prince de la bande, magicien de la pissette. Il a des demis en hachoir mécanique, une défense coffre-fort et un gardien de but écureuil.

Et si ça ne suffit pas : il triche.

On va souvent jouer au foyer. J'en profite pour

regarder claquer les parties de cartes et de dominos au réfectoire. Ça me rappelle Fort-de-l'Eau.

Un jour, j'ai rencontré Larbi autour d'une table. Il buvait un thé à la menthe et parlait sans accent... Qu'est-ce que tu veux ? Les gens ils aiment qu'un larbi ça parle en larbi. Alors, je leur parle le larbi...

Le lendemain, dans la cité, il m'avait fait un signe sur la bouche pour me dire... Chut !... en larbi.

Le foyer Sonacotra est moins agréable qu'un café. Il n'y a pas de filles, mais le baby-foot, un Bonzini, un vrai, est le moins cher de la région. Croix-de-Fer parvient même à récupérer des balles gratuites au bar. Le responsable lui donne des neuves que Croix-de-Fer brûle avec son briquet pour les rendre moins glissantes.

J'aime le geste.

Moi, j'évite le bar. Je ne supporte pas la façon qu'a ce type de me retenir la main... Il va pas te bouffer...

Un jour, Croix-de-Fer était monté avec lui, vers les chambres. Quand il était redescendu, je n'avais même pas eu le temps de le questionner... Quoi ? Tu veux ma photo ?...

Moi, je ne voulais rien. Juste jouer une partie.

— Ils ne sont pas là, les autres ?

Ce n'est pas la photo de Croix-de-Fer qui vient d'arriver. C'est lui. En vrai.

— Qu'est-ce que t'as, Galibier, t'es trempé comme un Bouillon Kub ?

Lui semble être passé entre les gouttes.

— On se fait un baby ?

On est sur un coup, Croix-de-Fer. Un coup foireux, d'accord, mais un coup.

— Juste un petit.

Il me rappelle le vieux qui organise le cambriolage dans *Quand la ville dort*. Un de mes films préférés. Tout a marché. Mais il se fait prendre parce qu'il a regardé une fille danser devant le juke-box. Une chanson de trop.

Deux minutes trente et ta vie est foutue.

— Toi, tu vois trop de films et tu bouquines trop. A quoi ça te sert ? Je parie que je te mets fanny au baby... Viens... T'as peur ?

Provocation grossière et inutile, les autres s'annoncent. Tourmalet en tête, costume pétrole et feu-de-plancher, suivi d'un Ventoux crachotant et d'Izoard qui traîne sa mine de gars qui n'aime toujours rien. Ils se moquent de mon allure de chien mouillé... Oui, je sais, un Bouillon Kub... Tiens, on a vu la mère de ta chérie, vers la Pierre-aux-Prêtres. Elle était avec Sac-d'os. Qu'est-ce qu'elle fricotait la grande tige ?... Ça suffit !... Tourmalet fait le chef... Je vous avais dit de ne pas attendre dehors... C'est lui qu'a pas voulu faire un baby... Et ta sœur ?... Faut que je pisse, moi...

Izoard vernisse les briques du mur. Tourmalet remet de l'ordre.

— Ecoutez-moi bien. On va passer par la porte orange. Galibier, repère bien. C'est toi qui dois guetter.

Repérer ! repérer ! alors que mes genoux font des bandes, des allers-retours et des pissettes. C'est plus du baby, c'est des castagnettes.

Dans ces moments-là, j'aimerais qu'il me vienne dans la tête de plus jolies images. Mais c'est comme pour illustrer mon cahier d'histoire, la veille de le rendre : je prends ce qui vient.

Cette fois, j'ai vraiment peur. Mais c'est trop tard.

On marche à l'ombre du mur de l'usine, à la suite de Tourmalet. Il a la clef de la porte. C'est moins foireux que d'habitude... Faut que je pisse, moi... On dévale un talus, pour se retrouver derrière le bâtiment des ateliers. On est du côté du quai de chargement. C'est là qu'on donne un coup de main, quand on veut se faire un peu d'argent de poche. Le grand rideau métallique est descendu. Une rangée de diables attend sur le quai.

Ce vide et ce treuil de levage me font penser à l'Ascension. Personne ne travaille. Jésus est au bout d'un palan. Tranquille. Il a été embauché comme contremaître. Il surveille.

Si ma mère m'entendait... T'es pas obligé de croire, mais au moins tu respectes... Il faut bien que je distraie ma trouille. Même si ça détraque le peu de catéchisme qu'il me reste. Aujourd'hui on fête le Sacré-Cœur, sur le calendrier, mais je ne sais pas à quoi ça correspond.

C'est tellement inquiétant une usine vide. Tout paraît rouillé. On a l'impression qu'on va attraper le tétanos, rien qu'à la regarder.

Mais le pire, c'est le silence !

Pire que le bruit, encore.

Je me souviens quand mon père m'avait fait visiter son atelier, à Air France, dans « le plus grand hangar d'Europe ». C'est ce qui m'avait le plus étonné. Le bruit. Celui des machines, des engins, les sirènes, les coups sur la tôle, les gerbes d'étincelles, la flamme des chalumeaux, les morceaux d'acier tranchant qui se baladent dans les airs, les plaques rivetées au sol. Tout menaçait. On pouvait se faire déchiqueter à chaque pas. Je tremblais mais je ne montrais rien... C'est là !...

Mon père m'avait montré son établi. J'étais suffoqué. Un endroit si petit dans cette immensité. Ridicule. Les épaules rentrées. Un mètre trente, pas plus. C'est de là que mon père avait construit l'Armagnac et la Caravelle du général de Gaulle.

C'était impossible.

J'étais déçu. Je lui en voulais.

... C'est mon fiston... Il m'avait présenté à ses copains en cotte de bleu. J'étais fier, quand même... Un futur chaudronnier ?... Le père n'avait rien répondu. Il avait posé sa main sur mon épaule et m'avait attiré contre lui. C'est tout.

C'était la première fois, je crois.

Puis on est rentrés en voiture. En silence. On était arrêtés à un feu rouge, près du lavoir, en haut d'Orly... Tu as eu peur, hein ?... J'ai dit que... Non... Pas du tout... Il se trompait... Au contraire... Il avait laissé encore un peu de silence... Moi, j'espère que tu as eu peur...

Et le feu était passé au vert.

— Par là, les gars !

Tourmalet nous rameute. On crapahute à couvert entre deux bâtiments, jusque dans la cour de livraison, où un camion est garé à cul contre l'arrière d'un bâtiment. Pour protéger sa cargaison, sûrement. La confiance règne.

— Nous, c'est la camionnette grise, près de la guérite du pointeau.

Un tôlé Citroën fatigué, garé le long du mur.

— On prend les cartons dedans, et on les balance par-dessus le mur. Attention, à gauche de la porte. Sinon, c'est la merde pour les récupérer.

— Pourquoi on tire pas carrément la camionnette ?

— T'as les clefs, toi ?

Mouché, l'Izoard. Il repique dans sa moue de contrarié de la vie.

— Galibier, écoute bien. Izoard, Croix-de-Fer, Ventoux et moi, on va y aller. Toi, tu restes là. Tu mates partout. Mais, surtout, tu surveilles du côté de la grosse horloge.

Il me la montre comme si on pouvait manquer Big Ben sur la Tour de Londres.

— C'est par là que le gardien peut venir avec son bas-rouge.

Un bas-rouge ! C'est le coup de bourdon sur la tête. Tourmalet ne m'avait pas parlé de ce chien. Ça change tout... Non, je ne veux pas double part... Je veux simplement disparaître. Ce n'est pas que j'aie peur des chiens... Si ! Je dois l'admettre... J'ai peur des chiens. Très peur, même, depuis que ma sœur Maryse a été mordue à la cuisse par le berger allemand de sa copine. Alors, un bas-rouge qui ne me connaît même pas...

— Ça suffit. On y va, les gars. Galibier, tu siffles trois fois, si ça rapplique.

Comme si trois misérables coups de sifflet pouvaient arrêter 45 kilos de barbaque, lancés à 50 à l'heure, avec des crocs de 2 tonnes de pression.

Je l'ai lu.

Je m'en vais.

Tourmalet, Croix-de-Fer et Ventoux s'en fichent du chien. Ils courent accroupis en file indienne, à travers la cour, avec un mouvement enveloppant qui les fait ressembler à une équipe de pistards lancée dans une poursuite au Vél'd'Hiv.

C'est trop beau. Je ne peux pas leur faire ça. Je reste.

Je n'ai pas vraiment le choix.

Si je les abandonne, je suis classé « traître » et n'ai plus qu'à changer de cité.

Ils longent un auvent et disparaissent derrière le tôlé Citroën. Le bruit de la porte coulissante, et je vois presque aussitôt des cartons voler dans les airs, par-dessus le mur.

Il y en a de différentes tailles. Je me demande celui qui ira le mieux à Marie-France. Je l'imagine habillée dans un carton, avec la tête, les bras et les jambes qui dépassent. L'image me fait rire. Je me bâillonne pour ne pas éclater. J'ai un rire inconscient qui ne se rend pas compte du danger.

L'envolée de cartons continue.

Incroyable ce qu'un tôlé peut contenir.

Tourmalet apparaît pour me faire signe du pouce... Ça baigne... Marie-France tu vas être la plus belle ! Je regarde l'heure à l'horloge murale. Six heures moins le quart chez Big Ben. J'ai le temps de lui offrir sa robe et de travailler mon interro avant le pique-nique de ce soir au bord de la Seine.

Je commence à y croire, à ce coup foireux.

Sauf que.

Du côté de l'horloge, il n'y a pas que la robe de Marie-France, mon interro et le pique-nique, qui se pointent, il y a aussi un gardien en chemise bleue, et un chien, un bas-rouge.

Les trois coups de sifflet que je dois donner pour l'alerte me restent coincés dans la gorge. Il faut pourtant que je les prévienne, ou que je me sauve. J'hésite. Je suis balance ascendant poltron.

Le gardien aussi hésite pour sa ronde. Son bas-rouge, qui croit avoir du flair, tire vers la camionnette, lui vers l'arrière de l'atelier. Qui c'est le maître, bon sang ? L'homme l'emporte sur la bête. Tant mieux, même si ça nous coupe la retraite vers la porte orange.

Je cours jusqu'à la camionnette... Vite ! Le gardien arrive avec son clebs... Faut que je pisse, moi... On va lui niquer la tête... De toute façon on a fini...

La camionnette est vide. Il ne reste au fond qu'un portant avec des vêtements suspendus... Qu'est-ce qu'on fait ?... On le nique... Y avait des robes ?... On peut passer par-dessus le mur... T'as vu la hauteur, et les barbelés ?... On le nique, je vous dis. On est cinq... Et le chien ?... Faut que je pisse, moi... On peut passer en grimpant par l'auvent... Tu m'y vois avec mon costard ? Tu te crois au cirque Pinder ? Alors, on y va. On fait les andouilles et pan sur sa gueule ! on le nique... Personne n'a vu pour les robes ?... Tu nous cours avec tes robes... Non, y en avait pas ! Que des jupes et des pantalons... Faut que je pisse, moi... Et ça, c'est quoi ?

Je montre les vêtements sur le portant... Des rossignols à belle-mère. C'est invendable... Justement, moi je veux offrir. Un cadeau c'est un cadeau. Même un rossignol.

Le voilà !... Le gardien et son bas-rouge ont changé d'avis. Ils se dirigent droit sur la camionnette. J'ai une giclée de trouille entre les cuisses. Tourmalet nous prend par les épaules. On fait pack d'avants prêts pour l'entrée en mêlée. Je préfère le foot... Ecoutez-moi bien, les gars. A mon signal, on se tire chacun dans une direction. On fait le coup des quatre points cardinaux... Et moi ?... Après avoir été le cinquième Beatle, me voilà cinquième point cardinal... Le gars pourra pas nous choper tous. Si quelqu'un se fait poisser, il connaît personne. Pas de noms. Parole ?... Chacun jure. C'est le serment des cinq Horaces. Le mien est moite... Faut que je pisse, moi... On va le niquer, je te dis... A mon signal, attention... Go !...

Une vraie sortie générale, aux gendarmes et aux voleurs. Ça gueule, ça crie, ça siffle, ça aboie. J'ai choisi de piquer droit sur l'auvent. Les autres points cardinaux ont éclaté en gerbe dans la cour. Le gardien ne sait plus où donner du sifflet. Le bas-rouge est fou furieux sur sa laisse. Il tire à s'étrangler... Arrêtez, les gosses ! Arrêtez !... Les gosses, toi-même !... Ventoux lui cloque un bras d'honneur. Moi, je ne prends pas le temps de me vexer. Une course, un élan, une traction, un rétablissement et je suis sur l'auvent comme sur le toit du monde. L'Everest 8 848 m. Je lève les bras. Je suis le sherpa Tensing Norgay. Premier au sommet. Ce n'était pas si dur. Les autres ont eu tort.

De là-haut, je suis dans la loge présidentielle. Les copains ont l'air de s'en tirer. Le bas-rouge, moins. Il a coincé sa laisse dans une poutrelle. Croix-de-Fer le nargue. Le gardien est à terre, il se tient le visage... Je l'ai niqué !... On croirait que Ventoux a marqué un but de la tête.

Je suis rassuré. Je peux décamper. De l'autre côté du mur, la marée de cartons attend pour amortir ma chute. Et à l'intérieur, un vrai butin de flibustiers. Je serai le premier servi. A moi le meilleur. Que l'embarras du choix. Je me délecte... Quelle robe sera la plus belle, pour Marie-France ?...

Aucune, abruti !

Il s'ouvre une trappe de pendu sous mes pieds. J'entends la voix de Tourmalet... Tu nous cours avec tes robes... Non, y en avait pas. Que des jupes et des pantalons...

J'ai l'air malin sur mon toit du monde. Les robes sont restées dans la camionnette. Quel imbécile ! Je vais revenir sans cadeau pour Marie-France. J'ai promis. Promis une robe. Ce n'est pas grave. Sauve-toi. Elle comprendra. Pas question ! Je me laisse glisser de l'auvent, je fonce à la camionnette, je me jette sur le portant et j'arrache des cintres au hasard.

A moi, les rossignols !

Je suis rassuré. Marie-France m'aimera toujours.

C'est là que le bas-rouge m'a élu.

Sûrement qu'emberlificoté dans mes oripeaux, il m'a confondu avec un dresseur de chiens. Il s'arrache et fonce vers moi comme pour l'épreuve d'attaque au concours de dressage. Sa laisse lui cravache les flancs. Il a encore plus de crocs que de gueule... Chope-le !... Le gardien n'avait pas besoin d'en rajouter. Je cours, avec les robes, à bout de bras, sur les cintres, comme si je craignais de les froisser.

C'est comme ça que Saint-Mexan devait porter sa carte de l'Indochine quand il s'est fait prendre.

Lâche ! Mais lâche-lui donc, à ce clebs ! Il se jettera dessus comme une course de lévriers sur un lapin en chiffon. Pas question. Je garde mon Indochine pour Marie-France.

Le bas-rouge s'en fout de la géographie, il bondit. Trop vif. Trop impétueux. Une véronique à la Cordobès, je l'évite et je l'aveugle avec ma cape à fleurs. Il part en dérapage façon tache d'huile.

Quand je vais raconter ça à Mich' ! Deux oreilles et la queue. Pas le temps de saluer la foule. Je passe les robes en écharpe, à mon cou, je saute et je m'accroche à la poutre de l'auvent. Je suis suspendu. Un rétablissement, et il l'aura son bras d'honneur, le bas-rouge. Trop tard. Je sens un choc dans le dos. On m'étrangle, ça grogne. Cet abruti de chien doit avoir attrapé le bas d'une robe. Il ne veut pas démordre. Cette carne reste suspendue... Bien, le chien ! Bien ! Lâche pas... Ma vue se voile, avec des motifs à fleurs et un chant de rossignol.

Pourquoi tu insistes, le clebs, c'est même pas ta taille.

Tant pis, c'est fini, j'abandonne. Le bas-rouge va me bouffer tout cru. Marie-France, je t'aime !

Au fait, tu faisais du combien ?

Tout à coup, la ventouse se décolle de ma gorge. Une trouée d'embellie. De l'air ! De l'air à n'en plus finir. C'est trop. Je tousse. Je crache. Je pleure. Je suis debout sur l'auvent. En bas, le chien s'acharne contre une pauvre robe à fleurs, se roule dedans. Le bas-rouge est ridicule déguisé en belle-mère.

Il me reste une robe autour du cou. J'espère qu'elle plaira à Marie-France. Sinon, j'aurai au moins une histoire à lui raconter.

Une histoire qui ne se finit peut-être pas aussi bien que je l'aurais cru.

Dans la cour de l'usine, le paysage a changé. Les chemises bleues se sont multipliées, comme dans « Rintintin », au moment du rassemblement des soldats, au pied du drapeau américain.

Là, c'est au pied de l'horloge. Trois types au moins ont plaqué un copain au sol. Il se débat, gueule. Je n'arrive pas à reconnaître qui c'est.

Ça me bouffe le ventre. Je ne peux pas l'aider. Ils sont trop... Enfoirés !... Une chemise bleue me montre du doigt aux autres. J'aurais pu la boucler. Ça va être mon tour. Est-ce que ça grimpe, un bas-rouge ? Je n'attends pas la réponse, je saute par-dessus le barbelé du mur.

Moi, en Gérard Philipe, dans *Fanfan la Tulipe*.

Moi, en chaise de paralysé, si je me rate.

Je me reçois dans la marée de cartons comme un sauteur à la perche. Ça explose en jupes écossaises. J'en récupère une, je roule la robe autour de son cintre et je galope. Derrière moi, une chemise bleue a enfourché un vélo de facteur. Je prends par le terrain vague. Je fonce. Je me retourne comme Jazy. Je sais qu'il ne faut pas, mais je me sens les jambes de Bob Hayes. C'est du moins de 10 secondes au 100 mètres. Le gars tient derrière. Ce ne sont pourtant pas ses robes. Qu'est-ce qu'il en a à faire ? Il n'a qu'à en récupérer pour sa femme. Vas-y, c'est ma tournée ! Je mouline en me répétant... S'il m'attrape, je me tue !... S'il m'attrape, je me tue !... Le souffle du gars se rapproche. Son pédalier grince... S'il m'attrape, je le tue !... J'aurais dû prendre l'épluche-patates de ma mère.

Pas elle ! Je ne veux pas qu'elle apprenne ça.

La chemise bleue est à deux doigts, mais il a pitié de ma mère. Il renonce près de la cité d'urgence. Rouge coquelicot. En nage. Bon perdant. On dirait qu'il me souhaite bonne chance.

Je ne lui fais pas de bras d'honneur.

Je pense au copain qui a couru moins vite que moi. A celui qui s'est fait prendre. Est-ce qu'il va parler ? Nous dénoncer. Dire que Galibier habite au 29 rue du Docteur-Calmette, 1er étage, gauche. J'imagine la police frappant chez moi.

Respire. Calme-toi. On a juré. On est des Horaces. Mais, au commissariat de Choisy-le-Roi, ils savent y faire avec les serments.

Il faut que je me cache... Surtout pas à mon club... Tourmalet a raison. Ce serait une véritable rafle. Mais je suis quand même tenté d'y aller. Comme ça. La fille en rose est sûrement encore là. Elle attend Tourmalet. S'inquiète... Désolé, il s'est fait prendre. J'ai rien pu faire. Moi, ç'a été moins une... Elle me réconforterait maintenant qu'elle sait qu'elle est veuve... Tiens, j'ai retrouvé le papier avec tes mensurations.

Je vais peut-être tenter.

— C'est pour moi ?

Ce n'est pas la fille en rose. C'est Nanette qui m'intercepte. Elle est encore à sa fenêtre. Elle n'écrit plus sur son carnet. Elle torsade une mèche de ses cheveux. Mon cœur bat encore tellement vite que je ne comprends pas ce qu'elle me dit.

— Le kilt écossais, c'est pour moi ?

Pourquoi pas. Marie-France n'aurait pas aimé. Surtout cette grosse épingle à nourrice dorée sur le devant. En échange, Nanette peut me fournir un abri. Au fond, je suis un fugitif... Monte !... Je monte... Ben, entre !... Ben, j'entre.

C'est rouge, chez elle. Tout rouge. Le couloir est entièrement peint vermillon et tapissé d'affiches d'automobiles... Nürburgring, Monza, Monte-Carlo, Le Mans... C'est mon père, il est dingue de courses... Je sursaute. Le dingue est ratatiné dans un fauteuil du salon, à portée d'un cendrier taillé dans un piston... T'inquiète pas, il est dur de la feuille. Avant, il était mécano chez Alfa Romeo. Ça use. Mais lui, c'est Ferrari son rêve. Tu comprends, il est italien...

Je comprends.

— C'est pour ça que je suis brune. En vrai, je suis blonde. Mais il dit que ça fait pas italien. Tu comprends ?

Je comprends.

Nanette m'emmène directement dans sa chambre. Rouge aussi. Son carnet est sur la table de nuit. Je n'ose pas vérifier au-dessus de la tête de lit... Les dents du cheval... Et si ce n'était pas vrai ? Je jauge le lit à une place. Etroit. Bordé au carré. On dirait plutôt un lit de dortoir de colo qu'une planche à déniaiser, même si les draps sont d'un rouge inquiétant. L'idée que des tas de copains de la cité sont passés par là m'électrise.

Alors, montre !... Montrer quoi ? Nanette est une rapide... Ben, ton truc... Elle tend la main... Nanette est vraiment très rapide... Mais non, le kilt !... Bien sûr, le kilt. Quoi d'autre ? Je me sens idiot... Je l'essaie. Ben, retourne-toi...

J'obéis.

J'y gagne. Les glissements et les frottements, c'est meilleur pour l'imagination... Ma lampe d'Aladin est d'accord... T'en penses quoi ?... Franchement, Nanette est mieux en pied qu'en format speakerine à sa fenêtre.

Je suis étonné. Pourquoi est-ce que je l'imaginais boulotte avec des genoux panards et des formes de mannequin Olida ?... Forcément, les filles comme moi, on croit toujours... Et ça, c'est quoi ?... Le cadeau pour Marie-France... Montre... Pas question... Juste l'essayer pour voir. Si tu veux, tu ne te retournes pas... Je préfère quand même. Surtout qu'avec l'armoire à glace, ça revient au même... Alors ?... J'essaie de remplacer Nanette par Marie-France. J'en retire là. J'en ajoute ici. Parfait. Avec cette robe blanche à pois rouges, Marie-France va faire de moi le plus beau sous les lampions du 14 Juillet. Et d'elle, la reine. J'apprendrai à valser à l'endroit et à l'envers... C'est une bonne idée, cette découpe sur le côté. Un peu coquin, mais pas trop...

Quelle découpe ?

Ce n'est pas une bonne idée, ce n'est pas une découpe, ce n'est pas « un peu coquin » : c'est le chien ! Le bas-rouge. Il a arraché un morceau de la robe, quand il s'est jeté sur moi. Elle est fichue. Ce chien a inventé la minijupe en même temps que Mary Quant. J'en chialerais. Si je tenais ce cabot. Je l'étranglerais à lui faire sortir les yeux de la tête et je le jetterais par la fenêtre, jusqu'à ce qu'une voiture italienne l'écrase.

Même pas une Ferrari.

J'ai failli me faire prendre, pour cette robe en charpie... Pleure pas. Elle a de la chance ta copine d'avoir quelqu'un qui lui fait des cadeaux. Si tu veux, je te donne une robe à moi en échange... Oh, non, pas celle-là... La blanche ? Celle avec des manches ballon ?... Ça peut encore passer. Oui, ça ira même bien. C'est gentil... Alors tu restes un peu avec moi ?...

Nanette allume sa lampe de chevet, dispose un voile sur l'abat-jour et tire le rideau. Ça fait rouge abattoir. J'ai un goût de sang dans la bouche. Et si Nanette était un vampire ? Je me recroqueville, soudain. Ma lampe d'Aladin s'éteint. Nanette prend la chaise près de l'armoire et la pose dans le couloir, devant la porte. Qu'est-ce qu'elle prépare ?... Attends-moi... Nanette disparaît.

Je vais avoir du mal à échapper aux dents du cheval. Une partie de moi s'y prépare. Pas le reste.

Dans l'obscurité, je ne distingue qu'une ombre sur le mur au-dessus de la tête de lit. Les copains ont menti.

— ... Voilà, comme ça, il sera bien.

Nanette est revenu avec un paquet de chiffons. Je sursaute. C'est son père. Décidément. Elle l'installe sur la chaise, avec des gestes de garde-malade. Son père devait être mécano pour des Dinky Toys. Il n'en reste pas grand-chose. Une casquette et un foulard rouge autour du cou.

La cigarette l'a bouffé.

Quand mon père sera très vieux, est-ce que je saurai faire ces gestes-là ? Est-ce que je n'aurai pas honte qu'il bave comme un bébé, que sa braguette soit ouverte, qu'il ait des taches sur son gilet et à l'intérieur des cuisses ?

Mes sœurs sauront. Mais moi ?

— ... Ne t'inquiète pas. Il ne se rend pas compte. Mais je crois que ça lui fait du bien. Tu sais, il aimait sacrément les femmes, mon père.

Je crois que ma mère me causerait du pays si je mettais une chaise dans le couloir pour mon père.

... Viens... Nanette est allongée nue sur le drap rouge

du lit. Cette fille a un don pour passer d'habillée à nue, sans se dévêtir.

Moi, je n'ai pas ce don.

Trop de doigts, de ceintures, de boutons, de fermetures Eclair. Trop d'embarras.

— Regarde ! Hein que je lui ressemble ?

Nanette sort de sous son oreiller cette image de Marilyn Monroe nue sur le plissé écarlate d'un drap de satin. Une image froissée.

Nanette garde la pose... Alors ?

Je la rejoins. Le lit n'est pas si étroit. Nanette pas si froissée.

Elle range l'image et prend son carnet sur la table de nuit... Je vais te lire l'histoire... Pourquoi pas ? Si c'est comme ça qu'elle fait. Je lis bien *Le noir scié aux blondes* quand je veux frotter ma lampe d'Aladin... C'est une histoire que j'ai écrite aujourd'hui, quand je t'ai vu passer sous ma fenêtre. Moi, je te lis, et toi, tu peux faire tout ce que tu veux, pendant ce temps-là... Est-ce qu'elle est longue ?... Tu verras bien...

Je verrai.

Nanette commence à lire, allongée sur le ventre, son carnet sous la lumière. Elle se tourne et retourne comme les pages d'un livre qui sent l'eau de Cologne. Ses cheveux sont redevenus noirs. J'essaie de suivre l'histoire, partout sur elle. Je voudrais changer les personnages dans ma tête. La raconter avec Marie-France à la place. Faire un montage. Mais je n'y arrive pas.

Pourtant l'histoire de Nanette est belle. C'est un vrai conte. Avec un « il était une fois » qu'on n'entend pas, mais qu'on devine. Une introduction, des mystères, du frisson, des courses... Pas si vite... Des pauses, des rebondissements, des mots inconnus. Le cœur qui bat. Le souffle qui manque. Le dénouement qui survient. Toujours trop tôt.

Déjà !

Un cri s'échappe tout seul.

Pas exactement un cri. Plutôt un bruit sourd et mou qui ne ressemble à rien de ce que j'imaginais.

Le père de Nanette est tombé de sa chaise.

Sans retenue, la tête en avant. Avec un couinement de souris prise à la patte.

— C'est rien. Ça lui fait toujours ça quand je raconte.

Nanette relève son père... C'était Monza ?... Oui, papa, c'était Monza... Elle le ramène au salon. Elle est nue. Lui, tout petit. Elle allume une cigarette, lui glisse entre les lèvres. Il la tète, comme s'il s'aspirait de l'intérieur, les yeux renversés. Avec un long soupir. Il a l'air heureux. On dirait qu'il voit passer une Ferrari.

Nanette revient. Elle est habillée... Tu as aimé mon histoire ?... Oui, j'ai aimé. Sauf la chute...

Elle sourit.

Me donne un baiser. Il sent le tabac. Il sent son père.

Je me regarde dans la glace de l'armoire. Je ne vois pas ce qui a changé sur moi. Je devrais raser le duvet de ma lèvre.

Je roule la robe pour Marie-France sous mon bras.

J'ai son cadeau. Elle ne m'en voudra pas pour cette histoire avec Nanette. C'est un peu comme si j'étais parti en Suède au coin de la rue.

Juste une avance sur l'été.

Nanette ouvre le rideau. Je découvre « les dents du cheval » au-dessus du lit. Ce n'est ni une peinture, ni un puzzle. C'est l'emblème Ferrari. Un cheval cabré noir sur fond rouge. Il n'a pas de dents.

Nanette me raccompagne dans sa robe à pois échancrée sur la cuisse. Je ne lui demande pas si je peux revenir. J'ai bien entendu la façon dont elle a dit « Fin » quand elle a terminé l'histoire et refermé son carnet.

Ça tombe bien, je n'aime pas relire une histoire.

# 12
# Le clafoutis saccagé

A peine sur le palier, je me sens tout nu.

Bien plus que dans la chambre rouge de Nanette.

Dès que je vais sortir de l'escalier, la police sera là pour m'accueillir. Un mur d'uniformes, des fusils braqués, les projecteurs, le mégaphone. Quelqu'un hurle... Rends-toi ! Tu es cerné...

J'entends le conseil de Saint-Mexan... Ne résiste pas si tu es pris... J'essaie de deviner quel copain s'est fait attraper, tout à l'heure. Qui m'a dénoncé. Je revois la scène dans la cour de l'usine. Ce n'était pas Tourmalet. J'aurais au moins reconnu son costume bleu. Si c'est ce foireux d'Izoard, on se retrouve tous au commissariat de Choisy-le-Roi, dès ce soir... Il faut que je pisse, moi... Il suffit qu'ils l'empêchent et il déballe tout. Pour Ventoux et Croix-de-Fer, je ne sais pas où ils en sont de leur prostate.

Ça ne sert à rien de penser à ça.

Occupe-toi plutôt de réussir à voir Marie-France.

Je vais passer par la cave pour feinter les policiers. Tu es fou. Ils vont te coincer dans le local à poubelles, te passer à tabac et t'achever à la semelle à clous. Un coup de jet d'eau, un peu de Grésil et on ne retrouvera jamais rien de toi.

Il faut toujours se faire arrêter à l'air libre. Devant des témoins, surtout. Les gars du square le disent bien. Et nier. Toujours nier. Même les évidences... La robe ! Quelle robe ? Sous mon bras ? Quel bras ?...

En général, c'est là qu'on reçoit un coup de bottin, sur la tête.

Je devrais quand même me débarrasser de cette robe. C'est une preuve. Le corps du délit, comme disent les gars.

Je la serre contre ma poitrine. J'en respire le parfum de tabac et d'eau de Cologne. Nanette disparaît.

J'aime le corps de ton délit, Marie-France.

Cette robe, c'est bien plus qu'un cadeau, un trophée. C'est la preuve que j'ai été aussi glorieux que le siècle de Périclès à moi tout seul.

La porte de l'escalier s'ouvre brusquement. C'est l'assaut. Une horde de Spartiates à képis se jette sur moi. C'est la guerre du Péloponnèse en haut des marches, le désastre de Syracuse, à l'entresol, la bataille d'Aigos-Potamos.

Je reflue. Je suis pris.

Surpris.

Mes vainqueurs ne sont que deux.

Deux petits gars de rien. Environ-mon-âge-en-plus-grand. Ils s'engouffrent en rigolant dans l'entrée... On va sonner, chez elle. Qu'est-ce qu'on risque. Je l'ai vue à sa fenêtre. Son vieux est sourdingue...

Les deux passent à côté de moi sans me voir. J'écoute leurs pas dans l'escalier. La sonnette au premier. Ils insistent. J'espère que Nanette n'ouvrira pas. Je serre les poings. Je prononce une formule magique. Elle n'ouvre pas... Salope !... Ils redégringolent... Je te l'avais dit... Ça fait rien, j'en connais une autre à la Sablière... Ils détalent en faisant un bras d'honneur aux boîtes aux lettres. Je suis content. Fier de Nanette. Elle n'ouvre pas à tout le monde.

La voie est libre. Je me glisse dehors comme dans la foule. Anonyme. La rue est plombée de chaleur. Vide. Je suis *L'Homme traqué* (n° 67). Je fais un signe à Nanette. Elle est à sa fenêtre. Je voudrais la remercier de ne pas avoir ouvert. Elle ne me voit pas.

Nanette est déjà dans une autre histoire.

Il faut que je raconte la mienne à Saint-Mexan. Pas les dents du cheval, seulement ce qui s'est passé à l'usine. Que je le rassure. Ce n'est pas moi qu'ils ont attrapé.

Les dents du cheval !

Je suis inquiet, tout à coup. Est-ce que ça s'attrape ?

Une sorte de maladie de la première fois. J'ai un doute. Avant Saint-Mexan, il faut que je voie ma mère. Je cours, la poitrine dans un étau. Au passage devant le kiosque, le marchand de journaux m'interpelle... Alors, je te le garde, le *Tout l'Univers* ?... Bien sûr, cette idée.

Je cache la robe de Marie-France à la cave. Ma mère fait une pause café-petits-beurre chez la voisine... Qu'est-ce que tu veux ?... Rien. Juste qu'elle me regarde. Qu'elle m'inspecte comme si je partais à l'école... Ça va pas ?... Si, très bien. Elle ne remarque rien ?... Il a grandi, votre fils, je trouve. Il a même un peu de moustache, on dirait... Madame Dubosq est gentille, mais je n'ai pas pris un centimètre depuis longtemps, et ma moustache n'est qu'un vilain duvet, qu'on pourrait effacer d'un coup de gomme à crayon... Vous trouvez ?... Ma mère se lève, soupçonneuse. Elle va voir. C'est sûr. Elle va tout comprendre. Est-ce que je serai encore son fils, après ?

Elle se plaque à moi, dos à dos, comme pour comparer nos tailles... Te tortille pas... Je n'aime pas ça. Elle le sait. Pas devant la voisine, en plus... Il vous rattrape, presque. Plus que ça... Madame Dubosq montre une pincée de centimètres... Bientôt il vous mangera la soupe sur la tête... Ma mère fronce les sourcils... Il sait bien qu'il aura toujours la bonne taille pour prendre une calotte...

Elle me regarde dans les yeux. Elle est juste à la hauteur, pour me percer jusqu'au fond. Est-ce qu'elle voit ? Qu'est-ce qu'elle va dire ?

— Et ta sauterelle ?

C'est comme ça que ma mère appelle Nanette ?

— T'avais pas du travail, toi ?... Ton interro ?... Je te préviens, je te laisserai pas veiller toute la nuit, comme l'autre fois.

C'était pour une punition, en histoire-géographie. Tout le monde était couché. Il ne restait plus qu'un point lumineux sur l'écran de la télévision éteinte. Je m'étais installé à la table de la salle à manger, face à la mer des Antilles. La fenêtre ouverte. La nuit. Le silence. La cité apaisée. La maison pour moi tout seul. Un verre de lait-menthe...

Qu'est-ce que j'avais aimé ces trente-deux temps du verbe absoudre !

— La nuit, faut dormir, à ton âge, si tu veux grandir.

Je souris à ma mère. Les traits de crayon sur le chambranle de la porte montrent que je suis une Belle au bois dormant sous la toise. Ma mère ne se laisse pas faire par mes « enjôleries » comme elle dit. Elle me relève une mèche sur le front et cache mes cheveux derrière les oreilles... Faudra faire couper cette tignasse... C'est tout ce qu'elle voit ? Il n'y a rien d'autre qu'elle remarque sur son fils ? Je suis soulagé. L'étau se desserre.

Je n'ai pas attrapé les dents du cheval !

Sinon, ma mère l'aurait vu.

Je la laisse avec la voisine aux petits-beurre. Je sors en lançant un... Wopbopaloobop alopbamboom !... digne du *Tutti-Fruti*... Il est pas un peu bizarre en ce moment, votre gamin ?... Non, c'est juste Little Richard...

— T'oublies pas le pique-nique !

Je n'oublierai pas.

Dans l'escalier, je croise Mich'. Il a le dernier numéro de *Tout l'Univers* à la main. Ça me démange de lui demander ce qu'il y a à l'intérieur, mais je me retiens.

— T'es pas avec Louise ?

— Elle a reçu une lettre de Pierrot. Tu sais, le mineur qui avait habité chez toi.

— Et alors ?

— Il paraît qu'il va venir la voir. Elle est retournée chez elle lui écrire.

— Qu'est-ce que tu vas faire ?

— Je dois classer mes timbres et endormir des scarabées. Et toi, tu as révisé pour demain ?

Je le rassure, la sauterelle, c'est dans la poche. Le

lycée, on ira tous les deux. Je rejoins Saint-Mexan sur le toit. Je le retrouve allongé sur le ventre à l'autre extrémité du bâtiment. Il lit.

— Dis donc, il est pas commode ton bouquin de voyage.

Il me montre le fautif. *Bourlinguer* (n° 437-438). Je le lui avais prêté surtout à cause de la couverture. Le marin de l'illustration lui ressemble.

— Il y a plein de mots que je ne connais pas, là-dedans... Micassures, plombagine, tartane... et j'ai pas encore dépassé Venise !

J'aurais dû le prévenir. Blaise Cendrars, c'est un vrai dictionnaire ambulant.

— Et toi, votre affaire ?

Je lui raconte.

— Ecoute-moi bien. Tu ne te planques pas surtout. Si les flics viennent, tu fais comme si tu n'étais pas au courant. Ils te diront que ton copain a bavé. Tu les crois pas. Si t'es confronté à lui, tu le traites de menteur. Tu brailles !...

Moi, je suis d'accord, mais est-ce que mes genoux, mon ventre et mon entrejambe vont être à la hauteur ?

En général, je suis bien plus courageux que l'ensemble des parties qui me composent. Mais ce sont elles qui commandent.

— Et toi, Saint-Mexan, pour ton éducateur, qu'est-ce que t'as décidé ?

— Je vais t'écouter. Tu as raison, je suis un Saint-Mexan. Qu'est-ce que j'en ai à faire de ce rouquin minable ? Mais, quand même, prends-le, ça vaut mieux.

Saint-Mexan me claque son Smith et Wesson dans la main. C'est lourd. Plus lourd que ce que je pensais.

Il est fou. Et moi encore plus dingue. Je glisse l'arme dans mon jean comme si c'était un pistolet Jouef à flèches.

— Planque-le. Tu me le rendras quand je te le dirai. Attention, il est chargé.

Ça va pas ! Un faux mouvement... Toûm ! Et me voilà castré au 9 mm. J'aurai vu les dents du cheval pour la première et dernière fois.

Saint-Mexan est étrangement calme. Pas moi.

— J'ai bien réfléchi, je crois que je vais aller en Amérique. C'est bien, non ?

— Sûrement, si on n'est pas noir.

— Pourquoi tu dis ça ? T'es pas noir, non plus, toi.

— Ça dépend pour qui.

— Alors, le Canada ?

Saint-Mexan sifflote *Ma cabane au Canada*. Je grimace. Line Renaud donne plutôt envie de se sauver que de partir.

— Tu n'as jamais eu envie de te tirer d'ici, toi ?

Non. Et tellement que ça m'inquiétait. Je me disais que je n'aurais rien à raconter, jusqu'au jour où mon père m'a fait lire *La Reine des pommes*. De Chester Himes. J'ai aimé. J'ai lu le reste et j'ai découvert un type qui écrivait des histoires avec des Noirs dont on oubliait la couleur, dans un quartier pas plus grand qu'ici : Harlem.

Je n'avais plus qu'à me dire que la cité Million c'était Harlem, et que j'habitais à l'angle de la 125e et de Lennox. De ma fenêtre, j'arrivais à voir des taxis jaunes.

— Viens voir ça.

Je rejoins Saint-Mexan au bord du toit. Ce ne sont

pas des taxis jaunes qu'il me montre, mais des voitures garées le long du trottoir, devant le collège. Des Traction ! et des types autour.

— D'ici, on voit tout ce qui se passe. Je les surveille ces zozos. Je crois que ça va barder.

Je compte quatre Traction. Chacune d'une couleur et d'un modèle différent. Il y a une 11 légère grise, une fourgonnette vert anglais, avec une galerie, un faux coupé bordeaux, et, en tête, un cabriolet blanc.

Les gars de la bande discutent, se recoiffent, bricolent ou chahutent. Pas tous en blouson noir.

— Je crois qu'ils attendent un signal. Il y a un gars à eux, dans la cabine téléphonique, près de la loge du gardien.

Ce que je vois surtout, c'est qu'il y a tous les modèles de Traction, en bas. Sauf... la familiale... J'ai l'impression que le canon du Smith et Wesson s'enfonce dans mon bas-ventre.

— C'est dommage d'aller jouer au stock-car avec des chignoles pareilles. Tu sais d'où elle vient, l'autre bande, celle des 203 ? C'est avec eux, le rendez-vous. Je me demande où ils vont aller se friter. Sûrement de l'autre côté de la Seine. Vers les gravières. J'irais bien assister au spectacle. Pas toi ?

Pas cette fois. Qu'ils se plantent ! Mon frère Serge les battrait tous, ces minables. Même avec notre Etoile 6. Ce qui m'inquiète, c'est que si la Traction familiale de leur bande n'est pas là, c'est qu'elle rôde toujours. Qu'elle est chez Marie-France. Ça me barbouille le cœur. Il faut que j'y aille. Tout de suite. Que je sache. Marie-France a le droit de vouloir un autre garçon. Un plus grand. Je la comprends. A quoi je ressemble, moi ? Je suis petit. J'ai un duvet mais pas de poil. Je cours vite et j'écris de jolies lettres d'amour. Mais à part ça ?

La robe !

Même si sa mère est avec Marie-France, j'arriverai bien à lui faire passer mon cadeau par la fenêtre de sa chambre. La robe me fera pardonner. Marie-France et moi, on ne peut pas rester fâchés pour cette histoire de mensurations.

— Où tu vas ? Attends... Ça y est ! Ça bouge. Regarde... Le type qui était dans la cabine téléphonique vient de sortir en courant.

Les gars montent dans les voitures. Des insectes. Les portières claquent. J'ai l'impression d'être dans un film. Sous l'Occupation. Une cour pavée. La Gestapo. On aboie en allemand. Des hommes en manteaux de cuir dévalent les marches d'un perron. S'engouffrent dans des voitures toujours trop propres.

Le prisonnier a parlé sous la torture.

On part arrêter ses complices.

— Mais attends, je te dis ! Mate ça. La mère Gabrielle a intérêt à se dépêcher de faire traverser sa vioque, si elle ne veut pas se faire écrabouiller.

En bas, c'est bien Gabrielle. Mais ce n'est pas sa vioque.

C'est la mère de Marie-France !

Gabrielle la tient par le bras et lui fait traverser la rue, comme si le sol était gelé.

Le plus lentement possible.

Tout me revient comme un paquet de mer. L'orage. Gabrielle qui abrite une femme au corps un peu lourd sous son imperméable transparent. Izoard qui claironne en arrivant au foyer Sonacotra... Tiens, on a vu la mère de ta chérie, vers la Pierre-aux-Prêtres. Elle était avec Sac-d'os...

Sac-d'os, c'était Gabrielle !

Elle a emmené la mère de Marie-France faire des courses. Acheter le verrou... C'est ça !

Pendant ce temps-là, Marie-France était toute seule, chez elle. Un garçon a pu venir...

— Mais attends...

Cette fois, Saint-Mexan ne peut pas me retenir.

— Planque le flingue, au moins !

Je l'enroule dans la robe de Marie-France et je dégringole du toit jusque sur le trottoir sans savoir comment. J'ai à peine le temps d'entrapercevoir Gabrielle et la mère de Marie-France dépasser la loge du gardien. Elles prennent par la rue des Hautes-Bornes. A l'allure à laquelle Gabrielle les fait traîner, j'ai largement le temps d'arriver chez Marie-France avant elles.

La mobylette de Gros Lulu pile à ma hauteur.

— Je t'emmène ? On va au rodéo.

Il me montre l'armada de pétrolettes excitées qui l'accompagne. Non merci. Je n'ai pas le cœur au stock-car. Je me sens assez cabossé comme ça... T'as tort. Je crois qu'on en reverra pas un comme ça, avant longtemps... Tant pis. L'essaim de bécanes s'égaille, poursuivi par Garnier qui mouline comme un possédé sur son vélo ridicule... Eh ! attendez-moi...

J'espère que tout ce tintouin n'a pas alerté ma mère. Un œil aux fenêtres de chez moi. Elle n'y est pas. Je coupe par le square droit sur la chambre de Marie-France. Je m'accroupis à l'abri du massif.

Et si Marie-France ne voulait plus me parler ?

Et si elle avait déjà choisi un autre garçon ?

Un plus grand, un plus poilu, un qui court moins vite et qui écrit de moins jolies lettres.

Du calme. Il faut que je reprenne mon souffle. Que j'éteigne tout ce feu qui me brûle. Je tiens ça de ma mère, je fais tout cramer à l'intérieur. La robe ! Je la respire. Ça me rassure. Je devrais la défroisser, un peu, avant de la lui offrir. Un coup de fer et il n'y paraîtra plus. Si Marie-France préfère, je peux le passer moi-même. Je suis un as de la pattemouille.

Pour nous deux, ce sera pareil. Un coup de fer et il n'y paraîtra plus.

Décide-toi.

Quelque part au-dessus de moi, « Salut les Copains » beugle du Franck Alamo, par la fenêtre... Oui ! mon amour est mort. Oui ! mais je l'aime encore... Da doo ron ron !... Da doo ron ron !...

Ça me décide.

Je me rajuste la mèche, je cache la robe dans mon dos, je souffle et je me hisse jusqu'à la fenêtre de la chambre de Marie-France. Elle est là. Seule. Recroquevillée sur son lit, en chemise de nuit, au milieu de ses poupées Peynet.

Marie-France doit être souffrante.

Je frappe au carreau, déploie la robe comme un étendard.

Elle sursaute, se redresse, une poupée blonde serrée contre son ventre.

Les deux me regardent, les yeux grands ouverts.

Les deux sont effrayées.

Ma robe est si laide que ça ?

Marie-France me voit. Me reconnaît. Son visage se

déforme. Elle fait... Non !... de la main. Retombe sur son lit et s'enfouit la tête sous son oreiller. Son corps sanglote.

Je cogne du poing sur le carreau. Je pèse sur la fenêtre... Ouvre-moi !... Elle se recroqueville plus encore dans l'angle du cosy comme si elle voulait disparaître. Sa main en chasse-mouche me dit de partir... De partir !

J'inspecte les autres fenêtres. Celle de la cuisine est ouverte. Je grimpe et je me glisse. Je m'en fous des voisins et de Franck Alamo.

La cuisine pue l'alcool. La bouteille de rhum Negrita est brisée par terre. La porte du réfrigérateur est grande ouverte. Les choses ont perdu leurs napperons. Dans son plat, mon clafoutis est saccagé.

Je vais jusqu'à la chambre de Marie-France.

Elle est plantée sur le seuil. L'air hébété. Les cheveux filasse. Pieds nus. La poupée étonnée plaquée contre son ventre.

— Tu entres pas, je te dis... Pas dans ma chambre.

— Qu'est-ce qui se passe ?

— Rien... Tu entres pas...

Marie-France parle de manière pâteuse. La bouche molle. Les yeux las.

— Tu as quoi, sur ta chemise de nuit ? Tu t'es fait mal ?

Il y a du sang, très bas sur son ventre. La poupée cache mal la tache. Elle a aussi une marque bleue à la base du cou. Comme un suçon.

— C'est rien... Pourquoi t'es venu ? Faut pas que tu restes, ma mère va arriver...

— Qu'est-ce qui s'est passé dans la cuisine ?

— Ça s'est cassé...

— Et mon clafoutis ?

— Ils l'ont mangé...

— Qui ça ?

— C'est rien, je te dis... Va-t'en... Si ma mère te voit elle va me mettre en pension...

— Qu'est-ce que tu racontes ?

— Elle est allée acheter un verrou... Elle va m'enfermer, je te dis...

— T'as bu, toi. T'as bu le rhum ? Fais voir.

— Laisse-moi !... Le rhum, c'était pour ton clafoutis... T'avais promis. T'es pas venu.

— Qui c'est qui l'a mangé ?

— C'est rien... Faut que tu partes... Sinon ça va mal aller...

— Pourquoi tu saignes ?

— Ça ?... C'est des choses de filles... Tu comprends ? Des choses, de filles. Rien que de filles...

— Je t'ai apporté une robe... Tu veux pas te changer ?

— T'avais promis de venir...

— Je suis là... Mets la robe... Je rangerai la cuisine...

— Ma mère veut pas qu'on touche, là-bas.

— Je l'ai vue, ta mère. On a encore le temps. Elle est avec Gabrielle. Elles sont à l'autre bout du square.

— Gabrielle... elle avait dit qu'ils étaient gentils... Fais voir... C'est mon cadeau ?

Je déroule la robe. Le pistolet tombe aux pieds de Marie-France. Je l'avais oublié. Elle sursaute.

— Tu vas les tuer ?... Ils ont mangé le clafoutis... Tu vas les tuer ?

— De qui tu parles ?

— Va-t'en, je te dis !

— Ceux qui ont mangé le clafoutis, ce sont les gars qui sont dehors, dans la Traction ?

Marie-France serre la poupée contre sa poitrine. A force de la protéger, la poupée aussi saigne.

— Mets ta robe. Je reviens.

Je glisse l'arme dans mon jean et je vais à la porte... Mets ta robe, Marie-France. S'il te plaît. Pour moi... Je sors dans l'escalier, je vais jusqu'à la porte d'entrée. Je l'entrebâille. La Traction familiale est là, sous les platanes ! J'ai une suée. Qu'est-ce que tu vas faire ? Sortir, t'approcher du type à la portière... Il était bon le clafoutis ?... Toûm ! Toûm ! Deux coups de feu. La tempe. La carotide. C'est ça que tu vas faire ? Tu ne sais même pas te servir de cette arme. Et s'il y a un cran de sûreté ?

Et si ce gars n'y était pour rien ?

Tu ne sais pas ce qui est arrivé, vraiment... Du sang... Des choses de filles... Les règles, comme en gymnastique... Du rhum... Un clafoutis... On ne tue pas des types pour ça. Tu es jaloux ? Vexé ? Tu as honte parce que tu l'as abandonnée ? Justement à ce moment-là. Tout ça pour une leçon que tu n'as pas apprise. C'est trop tard, maintenant. Tu ferais mieux de t'occuper de Marie-France.

D'abord lui.

Je prends le chemin des caves et je remonte par l'autre escalier, derrière la Traction. Son moteur tourne. Le pot d'échappement tremblote. Je fixe l'éclat de peinture rouge sur l'aile arrière emboutie.

Cet éclat rouge me suffit.

C'est du sang sur le ventre de Marie-France.

Je suis le dernier des Mohicans.

Je marche droit sur la voiture. Mon cœur est une grosse pompe. Gabrielle et la mère de Marie-France apparaissent à l'autre bout du square. Tant mieux. Elles verront tout.

Ensuite, ce sera le tour de Gabrielle.

Je ne suis plus qu'à trois ou quatre pas du coude à la portière. Tuer, c'est plus facile que je ne l'imaginais. Il suffit de se dire qu'on est déjà mort.

Tout à coup, de la rue des Hautes-Bornes débouche le cabriolet blanc, suivi des autres Traction. Aussitôt, comme si c'était un signal, la familiale démarre devant moi façon braquage de banque. Elle chahute de la caisse, fait crisser ses pneus et rejoint l'arrière du cortège qui disparaît dans une embardée vers le fond de la cité.

Quelques secondes et me voilà les mains vides.

Gabrielle abandonne la mère de Marie-France au milieu du square et court comme si elle espérait rattraper les voitures. Elle agite les bras... Attendez-moi !... Attendez-moi !... Salauds !... Bande de salauds...

Je rejoins Marie-France sur le pas de la porte de sa chambre.

Comme elle est belle dans la robe de Nanette ! Des manches ballon. J'aime bien l'expression. On va s'envoler, Marie-France. Tous les deux.

Ses yeux sont redevenus bleus.

— Tu les as tués, pour de vrai ?

— Vite ! Ta mère arrive.

— Tu devrais te raser... là !

Marie-France me touche le visage du bout des doigts comme une aveugle. Elle s'arrête sur ma lèvre.

— Tu veux ?

Je vais à la salle de bains. La chemise de nuit et la poupée sont jetées en boule dans la baignoire. Du savon, une lame. Ça résiste à peine. Je ne me coupe même pas. Je me regarde dans le miroir, au-dessus du lavabo. J'ai bien pris deux ans et quinze centimètres. Le visage de Marie-France apparaît à côté du mien... Ne bougez plus ! Clic-clac !... Ma mère a raison, il faudra que je mè coupe les cheveux pour la photo de mariage.

— Le rasoir ? C'est à mon père. Je ne sais pas pourquoi ma mère le garde. Il est allé avec une autre femme. Une plus jeune. Les garçons, vous faites toujours ça, un jour...

— En attendant, c'est vous.

— On n'attend pas, nous.

Un jour, les filles de quinze ans regardent les garçons de dix-sept...

— Oh ! mince.

Marie-France vient de découvrir la marque bleue à son cou... Mets-moi de ça. Sinon, ma mère va me tuer... Marie-France me donne un tube de maquillage... C'est du fond de teint. Ça va cacher... Je cache. Du bout des doigts, je cache et je cache la marque bleue sur la peau de Marie-France.

La marque bleue disparaît.

C'est la première fois que j'ai le droit de passer ma main sur elle. Si longtemps. Sans être obligé de l'effleurer. Par hasard. Faire semblant. Sur le guidon de mon vélo.

Marie-France se laisse aller contre moi. Que son corps est ample et chaud... Ta lèvre est douce, maintenant... Moi, je la trouve vide, cette lèvre. Ma bouche aussi... Tu sais, je n'ai rien fait de mal. Tu me crois ?

Une voix perce dans l'escalier... C'est ma mère !... Marie-France me tire hors de la salle de bains. J'ai le temps de saisir la chemise de nuit et la poupée dans la baignoire... Je te les laverai... On court dans l'appartement comme à la Vallée Verte... Il pleut !... On y retournera jeudi prochain. Promis. Elle portera la même robe. On maraudera des prunes, chez Jaouen. Je décorerai mon vélo. J'aurai la lèvre encore plus douce.

Sa mère entre dans l'appartement. Marie-France donne un tour de clef à la porte de sa chambre... Vite, saute !... J'enjambe la fenêtre. On cogne à la porte... Marie-France, tu es là ?...

Elle est là et moi dehors. On se regarde. C'est notre balcon d'amoureux. Je crois qu'elle m'embrasse. Sûrement, elle m'a embrassé.

Marie-France referme sa fenêtre.

Je la regarde derrière le rideau ajouré.

La biche et le chasseur.

— Ouvre cette porte !...

Je me cache sous sa fenêtre, tapi derrière le massif, le nez dans la chemise de nuit de Marie-France. Ça sent la sueur, le sang, le tabac et l'alcool.

Rien que pour cette odeur, j'aurais dû tirer tout à l'heure.

— Pourquoi tu t'es enfermée ?... C'est quoi ce chantier dans la cuisine ?... Alors, on ne peut plus te laisser cinq minutes... Mais... mais comment tu es attifée ?... Où tu as eu cette robe ?... Qui t'a donné ça ?... Un garçon !... Je t'interdis... Petite traînée !... Même pas 16 ans... C'est un monde, ça !... Tu vas voir...

Des coups tombent. Des cris. Des pleurs.

Je serre l'arme entre mes cuisses.

Et si je tuais la mère de Marie-France ?

— Cette fois, c'est la pension. Ton père dira ce qu'il veut. Il n'a qu'à s'occuper de toi... Moi, j'ai plus la force... Je t'emmène dès ce soir... Ce soir, je te dis. En attendant, viens nettoyer tes saletés à la cuisine. On dirait une porcherie. Et retire-moi cette robe, tu ressembles à une...

Je me bouche les oreilles.

Il n'y a plus rien à entendre.

Sa mère a emmené Marie-France à la cuisine. Je me demande si Gabrielle les a rejointes. Si elle aide à ranger, en ce moment. Si elle questionne Marie-France... Alors, c'était bien ?...

Je devrais attendre Gabrielle en bas de l'escalier... Si tu crois que tu me fais peur, avec ton pistolet à bouchons... Toûm !... J'ai tiré dans le gras du mollet. Au même endroit qu'avec la carabine à air comprimé. Ce jour-là, le morceau de pomme de terre ne lui avait fait qu'un bleu. Cette fois, ce sera un trou.

C'est à cause de ça, que tout est arrivé.

Un morceau de pomme de terre.

Le pin-pon d'un car de police monte du côté de la cité d'urgence.

Le copain a parlé. Nous a dénoncés. Ils arrivent.

Il faut que je me débarrasse du pistolet.

Ressaisis-toi.

Je reviendrai cette nuit, Marie-France. Promis.

Je sprinte jusqu'à chez moi, le pin-pon dans la tête. Je descends à la cave, je jette la chemise de nuit et la poupée Peynet dans la grande poubelle du vide-ordures.

J'attends.

Un paquet dégringole. Les percute. Il éclate en épluchures et les ensevelit. La tête de la poupée surnage des détritus, les yeux grands ouverts. Elle se noie. Appelle au secours. Une énorme boîte de conserve argentée l'achève d'un coup sec.

Je suis rassuré.

On ne les trouvera pas.

Impossible de cacher le pistolet de Saint-Mexan ici. La police fouillera. Trop dangereux. Je le garde sur moi. Je remonte à la maison. Ma mère a approché dans l'entrée les paniers du pique-nique et le sac de sport de Serge... T'aurais pu m'aider pour les plantes vertes... Désolé, j'ai oublié... Je me demande ce que fait Josette. Elle n'a pas encore ramené tes petites sœurs. Ton père va pas être content si on doit les attendre. Il faudrait qu'on se fasse installer le téléphone...

On dirait que ma mère n'entend pas la sirène de police qui approche.

— M'am, tu l'as eu à quel âge, ton premier enfant ?

— Jacky ? Même pas 16 ans.

Comme Marie-France.

— Pourquoi tu me demandes ça ?

C'est juste pour parler, oublier la sirène. L'éloigner. Mais la sirène ne mord pas à l'hameçon. Elle entre dans la cité. Dans ma rue. Je me précipite à la fenêtre de ma chambre... Tu vas pas te mettre à travailler maintenant... Le car de police est là, arrêté un peu plus loin, à hauteur de chez Dézu. Je respire. Quelqu'un a dû les appeler à cause du bruit. Deux flics courent au 32 en se tenant le képi... Voilà Josette avec Maryse et Martine... Elles ont chacune un ballon réclame.

Je voudrais être comme Pascal, le héros dans *Le Ballon rouge,* et m'échapper, accroché à une énorme grappe tricolore.

Moi, au-dessus des toits.

En bas, c'est bleu uniforme. Les deux agents sont remontés dans le car de police. Fausse alerte. Mais tout à coup, le panier à salade part en marche arrière, dans la rue... Prépare-toi, ton père va pas tarder. Tu sais qu'il aime pas attendre... Je regarde sans comprendre cette masse qui vient de s'arrêter sous nos fenêtres. Je suis pétrifié. Comme pour l'accident de mon père... Tu peux emporter le saladier dans l'entrée et je crois que ce sera tout... Ma mère s'adresse à moi depuis la cuisine. Elle ne se rend pas compte de ce qui se passe. Un gars a parlé. Un copain. Il a dit... Galibier, 1er étage, gauche... C'est chez nous, m'am. Ils vont monter, frapper à la porte, venir me prendre. Arrêter ton fils... Prends au moins le saladier, je vais pas tout porter... Je rejoins ma mère dans l'entrée... Ah, quand même. Qu'est-ce que tu as ? Rien, je t'assure, rien... Les portes du car claquent... Regarde-moi. T'es tout blanc... Mais, non... Fais voir. T'as quelque chose de changé... Ils entrent dans l'escalier... C'est ça, tu t'es rasé, toi. C'est malin, ça va repousser, maintenant... Des voix fortes montent du rez-de-chaussée. Des pas lourds... C'est quoi ce barouf ?... N'ouvre pas... Pourquoi ?... C'est la police... La police ! T'as fait des bêtises ?... Mais non... T'es sûr ? Tu me dirais ?...

Ce serait trop tard.

Ils sont déjà sur notre palier. Mais ne t'inquiète pas m'am. Quitte ce visage. N'aie pas peur. Remets tes yeux bleus. Ils ne me prendront pas. Pas devant toi. Je sens l'arme sous ma ceinture. Je ne veux pas que tu me voies attrapé, jeté à terre, battu. Je tire, c'est tout. Je tire et je cours. Tu n'y es pour rien. Toi tu es la meilleure des mères. La meilleure du monde. C'est moi, c'est tout. Que moi. Ce n'est pas grave.

Je fixe la porte. Le timbre de la sonnette. Je tirerai à travers. Comme dans un œil magique... Là-haut !... Une voix braille dans l'escalier. Une autre... Montez, bordel !... La course repart vers les étages. Même si la police redescend, j'aurai le temps de me glisser par la fenêtre de la salle à manger. Ma mère me retient par les épaules... On attend ton père. Va le guetter...

Sur le trottoir, Josette et mes petites sœurs sont empêchées de monter par un planton. Serge lit tranquillement le journal assis sur le muret de la cave. Mon père n'est pas encore arrivé. La cité est au spectacle, mais beaucoup moins que pour la décapotable d'Eddie Barclay. La police, on connaît. Déjà des voitures embarquent pour les bords de Seine. On charge les galeries comme pour l'Exode. Pas question de se faire chiper les meilleures places.

Planté au milieu de la rue, le gardien montre du doigt le toit de mon bâtiment à un gradé et un grand rouquin, maigre.

Saint-Mexan !

Il est repéré. Ils sont là pour lui.

Le copain n'a pas parlé. Mais le gardien a mouchardé à l'éducateur de Saint-Mexan. Le rouquin, c'est lui. Pourquoi ils lui en veulent tous, à Saint-Mexan ?

Il n'a rien fait. Juste quelques tomates pas trop mûres. Brusquement, sur un geste du gradé, le car recule jusqu'à l'autre extrémité du bâtiment. Le gardien, le rouquin et le planton suivent en courant. Ils s'engouffrent dans l'escalier.

Si, au moins, je pouvais sortir pour prévenir Saint-Mexan. On sonne à la porte. Je sursaute. C'est Serge !... Alors, les filles, c'était bien ce spectacle ?... Il y a une envolée de sœurs et de ballons rouges dans l'appartement... Drôlement bien !... Serge avise les paniers... Bah dis donc, m'am, vous n'allez pas mourir de faim, au pique-nique. T'en as fait pour un régiment. Il y a les protège-tibias dans mon sac ?... Attends ton père. Tu dois lui dire pour ta voiture... C'est quoi ? C'est quoi ?... Allez vous changer, les filles... Y a des chips ?... Vous verrez bien. Allez ouste !

Je tente de me faufiler dans l'escalier.

— C'est quoi, ce cirque, dehors ?

Mon père apparaît sur le palier. Le sac à l'épaule, le sourire essoufflé et la chemise blanche trempée de sueur... Faut charger tout ça, Paulette ?... Pas mon sac, je pars à l'entraînement. Un copain vient me chercher... Attends, dis d'abord à ton père, pour la voiture... Alors ?... J'ai pris la 24 CT Panhard... C'est bien, mon grand... Mon père donne un petit coup de poing dans l'épaule de Serge.

Je suis jaloux. Vivement que j'aie une voiture neuve. Je veux le même coup de poing. En plus fort encore.

Je devrais être content pour la 24 CT. Les places arrière, la Suède, les Suédoises, mais je pense à Saint-Mexan, sur le toit. Ils ont dû l'attraper... Ne résiste pas, si tu es pris...

— Roger, viens !

J'ai tout de suite vu le visage de ma mère. Blanc. Tendu. Elle tire mon père dans la cuisine. Elle ferme la porte. Elle serrait son torchon contre sa poitrine. Qu'est-ce qui se passe ? Mon père ressort presque aussitôt. Raide. Trop souriant... Allez, les enfants on se dépêche. On charge... M'am a dit qu'on devait se changer... Pas le temps, les filles. On n'aura plus de place sinon... Hep ! on descend pas les mains vides...

Quelque chose cloche. J'empoigne le sac du pique-nique. Il faut que j'aille voir à la cuisine... Où tu vas ?... Il manque les serviettes, p'pa... Ça fait rien !... J'ai le temps d'entrouvrir la porte. Ma mère est assise à la table. Elle est recroquevillée sur son torchon. Les yeux fermés. Elle ne pleure pas. Elle prie. Tout entière... Laisse ta mère. Viens !... Les filles, j'ai dit, pas les mains vides... J'en profite... Juste une chose à prendre, p'pa... Je file à la fenêtre de la salle à manger. Là-bas sur la bande d'herbe de la cour du collège, il y a un attroupement. Des agents, le gardien, le rouquin.

A leurs pieds, un corps étendu.

Saint-Mexan !

J'entends le *machin* de Schubert. Je revois Saint-Mexan sur le toit, mimer le mouvement d'ensemble.

Il vient de se figer en étoile de mer.

Tu es mon premier mort, Saint-Mexan.

Dans *Bourlinguer* tu n'iras pas plus loin que Venise. Je peux te dire maintenant, qu'après, il y avait Naples, La Corogne, Bordeaux, Brest, Toulon, Anvers, Gênes... Je ne me souviens plus du reste, mais je te raconterai.

— Viens ! Tu dis rien à tes sœurs, surtout.

— Juste une dernière chose, p'pa.

Je vais à la cuisine, j'ouvre le vide-ordures et je jette l'arme de Saint-Mexan. Elle fait le même bruit dans le conduit qu'une boîte de conserve.

— Tu veux monter devant ?

Mon père me tient la portière. Ma mère nous rejoint. Elle a remis du rouge à ses lèvres.

— Bonne idée... Les garçons devant. Nous, les filles, on sera mieux derrière. Je prends le saladier de riz.

Mes sœurs protestent... Et pourquoi c'est lui qu'est devant ?... Mon père prend par le kiosque à journaux. Deux agents sortent un brancard du car de police. Sur le trottoir, le gardien me fixe. Je baisse la vitre et je mets le coude à la portière... On joue aux devinettes ?... J'ai pris les gaules. Avec ce temps à l'orage, je pourrais bien sortir une carpe... Tu le connaissais, ce garçon ?... Quel garçon, maman ?... Ça ne vous regarde pas, les filles !... Oh, vous, les grands, vous faites toujours des secrets... Un type en civil porte le sac de sport de Saint-Mexan. On croirait qu'il va s'entraîner.

Nanette n'est plus à sa fenêtre. Devant l'escalier de Marie-France, un taxi stationne. Le chauffeur charge une valise dans le coffre. Gabrielle est appuyée à un platane enveloppée dans un châle de veuve.

Que Marie-France apparaisse !

Que Marie-France apparaisse ! Juste une seconde.

Je serre les poings. Je ferme les yeux.

Marie-France n'apparaît pas.

J'ôte mon coude de la portière.

Au moment de s'engager dans le chemin qui mène aux bords de Seine, mon père freine brusquement.

— Roger, attention ! Heureusement que j'avais bien couvert la salade de riz !

Une voiture nous coupe la route dans la poussière. Et une autre, et une autre encore. Des 203 Peugeot, suivies des Traction. La familiale repeinte ferme la marche.

— Ça sent le rodéo, tout ça.

— Tu crois qu'on ne pourra pas pique-niquer, Roger ?

— Pourquoi ? Ils vont aller faire ça sur l'autre berge.

Le soir tombe. Les familles commencent à rentrer. Le p'pa prend un goujon qu'il rejette à la Seine. Je n'ose pas lui demander si je joue dimanche. Il reste de la salade de riz. Non, merci. Notre barque a encore coulé. Mes petites sœurs écopent. Je fais des ricochets à la surface de l'eau. Je pense au copain qui n'a pas parlé.

Un galet va ricocher jusque contre la pile du pont. Là où on était allés se réfugier, une fois, avec Marie-France.

Demain, j'irai te chercher, Marie-France.

On enjambera le fleuve.

## 13
## La lueur

Tout à coup sur l'autre berge de la Seine, il se fait, dans la nuit, une lueur d'incendie.

Une lueur rouge.

Une voiture brûle.

On entend des cris.

Il y a de la fumée. Mais c'est loin.

On était jeudi.

Un beau jeudi pour tuer Kennedy.

# Table


1. A cavallo della tigre .................................... 11
2. Moi, en Sidney Poitier .............................. 36
3. L'écorché de la sauterelle ......................... 57
4. Les filles du square .................................. 76
5. Marie-France pleure .................................. 99
6. Le Sergent Recruteur ................................ 124
7. Le vide-ordures ........................................ 148
8. Chez Nikita ............................................... 170
9. 36 fois, L'école est finie .......................... 191
10. La salade de riz ...................................... 214
11. Le foyer Sonacotra .................................. 234
12. Le clafoutis saccagé ................................ 255
13. La lueur .................................................. 280

# Daniel Picouly dans Le Livre de Poche

*Le Cœur à la craie* n° 30710

Vous souvenez-vous de votre premier coup de foudre ? Eux ne s'en souviennent pas, ils le vivent. Eux, c'est Bonbec et son ami, les deux gamins du *Champ de personne*. L'un a une poule. L'autre pas. Et à neuf ans, ça change tout. Notre héros se lance dans une course à l'amour : sa petite voisine ; une infirmière ; l'ange de Noël ; Saïda, et même une certaine Marie-Antoinette qui se prétend reine de France.

*L'Enfant léopard* n° 15074

16 octobre 1793. Dans sa cellule de la Conciergerie, Marie-Antoinette se prépare à mourir. Au-dehors, un ultime complot s'est formé. Il ne reste que douze heures pour sauver la reine. Pendant ce temps, dans ce Paris tumultueux de la Révolution, on traque un mystérieux enfant léopard. Certains pour le protéger, d'autres pour le tuer. Mais qui est cet enfant léopard si convoité ? Est-il vrai qu'il est le fils caché d'une grande dame du royaume, voire de la reine elle-même ? Difficile à croire. Et pourtant... C'est à une folle cavalcade romanesque derrière ce mystère que nous invite Daniel Picouly. Les intrigues s'entremêlent, les péripéties se bousculent comme chez Alexandre Dumas. Les deux inspecteurs noirs qui recherchent l'enfant, dans un étrange Harlem derrière le Luxembourg, sont tout droit sortis de l'univers de Chester Himes. L'occasion de se souvenir que Dumas lui-même était métis. Ce roman joyeux, aussi fantaisiste qu'érudit, et qui trace un émouvant portrait de Marie-Antoinette, mère assassinée, étrangère devenue bouc émissaire, a valu à son auteur le prix Renaudot 1999.

*Paulette et Roger* nº 15416

En novembre 1943, le narrateur est parachuté sur la France occupée, du côté de Vauzelles, dans le Morvan. Circonstances singulières : il a l'air d'avoir douze ou treize ans, mais, en réalité, il ne naîtra que cinq ans plus tard ! Qui n'a rêvé de savoir ce qui s'est passé avant lui, et de quelle histoire d'amour il est issu ? Ce rêve, la magie du roman permet ici à l'auteur de *L'Enfant léopard* (prix Renaudot 1999) de le réaliser. Il va assister au mariage de Paulette, veuve, neuf enfants, et de Roger, Martiniquais de Tarbes, de sept ans son cadet. Il va trembler pour ce « P'pa » lancé dans l'aventure de la Résistance. Et ce garçon en culottes courtes va nous montrer l'Occupation et la guerre comme nous ne les avons jamais vues...

*La Treizième Mort du Chevalier* nº 30475

En cette année 1799, le chevalier de Saint-George, mulâtre, maître d'escrime et compositeur de musique, est atteint d'un mal qu'il pressent mortel. Et voilà que Beaumarchais – auteur dramatique célèbre, mais sans doute aussi agent diplomatique discret – lui confie le prospectus d'un mystérieux théâtre, l'Extrême-Ambigu... Tel est le point de départ des multiples aventures qui attendent Saint-George, et qui feront tournoyer autour de lui des figures passées ou présentes : la reine Marie-Antoinette, qu'il n'a pu soustraire à l'échafaud, l'énigmatique chevalier d'Eon, avec qui il a un vieux compte à régler, et beaucoup d'autres encore...

*Du même auteur :*

Romans

LA LUMIÈRE DES FOUS, Le Rocher, 1992 ; J'ai lu.
NEC, Gallimard, Série Noire, 1993.
LES LARMES DU CHEF, Gallimard, Série Noire, 1994.
LE CHAMP DE PERSONNE, Flammarion, 1995 (Prix des lectrices de *Elle*) ; J'ai lu.
FORT DE L'EAU, Flammarion, 1997 ; J'ai lu.
L'ENFANT LÉOPARD, Grasset, 1999 (Prix Renaudot) ; Le Livre de Poche.
PAULETTE ET ROGER, Grasset, 2001 (Prix Populiste) ; Le Livre de Poche.
LA TREIZIÈME MORT DU CHEVALIER, Grasset, 2003 ; Le Livre de Poche.
LE CŒUR À LA CRAIE, Grasset, 2004 ; Le Livre de Poche.

Albums

VIVEMENT NOËL, Hoëbeke, 1996.
LE 13e BUT, Hoëbeke, 1998.
LUMIÈRE D'ENFANCE, Michel Lafon, 2005.
LES COLONIES DE VACANCES, Michel Lafon, 2006.

## Livres pour la jeunesse

CAUCHEMAR PIRATE, Castor poche, 1995.
LE LUTTEUR DE SUMO, Castor poche, 1996.
LA COUPE DU MONDE N'AURA PAS LIEU, Castor poche, 1998.
ON LIT TROP DANS CE PAYS, Rue du Monde, 2000.
LULU VROUMETTE, Magnard, 2002.
L'ARCHE DE LULU, Magnard, 2003.
LULU ET LE LOUP BLEU, Magnard, 2004.
LULU ET LE SAPIN ORPHELIN, Magnard, 2004.
LULU A UN AMOUREUX, Magnard, 2005.
POUCETTE DE TOULABA, Rue du Monde, 2005.
LE CIRQUE DE LULU, Magnard, 2006.
LA MAÎTRESSE DE LULU A DISPARU, Magnard, 2007.
LULU, PRÉSIDENTE, Magnard, 2007.
LULU ET LA CIGOGNE ÉTOURDIE, Magnard, 2007.

## Divers

TÊTE DE NÈGRE, Librio, 1998.

## Bandes dessinées

TÊTE DE NÈGRE, Emmanuel Proust, 2002.
RETOUR DE FLAMMES, Casterman, 2002.
TÊTE DE NÈGRE. *Le casse du siècle*, Emmanuel Proust, 2007.

Composition réalisée par PCA

Achevé d'imprimer en décembre 2007 par
MAURY Imprimeur
45330 Malesherbes
Dépôt légal 1re publication : janvier 2008
N° d'éditeur : 94645
Librairie Générale Française – 31, rue de Fleurus – 75278 Paris Cedex 06

31/1975/7